书当快意

张宗子 著

生活·讀書·新知 三联书店

Copyright © 2021 by SDX Joint Publishing Company.
All Rights Reserved.
本作品版权由生活·读书·新知三联书店所有。
未经许可，不得翻印。

图书在版编目（CIP）数据

书当快意／张宗子著．—北京：生活·读书·新知三联书店，
2021.1（2024.6 重印）
（三联精选）
ISBN 978-7-108-06943-6

Ⅰ．①书… Ⅱ．①张… Ⅲ．①散文集-中国-当代
Ⅳ．① I267

中国版本图书馆 CIP 数据核字（2020）第 152835 号

责任编辑	崔　萌
装帧设计	鲁明静
责任校对	安进平
责任印制	董　欢
出版发行	生活·讀書·新知 三联书店
	（北京市东城区美术馆东街 22 号 100010）
网　　址	www.sdxjpc.com
经　　销	新华书店
印　　刷	北京隆昌伟业印刷有限公司
版　　次	2021 年 1 月北京第 1 版
	2024 年 6 月北京第 3 次印刷
开　　本	850 毫米 × 1168 毫米　1/32　印张 10.25
字　　数	193 千字　图 8 幅
印　　数	08,001-10,000 册
定　　价	39.00 元

（印装查询：01064002715；邮购查询：01084010542）

目录
Contents

在那风清月霁之宵

读《西游记》札记 3

写《西游记》的那个人 42

万镜楼中的六梦三世——关于《西游补》 52

《水浒》及其他

重读《水浒》 69

天神武松 81

君子可欺之以方——话说李逵 97

我的兄弟不是这等人 112

书当快意 116

绿野何处觅仙踪 125

好人儿袁太监 142

月光下的天堂之门 155

马二先生游西湖 164

苏东坡的世界

东坡五则 179

苏轼和章惇：一对朋友的故事　192

苏轼的黄州寒食　198

此心安处是吾乡　209

寓物不留物　214

谤誉中秋月　218

黄泥坂　222

文章辞力　226

桃花万树红楼梦

此岸的薛宝钗　233

香菱的裙子及其他　255

兴儿演说荣国府　267

镜中骷髅和巫婆的眼睛　273

宝玉和湘云的新梦　281

读红短札二则　285

追忆与忏悔　290

性格和命运　300

也说《红楼梦》的第一回　310

后　记　321

在那风清月霁之宵

读《西游记》札记

1. 杏花风流

《西游记》第六十四回，木仙庵三藏谈诗，写师徒四众路阻荆棘岭，全仗八戒钉耙开道，得以通过，夜晚疲极，露宿岭上，黑暗中唐僧被妖魔摄去。这一次的妖魔不比往常，没人想吃他的肉，只想在那"风清月霁之宵"，请他来"会友谈诗，消遣情怀"。

以十八公为首的这伙妖怪，原是老松老柏老桧老竹各一株，山居寂寞，几百年遇不上一个行人，更别提会吟诗作赋的高人雅士。自学成才的一点诗艺，没有对手磨砺，没有方家评赏，如今见到玄奘这样又知文又通佛学的"中华圣僧"，如何不殷勤邀至，百般讨好呢？事实上，唐僧被请去——方式多少"非人间"了点——四老者争相献上己作，希望获得大师只言片语的肯定，又百计求大师献艺，随便一句两句，立刻赞不绝口。如此高规格待遇，哪是寻常文人消受得了的？唐僧纵有几世的道行，也不由得卸下起初的害怕和拘谨，身在"险地"，竟然"情乐怀开，十分欢喜"。

松、柏、桧、竹在古典文学中皆非凡物，接待唐僧的礼节，挑不出半点儿毛病。吟了诗，还要请教禅法，这就正搔到和尚的痒处，于是"慨然不惧"，饱饱地过了一次舌头瘾。而四老"侧耳受了，无边喜悦，一个个稽首皈依"。

事情到此，我们要为唐僧高兴——喜逢知音啊。四老还答应天一亮就送他回去，绝不留难。唐僧的这次遇险，看来只不过损失了一夜的休息罢了。可是，茶正饮到入味处，另外的人物登场了：一对绛纱灯笼，两个青衣女童，引着一位"笑吟吟"的仙女来到石屋。这位"上穿一件烟里火比甲轻衣"，"下衬一条五色梅浅红裙子"的妖娆女子，道过万福，献过香茶，便先露了一手，借"奉和"前诗，夸自己"雨润红姿娇且嫩"，开始色诱唐僧。

这痴情女人生早了时代，也认错了对象。岂不知色诱对于唐僧，无异于让高官自报家产，老实人也得发火。拉扯吵嚷中，东方露白，三位徒弟寻来，把一帮木精尽数剿灭——仙女原来是棵杏树。

我读《西游记》，挺喜欢这段故事，在闹哄哄的打斗中，像是不经意的闲笔。长篇巨著最能看出作者功力的，往往是这些无补大局、无伤大雅的小片段。

杏花风流的说法，可能由来已久，《西游记》的这段插曲，不知道是巧合还是有来历。记得从前在辞书中见过相关词条，再由"杏"字查起，却查不出。好在《闲情偶记》中也有，说是"种杏不实者，以处子常系之裙系树上，便结子累累。予初不信，而试之果然。是树性喜淫者，莫过于杏，予尝名为'风流树'"。

李渔这人，真不知道说他什么好。戏剧小说是高手，吃喝玩乐是行家，品评女人，干脆和品评一株奇花异草、一只鸟、一条金鱼无异，那态度，碰上女权主义者，准够他喝一壶的，然而他花的心思之深，条分缕析得头头是道，观点的别致和内行，表述时难得的闲情逸致，你又不能不佩服。李渔喜好声色，《肉蒲团》内容不堪，文笔不恶，我曾借过英文本，拿在手上看，印刷设计一派古雅，谁能说它不是经典？

因为好色，李渔提到这方面的内容，总显得那么兴致勃勃，没影子的事说得煞有介事，并引出一连串"情能动物，况于人乎"的穷酸议论。至于杏花不实的毛病，假如真有其事，说不定是花粉传播方面的原因，李渔就没想一想，如果他系的不是处女的裙子，而是他本人的破布衫，结果会如何。

托名柳宗元的《龙城录》，有"罗浮梦"一则，讲赵师雄在林边遇一淡妆素服美人，相携至酒家共饮，大醉，醒来发现自己睡在梅花树下，而美人却杳无踪影，为之惆怅不已。梅花高洁，虽然化为脂粉，堕落凡尘，但止于饮酒，不及其他，分寸把握得很好。灵肉分开，但有浪漫而不涉狭邪。

汉魏六朝小说中，有艳福的幸运儿没来由地蒙仙女降临，居然不识好歹，非得一番威逼利诱才答应结秦晋之好。唐宋之后，狐鬼逐渐成了主角，天仙地位越来越高，终于遥不可及。草木成精起源早，民间传说最多，如长白山人参娃娃之类，但在文人笔下，一向是跑龙套的角色,《聊斋》中很有几篇,不过蒲公笔下留情,那些花仙不像狐鬼一般单只着眼性爱。

艳遇发生在人世男女之间,即使像《西厢记》一样绮靡,都是天经地义,发展到神仙和古人——古之名人,不作单纯的女鬼看待——固然可说寄托了理想,也可说是想入非非,再及于精怪,在游戏成分之外,不免包含了压抑下的性幻想的因素。艳遇艳到植物头上,虽然早有以花木喻人的传统,在情感的投射上,毕竟走得太远了——其实何必?

补记:精怪雅集谈诗,在唐人传奇中多见,最著名的是《东阳夜怪录》,书生遇到的怪物是驼、驴、老鸡、猫、牛、狗,外加两只刺猬。《元无有》更进一步,换成无生命的旧物件:杵、烛台、水桶和铛。柳祥的短篇小说集《潇湘录》中的《贾秘》,则以植物为主角,赋诗的是七个老树精,松、柳、槐、桑、枣、栗和臭椿,变化成儒生的样子。木仙庵故事便是由此而来的。

杏花性淫,似乎是清朝文人的共识。纪昀《阅微草堂笔记》中,随手就能找到两条:

> 沧州潘班,善书画,自称黄叶道人。尝宿友人斋中,闻壁间小语曰:"君今夕毋留人共寝,当出就君。"班大骇,移出。

友人曰:"室旧有此怪,一婉娈女子,不为害也。"后友人私语所亲曰:"潘君其终困青衿乎?此怪非鬼非狐,不审何物,遇粗俗人不出,遇富贵人亦不出,惟遇才士之沦落者,始一出荐枕耳。"后潘果坎壈以终。越十余年,忽夜闻斋中啜泣声。次日,大风折一老杏树,其怪乃绝。

这个杏花精,很有《聊斋志异》的精神,化为美女,温柔乖巧,同情怀才不遇的文人,所以纪昀的外祖张雪峰先生就称赞说,这怪物真不错,"其意识在绮罗人上"。

杏花娇艳,成了精,自然是美女,就像老松树成精,形象只能是老秀才、老道人一样,都是人的联想起作用。然而《阅微草堂笔记》的另一条,杏花居然变成了男童:

  益都朱天门言,有书生僦住京师云居寺,见小童年十四五,时来往寺中,书生故荡子,诱与狎,因留共宿,天晓有客排闼入,书生窘愧,而客若无睹,俄僧送茶入,亦若无睹,书生疑有异。客去,拥而固问之,童曰:"公勿怖,我实杏花之精也。"书生骇曰:"子其魅我乎?"童曰:"精与魅不同,山魈厉鬼依草附木而为祟,是之谓魅;老树千年,英华内聚,积久而成形,如道家之结圣胎,是之谓精。魅为人害,精则不为人害也。"问花妖多女子,子何独男?

曰："杏有雌雄，吾故雄杏也。"又问何为而雌伏？曰："前缘也。"又问人与草木安有缘，渐沮良久曰："非借人精气，不能炼形故也。"书生曰："然则子魅我耳。"推枕遽起，童亦艴然去。

2. 家当

猪八戒结过两次婚，都是倒插门。第二次在高老庄，岳父大人不待见，屡屡请和尚道士拿他，这且不说了。第一次在福陵山云栈洞，洞主名叫卵二姐，八戒自述："他见我有些武艺，招我做了家长……不上一年，他死了，将一洞的家当，尽归我受用。"八戒空手下凡，靠了老婆才攒下一份家业，福陵山日后成了他的籍贯。

男子无家则无根。同是从天宫被踢下来的，沙和尚没赶上富婆招赘的好事，只能躲在流沙河里，"饥寒难忍，三二日间，出波涛寻一个行人食用"。俗话说，阶级决定意识，有家无家，那是大不相同的。漫长的取经路上，猪八戒不止一次暴露了他小农经济者的活思想，动不动就嚷着散伙分行李，回去和翠兰小姐鸳梦重温。相比之下，沙僧的立场就坚定得多。原因何在？不是姓沙的思想觉悟有多高，而是他压根儿无家可念，无家可回。

有家当和无家当不一样，家当豪阔的和家当小康的也不一样。孙悟空的结拜兄弟牛魔王，家里本来放着一个美貌又贤惠的妻子罗刹女,却偏要在外包二奶。这二奶是个狐狸精,论身份,远比罗刹低贱,牛魔王看中她什么呢?原来也是家当。

玉面公主是老狐王的独生女儿,唯一的继承人,拥有"百万家私"。看在这百万家私的分儿上,牛魔王像八戒一样,乐呵呵地倒插上门,不惜与原配掰脸。公主的档次自是乡下土财主的卵二姐难以望其项背的,牛魔王的五百排行榜富豪的日子,八戒撑死了也想象不出。你看他,结交的是碧波潭的龙王,出门骑的是辟水金睛兽,日常在家锦衣玉食,还和黑熊精一样,修道悟真——书中写玉面公主被欺,跑回洞里找老公哭诉,进了书房,见牛魔王正在那里"静玩丹书"。读过"三言二拍"就知道,修道炼丹,没有万贯家财是想都不要想的。八戒呢,他的理想,不过是老婆孩子热炕头,闲来无事,"捉个行人,肥腻腻的吃他家娘"。

有家的人看无家的人,寻常大概以同情为主,遇到特殊情况,家成了挂碍,同情便一转而为羡慕和嫉妒。八戒就曾酸溜溜地说悟空:"哥啊,似不得你这喝风呵烟的人。"我们注意八戒用的词,"喝风呵烟",境界还在餐风饮露之上。无家成了潇洒的同义词。

其实八戒冤枉了悟空。悟空不仅有家,而且不是一般的家,不谦虚地说,也是花花的一套锦绣江山呢。第二十七回:"尸魔三戏唐三藏,圣僧恨逐美猴王",悟空蒙冤被休,此后碗子山波月洞黄袍老怪劫了长老,八戒来花果山搬救兵,第一次见识了猴王的排场:

> 仔细看时,原来是行者在山凹里,聚集群妖。他坐在一块石头崖上,面前有一千二百多猴子,分序排班,口称:"万岁!大圣爷爷!"

呆子忍不住一迭声地赞叹:"且是好受用!且是好受用!怪道他不肯做和尚,只要来家哩!原来有这些好处,许大的家业,又有这多的小猴伏侍!若是老猪有这一座山场,也不做甚么和尚了。"

八戒还没见识过全盛时期的花果山。那时悟空会集群猴,"计有四万七千余口",再加上狼虫虎豹,狮象狐熊,各样妖王,共有七十二洞,"每年献贡,四时点卯",论排场,论规模,除了如来老舅大鹏鸟三兄弟的狮驼山,更无别个能比得。

"花果山群妖聚义"一回,令人读了大为快意,无他,因为这是一个破家的人重整河山、乱世中兴的故事,扣准了一切有家、无家和爱家者的心弦。

牛魔王是妖怪,入佛门前的孙悟空、猪八戒也是妖怪,孙猴的地位高一些,是个太乙散仙。高一级的神仙、菩萨如何呢?五庄观的镇元大仙,按今天的标准,绝对腐败,不过书里没讲他的家当自何而来。观音在众菩萨中是顶高洁的了,但你看她,但凡逮着机会,一定顺手牵羊,为自己南海的小家小窝锦上添花:黑风山的老熊精,正好后山无人看管,牵回去当了不发工钱的长工;枯松涧的红孩儿,因身边先有个善财龙女,正好拿回去配成一对。

在那风清月霁之宵

花果山群猴聚义

佛祖鼓吹万法皆空，就家当一事空不起来。唐僧四众到了西天，求取经书，大弟子阿傩和伽叶公然索要"人事"。悟空去如来面前告状，反遭如来一顿抢白，说是，经书哪能白给？那是要卖钱的！从前众比丘下山，为赵家诵经超度死者，"只讨得他三斗三升米粒黄金回来。我还说他们忒卖贱了，教后代儿孙没钱使用"。硬是把老和尚手里唯一的值钱物紫金钵盂留下了。

没家当，至少在《西游记》里，是没有什么体面可言的，谁都不例外。

3. 悟空的师父

自打从浮屠山乌巢禅师那里得了《心经》，唐僧每遇灾难，都要靠默念此经来平息心中的恐惧。用他自己的话说，《般若心经》是我随身衣钵，哪一日不念？哪一时得忘？颠倒也念得来。

取经路上，唐僧和孙悟空关于《心经》的话头每过几回就提起一次。到第九十三回，西行即将功德圆满，忽见一座高山，唐僧又犯起老毛病，担心山险出妖怪，浑身哆嗦，唠叨没完。悟空打趣，说他把《心经》忘了，唐僧就说了上面一番话。悟空却又说，师父只是念得，不曾求师父解得。

三藏说：猴头！怎又说我不曾解得！你解得吗？

行者道：我解得，我解得。

自此两人再不作声，旁边八戒和沙僧却笑成一团，八戒说："嘴巴！替我一般的做妖精出身，又不是那里禅和子，听过讲经，那里应佛僧，也曾见过说法？"沙僧说："大哥扯长话，哄师父走路。他晓得弄棒罢了，他那里晓得讲经！"

唐僧制止了他俩的讥笑，很严肃地告诉他们："休要乱说。悟空解得是无言语文字，乃是真解。"

当初悟空虽然对乌巢禅师不太尊敬，对《心经》的理解却比唐僧透彻。平顶山那一回，悟空提醒唐僧，"无挂碍，方无恐怖，远离颠倒梦想"；黑水河那一回，悟空说，"老师父，你忘了'无眼耳鼻舌身意'"。这两处，引的皆是《心经》中的文字。《心经》全文二百六十字，唐僧背得烂熟，但到关键时候，还得悟空点拨。

取经四众，明里唐僧是悟空之师，但我们知道，这个师徒名分是观音强加的。《西游记》的作者游戏笔墨，在具体故事情节里，处处安排显示，悟空实际是唐僧的老师。这一点，连唐僧自己也承认。

宝林寺月夜咏诗，是事关唐僧思想认识产生飞跃的一大关节。唐僧作了一首古风长篇，讲自己经年跋涉的辛苦，盼着早日完成任务，返回家乡。悟空听罢，很不满意他还停留在"求田问舍"的档次上，就给他讲了一通阴阳盈亏的道理，"那长老听说，一时解悟，明彻真言。满心欢喜，称谢了悟空"。

像这些地方，悟空和唐僧的师徒关系，明显颠倒过来了。

悟空号称"齐天大圣"，天既可齐，哪有与人为徒之理？第一回里拜的须菩提祖师，教他一身好本事，按说该是他真正的师父。可是我们要问，这个神龙见首不见尾的师父究竟是谁呢？

须菩提是梵文 Subhuti 的音译，释迦牟尼的十大弟子之一，号称"解空第一"。须菩提祖师的名称既然源出"须菩提"，而且他出场时的赞诗中也有"西方妙相祖菩提"的句子，似乎确定是一位西方高僧。可是悟空初上西牛贺洲的仙山，从樵夫嘴里听到祖师自作的《满庭芳》，观其"观棋柯烂，伐木丁丁"和"相逢处，非仙即道，静坐讲《黄庭》"的词意，显然又是道士无疑。作者糅合三教，信手写来，若有人非要较真，去论证书中到底是证道还是崇佛，这方面的矛盾之处可就多了去了。

作者在人名上玩了个花招，谜底却十分浅显：这个真正的师父不是别人，正是悟空自己，亦即他的本心，或曰真神。所以悟空求师的地方，唤作"灵台方寸山，斜月三星洞"。灵台、方寸，都是心的别称；斜月三星，想想秦观的词句，"天外一钩残月带三星"，是个拆字的字谜，谜底还是个心字。

悟空以心为师，这个意思，作《西游补》的董若雨看得最明白。《西游补》第十回，悟空被困小月王的葛藟宫，被几百条红线团团绕住，动弹不得。危急关头，"空中现出一个老人"，"用手一根一根扯断红线，行者方才得脱"。

悟空便唱个大喏，问老者姓甚名谁。老人却道："大圣，吾叫做孙悟空。"再问他："平日做些什么勾当？"老人回答的正是悟空过去的经历。结果行者大怒，以为又来一头六耳猕猴捣乱，取棒便打。"老人拂袖而走，喝一声道：'正叫做自家人救自家人，可惜你以不真为真，真为不真！'突然一道金光飞入眼中，老人模样即时不见。行者方才醒悟是自己真神出现，慌忙又唱一个大喏，拜谢自家。"

在《西游记》的续书中，《西游补》的水平远远高出同类，看来不无理由。

4．心猿

上回说到，悟空以心为师，如果我们再问一句，悟空本身又是什么？答案可能会让人觉得无聊。凡事都该适可而止，因为探究到底除了自寻烦恼，是绝对不会有所得的，这便是"水至清则无鱼"的道理。

天产石猴的传说，其中包含两层意思，一是产自石头，二是猴子的形象。人自石中产生，最著名的是大禹的儿子启的故事。禹为了治水，身体化为熊，太太涂山氏见了，觉得难堪，激动之下，变成一块大石头——中国的神话传说中，人到情绪难以承受之际，经常变化为异物，《诗经》中说，"我心匪石，不可转也"，后来的唯情派角色就专和这句话作对，化为石头成为常例，如望夫石。太太成了石头，禹这样一心为公的圣人并不很在乎，但太太的身孕事关延续血脉,万万不能放过。禹就对着石头怒吼:"还我儿子!"石头裂开,中国第一位子承父位的原始皇帝启就这样诞生了。至于猴子,中国人一早便认为,猴子严格说来是猿,也许比人更有灵气,更随心所欲、自由敏捷。剑侠之祖的越女,其举世无双的剑法便得自白猿的传授。学者认为无支祈是孙悟空形象的来源,身为水怪,却是猴子面目。《补江总白猿传》虽然问世很晚,影响却不容漠视,因为它又把猴子和女人、和性联系起来了。至此,猴子和人越来越接近。人所具备的,它不仅差不多全部具备,而且更进一步,多少有点超越人的意味。在这种前提下,孙悟空的身份已是神人兼备,称孤道寡也不是毫无根由。

正如唐僧乃是所谓金蝉子转世一样,石猴也是孙悟空在物质世界的假象,一件漂亮的外衣而已。唐僧到灵鹫山下,坐无底船渡河,被悟空一推,跌下水里。正在埋怨当头,只见上流头漂下一具死尸,唐僧大惊,却不知那是他刚刚丢弃了的凡躯。成真后的唐僧是何等模样,读者无从得知。他回转长安,在太宗和众文武、众弟子眼前展示的,依然是从前旧貌,但此番不同的是,从前的躯体即他自己,现在却不是了。现在的躯体,只是他在凡间示现的方式,这就和等闲的一句话无异。

悟空何尝不然?

《西游记》里的插诗,多是人物、景色和战斗场面的描写,外加人物的自述——这都是传统小说的套套。还有一类,佛道杂糟的哲理诗，用了很多似是而非的术语，不太容易引起读者的兴趣，却正是为好钻牛角尖者提供谜底的。第七回，悟空经过七七四十九天的熔炼脱胎换骨，跳出太上老君的丹炉，书中连用三首诗大赞"好猴精！"。其中第三首赞道：

> 猿猴道体配人心，心即猿猴意思深。
> 大圣齐天非假论，官封"弼马"是知音。
> 马猿合作心和意，紧缚牢拴莫外寻。
> 万相归真从一理，如来同契住双林。

这就是说，孙猴子是心，马是意，还是心，所谓意马心猿。道的根本，就在于收心、养心、安心。通过自觉的制约，得到真正的自由。之前的第四回，回目是"官封弼马心何足，名注齐天意未宁"，在那一回，通过太上老君的丹炉熔炼，通过如来的降服，孙悟空开始了漫长的"心路历程"。最初的约束是痛苦的，正像唐僧给他戴上紧箍，但修炼完成后，一切约束都消失了。官封弼马是暗喻他要精心调养好天马，所以诗中说"官封'弼马'是知音"。而在养马这方面孙悟空是做得很成功的，可见他天生悟性之好。但孙悟空意识不到这层意思，才会嫌官职小而不满意。诗的后四句说，心意相通，密切合作，从严制约，最终必然万相归真，达到空寂光明的境界。

书中不放过任何机会宣示这一点，回目中更是屡屡直言不讳，特别是第三十三回的"外道迷真性，元神助本心"，第四十六回的"外道弄强欺正法，心猿显圣灭诸邪"，第五十八回的"二心搅乱大乾坤，一体难修真寂灭"。套句几十年前的流行语，打杀假孙悟空的故事，就是"灵魂深处闹革命，狠斗私字一闪念"，这六耳猕猴，就是自己心中的"活思想"，要不得的杂念。

孙悟空刚归入唐僧门下，那一回的回目叫作"心猿归正，六贼无踪"，说得再直白不过了。六贼云云，所谓眼看喜，耳听怒，鼻嗅爱，舌尝思，意见欲，身本忧，无非《心经》中"无眼耳鼻舌身意，无色声香味触法"这两句经文最简单的演说。

灭六贼，说起来容易，做起来难。所以悟空打死六贼之后，唐僧不满，絮絮叨叨了一路。

当初玉帝无奈，接受悟空要求，承认他"齐天大圣"的封号，在蟠桃园右首起造齐天大圣府，府内设二司，一名安静司，一名宁神司，也说明了府主人的性质。

悟空是唐僧的心。第十九回得乌巢禅师传授《心经》之后，师徒逐渐契合，唐僧的心灵之旅方才迈开步子。终其旅程，唐僧的无限法宝就只这短短的一章《心经》。第二十回一开始，唐僧悟彻《心经》而作了一首五言长诗：

　　法本从心生，还是从心灭。生灭尽由谁，请君自辨别。

既然皆己心,何用别人说?只须下苦功,扭出铁中血。……

拴在无为树,不使他颠劣。……现心亦无心,现法法也辍。

人牛不见时,碧天光皎洁。

…………

其中"既然皆己心,何用别人说"两句,说得最为明白。而悟空之被收服的艰辛过程,也正是要"拴在无为树,不使他颠劣"。

说到《心经》,这里还有一段题外话。历史上通行的《心经》,不是别人,正是玄奘法师翻译的这个版本。偏偏书中的唐僧读《心经》,总也读不明白,能背,也能解,就是不会活学活用,妖精一来,慌得六神无主,每次都要靠悟空启发解劝。作者这样写,有个开玩笑的意思。说《西游记》是游戏之作,读之不可不究,不可细究,道理也在这里。

按《心经》书中作《多心经》,这个误读的玩笑可就开大了。明明讲要安心,要无心,这里不仅不安、不舍,还要多心,简直是存心和佛祖过不去。原以为《西游记》的作者再不通佛典,亦不至于连《心经》的"多"字归于前面的"波罗蜜"都不知道。后在钱锺书先生的《管锥编》中读到他的考证,"多心"的误读是早在宋人那里就开始了,但如此要命的错,大家全都安于将错

浮屠山玄奘受心经

就错，真是奇怪之极。

5. 是佛还是道？

近代以前，《西游记》的作者多被归于丘处机，这在今天看来，已经是笑话了。书既出于长春真人之手，其主旨"专在养性修真，炼成内丹，以证大道而登仙籍"（王韬《新说西游记图像序》）就是顺理成章的事了。我们看明清人的序跋，尽在这条路上下功夫，以至有人言之凿凿地推断，第六十七回的稀柿衕，正是暗喻人体中的大肠。据此说来，《西游记》该是弘扬道法之作，可是且慢，只要稍稍一想唐僧上路以后的故事，就知道这个说法靠不住。

首先一条，悟空、八戒和沙僧，本来都是道家出身，犯了过错，不得不皈依佛门以求正果。背弃师门，转投异教，放在哪一教派都是不可宽恕的作为。其次，西行途中的妖魔，作为反面角色，绝大多数是道士面目，如车迟国的虎、鹿、羊三仙，比丘国的国丈；少数是山林野怪，断无一个佛门中人。图谋唐僧袈裟的观音院老和尚，与妖怪勾搭，自身却不是妖怪。更可发人一噱的是，妖精中最无来历，显属自学成才的一群，也都道风盎然。黑风山偷袈裟的狗熊，洞府二门上的对子，分明写着：静隐深山无俗虑，幽居仙洞乐天真；与蜘蛛精义结兄妹的老蜈蚣，住处叫作黄花观，自己作道士打扮，门上也有对联，道是：黄芽白雪神仙府，瑶草琪花羽士家；抢占朱紫国王后的赛太岁，本是观音跨坐的金毛犼，出自佛家，而他作战的利器，却是得自老君炉中的紫金铃，乃"太清仙君道源深"的至宝；罗刹女的名字源于佛经，在书中竟是一个道姑。再次，书中悟空是对谁都敢开玩笑的人，连恩主观音菩萨也不能幸免，气愤时曾骂她"活该一世无夫"，但若论到大不敬，无过于第四十四回，命八戒将道教最高神的圣像丢进茅厕，复又假冒三清，以尿充作圣水，赐予虔诚相求的信徒。每当佛道相争，取经四众代表的佛家，无一例外地将道家打得落花流水。

书中但凡公开灭佛的，最后必定在吃大亏后改邪归正。灭法国国王发誓杀一万和尚，结果举国君臣加上后宫佳丽统统被悟空剃了光头，只得改国号为钦法国。与此相反的是，寇员外诚心供养众僧，虽死亦得复生。

说到底，《西游记》毕竟写的是取经故事，不把佛法捧上天去，故事如何能成立？末回的五圣成真固然是大欢喜，追根寻源，唐太宗拈香拜佛，降旨求经，对远行的玄奘独加青眼，封为御弟，赐名三藏，赠送紫金钵盂，殷勤送至关外，那才真正是奇迹呢。为什么？因为历史上的玄奘，实在没有这样的好运气。太宗姓李，为自抬家世，与道家始祖老子李耳联了宗，所以对道教特加尊崇。玄奘申请去印度，不被批准，他是乘着月黑风高溜出国门的，按今天的说法，是不折不扣的偷渡。

从这一件事上，大约能看出《西游记》作者对史实的随意态度，这也是他对道佛二教的态度。

但你如果由此以为《西游记》崇佛抑道，同样失之千里。

悟空大闹天宫，这天宫是道家的天宫，自玉帝以下，全是道家的神仙。如来应玉帝之请，前来安天镇妖，造成两家顶尖人物事实上的"峰会"。讲究名位顺序是中国人的传统，其中名堂多多，最能见微知著。你看如来对老君，显是兄弟般的平等相称，对玉帝则客气而恭敬，称为陛下，却不跪拜。天上的东西方两个世界，作者的安排是"两头大"。

如来的法力固然胜过玉帝手下的众神，偏偏太上老君在拿金钢琢打悟空时似乎不经意地摆了下老资格，对观音说："当年过函关，化胡为佛，甚是亏他。"这一说，如来不过是老君的门徒罢了，何尊之有！而观音听过居然无从分辩，等于默认。

回到最开头，猴子在须菩提祖师处学艺，祖师介绍艺中各旁门，第一是术，乃占卜扶乩之类；第二是流，乃诸子百家之学，包括念佛在内；第三是静，指参禅打坐，入定坐关；第四是动，却是阴阳采补，烧茅炼丹。四门均不能长生，悟空一概拒绝。

细细分析，所谓术，无非江湖术士的一套；所谓流，纯粹是纸上学问；静，是佛家的修行；动，则是道家的本领。道佛两家，欲达最高境界，在祖师眼中，只如水中捞月，而他传给悟空的道理，才是至人妙诀，可以"火里种金莲"，"功完随作佛和仙"。也就是说，炼成了大道，成佛成仙全是小儿科的事，只看你想不想。

《西游记》写取经，前七回却以悟空故事作一楔子，是提纲挈要之意。

事实上，书中固然调侃道教，对佛教也不客气，常常将它们凑成一对儿捉弄。七绝山大蟒作怪，村民李老儿诉说请和尚道士降妖的失败教训，用了两首打油诗，描写降妖人的草包形象，极尽调侃之能事。写道士：

>　　头戴金冠，身穿法衣。令牌敲响，符水施为。驱神使将，拘到妖魑。狂风滚滚，黑雾迷迷。即与道士，两个相持。斗到天晚，怪返云霓。乾坤清朗朗，我等众人齐。出来寻道士，浑死在山溪。捞得上来大家看，却如一个落汤鸡！

写和尚的一首更精彩：

>　　那个僧伽，披领袈裟。先谈《孔雀》，后念《法华》。香焚炉内，手把铃拿。正然念处，惊动妖邪。风生云起，径至庄家。僧和怪斗，其实堪夸：一递一拳捣，一递一把抓。和尚还相应，相应没头发。须臾妖怪胜，径直返烟霞。原来晒干疤。我等近前看，光头打的似个烂西瓜！

这样的故事，前面已屡屡提到过了，不过多是虚写，如高老庄的高才讲述他们请法师收降猪八戒的旧情:"前前后后请了有三四个人,都是不济的和尚,脓包的道士。"

比丘国一回,唐僧和国丈在国王面前互辩佛道的好处,极力诋毁对方,两段文辞均极讲究,似可看作作者对两家的辩证态度。更奇怪的是,那场辩论,国丈谈笑风生,满腹经纶的唐僧居然落败了。

《西游记》大关目写的是佛,处处落实的细节是道,这不仅是作者本人修养的局限,也很能代表中国社会尤其是民间的实际。佛家远离尘世,道家则深入千家万户。一般的人,对长生不老,死后享受极乐自然有兴趣,若叫他抛家舍妻子,未免觉得太困难,做不到庞居士的果断,而火居道士可以有家有女人,两头不误,最为理想。鲁迅说,中国人骂和尚不骂道士,就是此意。

《西游记》如前人早已指出的,是一部游戏之作,如果处处较真,未免胶柱鼓瑟。然而作者还是有他的理想境界,有意无意地,他也会情不自禁地在书中露点端倪:

第四十七回,车迟国斗法完毕,悟空告诫那糊涂国王:"望你把三教归一,也敬僧,也敬道,也养育人才。我保你江山永固。"

说得更明白的是第二回对须菩提祖师讲道的赞词:"说一会道,讲一会禅,三家配合本如然。"

这下我们明白了,《西游记》要说的,其实也是很多中国知识分子所希望的,一个差不多可以说已经实现了的理想:儒佛道三教合一。

关于儒,书中涉及不多,不过清人也指出了,孙悟空是很看中孝子的。请诸神降雨时,几次吩咐雷公,将"忤逆不孝之子,多打死几个示众"!第八十六回,破隐雾山折岳连环洞,灭除豹子精,特地用一节文字,交代救出一个孝子樵夫。那樵夫和唐僧同被妖魔擒住,绑在后园,等着做妖怪的下酒菜。唐僧是逢灾必哭的,却也不是一味怕死,而是担心完不成取经任务,"那枉死城中,无限的冤魂,却不大失所望,永世不得超生"。那樵夫哭,则是因为家有寡母,他若身丧,无人与她埋尸送老。樵夫得救回家,老母倚门而望,相对如梦寐,情境竟有几分杜诗中的味道。师徒们吃了一顿饱饭,收拾启程。唐僧望见前途迢迢,又是疑虑重重。樵夫道:"老爷切莫忧思。这条大路,向西方不满千里,就是天竺国,极乐之乡也。"孝子向四众指明西方之路,这个意思,作者点到为止,而清人《西游正旨后跋》说:"猴子初学道,是孝子指师;玄奘初出门,是孝子引路;及还丹纯熟,脱胎换骨,仍是孝子指往灵山。则孝子者,百行之先,仙佛之根也。"意思很不错,只是话说得太过了。

6. 沙僧这个人

唐僧师徒四众连带白马,合称"五圣"。这五圣,很多人已经看出来了，暗中与五行相对应。《西游记》虽然写了取经故事，作者对佛学，似乎只有一点点常识，骨子里还是个道徒，对于道家的养性修真、内丹外丹那一套，实际功夫如何不得而知，说起来很是头头是道。孙悟空是金，唐僧是火，八戒是木，回目中已明说了，小白龙自然是水，而毫不起眼的沙和尚，却占了五行体系中作为核心的土。

从相克的一面来看：虽说是靠了手中有紧箍咒，加上观音乃至如来撑腰，唐僧毕竟还能管束住猴子，这是火克金；八戒犯老毛病，就怕悟空使棒子打他孤拐，这是金克木；沙僧在徒弟中排行第三，居八戒之下，这是木克土；龙马地位最低，只能是土可克的水。从相生的一面来看，我只能凑出两条：八戒时常在唐僧面前给悟空上眼药，一方面打击悟空，另一方面则是巩固师父的权威，这可以算作木生火；作为取经灵魂人物的悟空，按照土生金的原理，帮衬他的该是沙僧。对照故事中的具体描写，这个说法也大致站得住脚。

悟空有智慧，有本领，心地光明磊落，水平独高，在一个群体中，这种人物往往是众矢之的，很难做人。唐僧做领导的看不惯，不免借题发挥，时时整他一整，免得他尾巴翘得太高。八戒嫉妒加不服，遇到机会就鼓捣老板给他念紧箍咒，公报私仇一番。沙僧寡言少语，但他服膺悟空的本事和为人，能帮腔时帮帮腔，对八戒也敢略加讽刺。妖怪每次幻化为人，总瞒不过悟空的火眼金睛，只有唐僧坚信不疑。八戒呢，有时他是实在抗拒不了美色美食的诱惑，有时则是装糊涂，故意和悟空捣乱，好看他的热闹。这时候，沙和尚多半会帮悟空说话，不过他的话理由不充分，翻来覆去总不离"大师兄从来没看错"之类的老套，殊不知这样说是最招唐僧反感的，不是吗？以前的事证明了悟空的正确，不就等于证明了师父的不正确吗？因此，沙僧的帮忙，虽然消减了悟空的孤独，却从来于事无补。

沙和尚忠厚老实，符合土"厚德载物"的特性。他贡献不多，贵在持久，一向任劳任怨，从不说过头话，授衔会上的评语是"登山牵马有功"。假如西天的职称评定采取民主制而不由如来一人说了算，沙僧应当和唐僧一样，最不会引起争议。相反，悟空的一个斗战胜佛，未必能顺顺当当拿到手。

沙僧老实，不等于他笨。他的机敏和别人不同，不是通过"为"，而是通过"不为"表现出来的。唐僧第一次赶走悟空，八戒、沙僧都不曾费一个字替他求情，所以悟空把沙僧从黄袍老怪的妖洞里救出后，就开玩笑骂他不够意思："你这个沙尼！师父念《紧箍儿咒》，可肯替我方便一声？都弄嘴施展！"说得沙僧羞惭不已。

然而惭愧归惭愧，唐僧因悟空打杀一众强盗而第二次赶他走，紧箍咒念不住口，痛得悟空满地乱滚，沙僧则仍和上次一样，一言不发。世道人情本就如此：顺水推舟的好事，谁都不妨做做，若要他拔一毛而利天下，冒点风险主持一下公道，他就断乎不肯为了。别人的生死，哪比得上自己针头线脑的利禄？

这些地方，便见出老沙的世故，平时不吭声不等于没城府。六耳猕猴假冒行者，观音明明已经为悟空担了保，沙僧却仍旧疑虑不消。回花果山探实情，悟空的筋斗云快，想先行一步，老沙赶忙扯住，怕悟空"先去安根"，要跟他一起走，让悟空哭笑不得。

说起来，沙僧在三个徒弟中出身最苦。下凡之前，名为"大将"，职务却是"卷帘"，实际上是个侍候人的小角色：安排玉帝的车马，上车下车时掀掀帘子，宴会上刷刷盘子，说起来还不如猴子当年在天上养马。八戒犯法，是因为调戏仙子，多少还沾了点荤腥，不算冤枉。老沙的贬谪，只不过为打碎一只玻璃杯子！这便是小人物的悲哀。

但唯其如此，他才知道修得正果的可贵。因为他既不像悟空，可以重整河山，也不像八戒，可以再回到老婆身边。他是没有退路可走的。沙僧在流沙河的日子不仅是贫困，还要每七日遭受飞剑穿胸之苦，对于取经这一千古良机，他如何肯轻易放过，轻易糟蹋？

相对于八戒的动辄要分财物散伙，沙僧的坚定和悟空不相上下，只有一次，唯一的一次，他参与了八戒的分家，那还是因为，妖怪拿别人的头冒充唐僧的头，使他们相信唐僧已死。就这一次，以小见大，他的境界终究比不上悟空。

沙僧的城府和心计，披了软弱的外衣；或者是，沙僧的软弱，被人误解为老谋深算。无论如何，老沙不简单。可你想想啊，在这个成员各有千秋的小团体里，论出身，论资历，论本事，皆不如人，沙僧也真不容易。

7. 高老庄的人情世故

世相百态中，最容易发生喜剧效果的一种，叫作"前倨后恭"，常见的情形是：一个大官微行到某地，当地的小官不识，肆无忌惮地摆架子、抖威风，等到获知真相，放大十倍的主子立刻成了缩小百倍的奴才，前后反差强烈，令人发噱。喜剧的关键不仅是官，也可以是任何社会尊崇的东西，如钱财、名望，以及强权。范进中举便是一例。

《西游记》第三十六回，唐僧一行傍晚赶到宝林寺，正好投宿。往常时候，上门打交道一概是悟空的职责，这一次，老和尚忽然自告奋勇，嫌徒弟们嘴脸丑陋，举止粗疏，亲自出马借宿。不料宝林寺的僧官认钱不认人，自言有官吏乡绅降香才肯出面迎接，一个游方僧，"我们方丈中岂容他打搅！教他往前廊下蹲罢了，报我怎么！"，把唐僧狠狠羞辱了一番。

师父含泪退回，悟空听了，扛着棒子进去，不由分说，只一棒将门外的石狮子打得粉碎，那僧官就点起全寺五百和尚，出门列队迎接唐僧。此后安排茶饭,打扫禅堂,直到"伏侍老爷安置了"才敢散去。

八戒笑话师父不济事,唐僧只好自我解嘲说,鬼也怕恶人呢。

文明礼貌,固然很有上流社会派头,但重要的还是要看对象,看场合。如果只讲效果,不图虚名,悟空的一套显然实用得多。《西游记》的作者大概是有些阅历的,一生恐怕也没有太得意过,所以对世风趋炎附势的一面感触更深,书中这方面的细节,处理得特别鲜活。

鲁迅论《西游记》:神魔皆有人情,精魅亦通世故。最能搔到痒处。说到人情世故,《西游记》里用了一个很独特的词,叫作"家怀"。悟空初到高太公家里,不等主人招呼,自己拴了马,"扯过一张退光漆交椅,叫三藏坐下。他又扯过一张椅子,坐在旁边"。高老头赞叹道,这个小长老,倒也家怀。悟空说,你若肯留我住得半年,还家怀呢。

高老庄一段故事最有人间喜剧味,每个角色都有出色表演,值得品哂。

话说这高太公是个标准的乡绅,庄子里一大半人家都姓高,只可惜膝下无儿,只生得三女,小女儿本来是要招个上门女婿养老的,一招却招了个妖怪。招妖怪肯定要不得,但高太公不满意的两个理由却很奇怪:

第一是败坏家门。这本来容易理解,但高老头一解释,反倒不容易理解了。悟空本是来主动降妖的，听了来历，开玩笑说，八戒论身份是天神下凡，干活是好手，而且对老婆相当恩爱，他高家招了这个女婿，既不丢人，也不吃亏。高太公说："虽是不伤风化，但名声不甚好听。"可见败坏家门云云，并非事实上的损失，损失的只是虚名。这也罢了，第二个理由呢？是"没个亲家来往"。当初读到这一句，差点笑出声来。这算个什么理由啊？及至细想，高太公是非常实际的，凡物都必定物尽其用。女儿是自己养大的，长大嫁人，陪了嫁妆，唯一的收获是结一门亲家。无论什么样的亲家，总是多了一份势力。就算不是官，不是富豪，打架也好多几个帮手啊。招个没来历的妖怪，等于白投资，收不到一分利息。

悟空答应降妖，高太公不免控诉一番八戒的罪状，其中一条是太能吃，"一顿要吃三五斗米饭；早间点心，也得百十个烧饼才彀"，担心把他的家产"吃个罄净"。唐僧不通世事，胜过寻常的书呆子，此时在一旁却听明白了，因此不客气地捅了一句：只因他做得，所以吃得。这话很有哲理，符合佛家因果关系的理论。高老只好另辟蹊径，改而指控八戒非法拘禁良家妇女，把翠兰锁在后院不让与家人见面。

高老势利、吝啬，符合他土财主的身份，不过心肠未免太狠了些。悟空保证拿住妖怪，让妖怪写退亲文书，高老却迫不及待地说，但得拿住他，要什么文书？就烦与我除了根吧。

要说悟空因他的"超"人身份，一向是不把几条人命、妖命放在眼里的,高老是善良百姓,此处对不久前的"至亲",却绝情得很,全不念过去的香火之情,悟空没说出口的"杀"字,他倒能脱口而出。

小人物的凶狠,有时候实在不亚于暴君权臣,关键是看他有没有那个能力和机会。世上的人多是未完成的,因为机缘不是土坷垃,俯拾即是,志向和才能也不是永远都能在一个人身上结为秦晋。蜷缩街头的乞丐,也许本来是大政治家、军事家的坯子;看着自家牛死而伤心落泪的老农,假若阴错阳差坐了龙庭,没准比朱元璋杀人还疯狂。时势造英雄,谁说不是呢?曹操治世之能臣,乱世之奸雄,能臣与奸雄,一云一泥,曹操其实还是他自己。把"时势造英雄"这句话平民化、大众化,就是"机缘造就人",再引申一步,就是"现实的人只是可能的人得到实现的那一部分"。

最后还得说八戒几句。

认了师门,受了戒行,老猪即将追随唐僧上路,行前极为郑重地拜托高老:"好生看待我浑家:只怕我们取不成经时,好来还俗,照旧与你做女婿过活。"悟空一旁喝止,八戒耐心解释道:"哥呵,不是胡说,只恐一时间有些儿差池,却不是和尚误了做,老婆误了娶,两下里都耽搁了?"

呆子的话大失英雄本色,因此之故,在革命话语中,他一度是意志不坚定、立场常动摇的中间乃至落后分子的代名词。现在回过头来,拨乱反正,八戒的说法其实很唯物主义,很辩证法。

你看啊，取经这么大的事，固然可称丰功伟业，值得为之献身，可是世上什么事能事先预知它百分之百能成功呢？万一不成功，难道不该想想后路？"义无反顾"无可非议，但若无绝对必要，又何必每事都"壮士一去不复返"？生命真的那么不值钱？

扯远了说，凡是留有后路，有回转余地，行事者便不至于无所不用其极，便不至于走极端，以致抛弃一切道德人伦的约束，只为了达到目的。

取经成功，八戒做了菩萨，天上大官的干活，自然不再屑于贪恋一个凡俗女人；取经不成，回来重拾凡间庸常而温馨的家庭生活，何乐而不为？一定非要"牺牲"或让别人牺牲才甘心吗？

8. 多心

《心经》全称《般若波罗蜜多心经》，民间误以"波罗蜜多"之"多"下属"心"字，故《心经》又被俗称为《多心经》。据钱锺书考证，唐时已经如此。中国人常说"无心"，《金刚经》里教导，"应无所住，而生其心"，看到"多心经"三字，不免觉得幽默。《西游记》第十九回，浮屠山乌巢禅师传授唐僧《多心经》，唐僧耳闻一遍，"即能记忆，至今传世"。这是游戏文字。首先，鸠摩罗什和玄奘法师都翻译过此经，现在通行的本子正是玄奘所译。其次，乌巢禅师说："若遇魔瘴之处，但念此经，自无伤害。"

事情假如真这么简单，取经路上千难万险，岂不等于骑着毛驴看风景耍子。然而唐僧对《心经》倒背如流，关键时刻却不能运用，降妖除魔，还得靠悟空和上界诸神的帮助。而且他胆小，动辄听信谗言，黑白不分，犯糊涂，虽然天性善良，不受诱惑，弘扬佛法，意志坚定，说他"多心"，不算冤枉。

比丘国斗法那一回，国王受妖怪国丈蛊惑，要取唐僧的心肝做药引。孙猴子假扮唐僧，自愿剖心。问那国王："心便有几个儿，不知要的甚么色样。"国王尚未答言，国丈在旁指定道："那和尚，要你的黑心。"猴子说："既如此，快取刀来，剖开胸腹。若有黑心，谨当奉命。"于是"那昏君欢喜相谢，即着当驾官取一把牛耳短刀，递与假僧。假僧接刀在手，解开衣服，崇起胸膛，将左手抹腹，右手持刀，唿喇的响一声，把腹皮剖开，那里头就骨都都的滚出一堆心来。唬得文官失色，武将身麻"。

悟空腔子里滚出的都是什么心？小说写道："却都是些红心、白心、黄心、悭贪心、利名心、嫉妒心、计较心、好胜心、望高心、侮慢心、杀害心、狠毒心、恐怖心、谨慎心、邪妄心、无名隐暗之心、种种不善之心，更无一个黑心。"

国丈在殿上见了道："这是个多心的和尚！"证道本夹批说："因诵《多心经》之故。"表面上是拿悟空，实际上是拿唐僧开玩笑。可见《西游记》不说《心经》而写作《多心经》，也许是有用意的。

比丘国剖心的故事,来源于唐人张读小说集《宣室志》中的《杨叟》。杨叟是会稽的富翁,病重将死,请医生诊断。医生把脉后说:"老人家的病是心病。财产太多,整日只想着生财得利,心神已离开身体。非得吃生人的心,不能补救。可是谁肯把自己的心贡献出来给他吃呢?"杨富豪的儿子宗素非常孝顺,知道吃人心不可能,转而求助佛门,请和尚来家里念经,还去寺庙施舍饭食。有一次送饭入山,走错了路,看见山下石龛里头盘坐着一位胡僧,又老又瘦,袈裟破败不堪。宗素问他,为何独自在深山里,不怕野兽伤害吗?难道已经得道了?那和尚说:"我自小信佛,在山中修行多年,仰慕佛祖割截身体和舍身饲虎的故事。假如虎豹之类把我吃了,我甘心情愿。"

杨宗素一听,大为惊喜,马上把父亲病重,非人心不能治的事情讲了。和尚说,这本来就是我的愿望,与其让野兽白吃,不如舍生救人。但是,他说,我今天还没吃过东西,就让我饱吃一餐再死吧。宗素当即献上食物。和尚吃完,又说:"死前让我拜一下四方诸神吧。"他走出石龛,整好衣裳,向东方一拜,忽地拔地而起,跳上大树。宗素还在惊讶,和尚厉声说道:"施主刚才说想要什么?"宗素说:"要活人的心,治父亲的病。"和尚说:"你的要求,我已答应,现在,我想跟你讲讲《金刚经》的微言大义,你要听吗?"宗素说:"愿意听。"和尚说:"那好。《金刚经》里说:'过去心不可得,现在心不可得,未来心不可得。'施主想取我的心,当然也不可得。"说罢,一声尖啸,化为老猿而去。

这个故事里的胡僧,被认为是孙悟空形象的来源之一。其后的唐代高僧德山宣鉴,有一段类似的传说,很可能与张读的小说有关。宣鉴在湖南澧阳,向一婆子买点心,婆子知道他研究《金刚经》,就说:"我有一问,你若答得,施与点心。若答不得,且别处去。经里说:'过去心不可得,现在心不可得,未来心不可得',不知道你要点哪个心?"宣鉴无语以对。

这个故事进一步演变,在明人杨景贤的《西游记》杂剧里,孙猴随唐僧到了中天竺,遇见卖胡饼的婆婆,结果也被这个"三心"问题问倒。

宣鉴和尚坐化之前说:"扪空追响,劳汝心神。梦觉觉非,竟有何事?"这应该就是对卖饼婆子问题的回答吧。

9.《西游记》的小破绽

纪昀在《阅微草堂笔记》中考证《西游记》为明人所作,理由是书中描写了明朝的制度:"吴云岩家扶乩,其仙亦云邱长春。一客问曰:'《西游记》果仙师所作,以演金丹奥旨乎?'批曰:'然。'又问:'仙师书作于元初,其中祭赛国之锦衣卫,朱紫国之司礼监,灭法国之东城兵马司,唐太宗之太学士、翰林院中书科,皆同明制,何也?'乩忽不动。再问之,不复答,知已词穷而遁矣。然则《西游记》为明人依托，无疑也。"

玄奘取经发生在唐太宗贞观年间，按理讲，后来才有的事物，不应当出现在书中，但在实际操作中，作者不可能做到毫无纰漏，事实上也无必要。只要注意大节，不违背常识，不太荒唐就行。有人说，鲁迅的《故事新编》，看其中的人名就知道作者功底之深：剪径的强盗头子叫小穷奇，首阳村的文化名人叫小丙君，后羿的两个女仆，一个叫女乙，一个叫女庚。试想今日之历史小说或穿越小说的作者，哪个能做到这一步？如果把小穷奇换成张大力，小丙君换成李学苏，味道要差多远？

我读《西游记》太多遍，读多了，熟悉人物和细节，做不了考证，倒也看出了一些小漏洞，最好玩的，莫过于孙悟空被压的算术问题。

悟空大闹天宫，被如来镇于五行山下，书中说事情发生在"王莽篡汉"那年，即公元9年。唐僧离开长安，第十三回明言是在贞观十三年九月，即公元639年，在两界山遇到悟空，救他出来，收为徒弟，仍在当年秋天。这样的话，孙悟空压在山下，是整整六百三十年。书中提到此事，每次都说五百年，错了一百多年。悟空小事糊涂，算不清账犹有可说，如来那么精细，为何也说"料凡间有半千年矣"？

小说里屡有在先的人物不知后世掌故的情节，读来有趣。记得钱锺书先生好像讨论过这个问题。第十四回，悟空打杀六贼，被唐僧抱怨不已，一怒之下，不辞而别，径奔东洋大海，找龙王讨茶吃。龙王过去脾气老大，此时一变为循循善诱的老夫子，借壁上悬挂的"圯桥进履"图规劝悟空，放下傲慢之心，尽勤劳，受教诲，修成正果。悟空不懂圯桥进履的典故，龙王告诉他，这是汉世张良遇黄石公的故事，"石公坐在圯桥上，忽然失履于桥下，遂唤张良取来。此子即忙取来，跪献于前。如此三度，张良略无一毫倨傲怠慢之心。石公遂爱他勤谨，夜授天书，着他扶汉"。又解释说："大圣在先，此事在后，故你不认得。"

张良故事在秦末，相比悟空出世，自然晚了。然而龙王的话，却说反了。因为悟空虽生在张良之前，但此时已是唐朝，进履之事已成古典。就算他压在山下那六百年不闻世事，但如来降伏他时，已在新莽之际，距离汉初，有两百多年，张良的传说他还是可以知道的。如果说悟空因为不读书，或者孤陋寡闻而不知典，当然不错，用时间先后的理由，则不能成立。

《西游记》中诗词很多，作于贞观之后的，可以说是不胜枚举。如第八十一回，悟空教育八戒不可糟蹋粮食，引了一百多年后李绅的"锄禾日当午"。第二十八回介绍黄袍老怪："他也曾小妖排蚁阵，他也曾老怪坐蜂衙。……他也曾月作三人壶酌酒，他也曾风生两腋盏倾茶。"蚁阵、蜂衙，大概出自黄庭坚和陈师道的诗句："蚁集蜂衙听典常""雷动蜂窠趁两衙"。后面两句，一个借用李白的"举杯邀明月，对影成三人"，一个借用卢仝的"惟觉两腋习习清风生"。这些都是晚出的诗句。小说里这样用,没有问题。《封神演义》里,纣王在女娲庙里题诗,题的还是唐代才成熟和流行的七律呢。

但在第六十四回,唐僧和四老在木仙庵谈诗吟诗,杏仙后到,"茶毕,欠身问道:'仙翁今宵盛乐,佳句请教一二如何?'拂云叟道:'我等皆鄙俚之言,惟圣僧真盛唐之作,甚可嘉羡。'"这就太夸张了。初唐人如何去羡慕盛唐?所以证道本的夹批就笑话说:"太宗贞观之时,犹初唐也,何乃预借盛唐耶?"

类似纪晓岚指出的锦衣卫那样的时代不符,书里还有。第十五回,鹰愁涧水神变为渔夫送唐僧渡过涧去,上岸后,唐僧教悟空打开包袱,取出大唐钱钞为酬。须知唐朝是不用钞票的,纸钞要宋朝才发明出来,广泛通行更要到金元和明朝。

类似的还有第十六回写到的"三个法蓝镶金的茶钟"。

法蓝即珐琅,查资料,波斯的铜胎掐丝珐琅,约在蒙元时期传至中国,明代开始大量烧制,并于景泰年间达到高峰,后世因称为"景泰蓝"。唐朝不应该有珐琅器吧?

纪晓岚的故事说明,小说中无意留下的痕迹,包括各种小破绽,往往是考证成书年代的好材料。《西游记》的作者是哪路大神,至今仍是悬案。但从小说里看,他很可能是广州、福建一带的人。比如他形容黄袍老怪:"三四紫巍巍的髭髯,恍疑是那荔枝排芽。"显然看惯了荔枝。像我,至今不知道荔枝排芽是什么样子。前年到福建第一次见到香蕉的花,就惊奇得不得了。再如第七十五回,悟空说,"从广里过,带了个折迭锅儿"。人文社《西游记》的注解说,"广里"即广州。四圣西行,不经广州。作者熟悉广州,顺笔就写出来了。

取经西行,最艰难的旅程是穿越沙漠。读《大唐大慈恩寺三藏法师传》,印象最深的就是这一点。《大唐三藏取经诗话》中尚有痕迹,如沙僧的原型深沙神,是在沙漠中吃人的精怪。到了《西游记》中,大沙漠变成了流沙河。作者没到过沙漠,一路写山写水,写寺院,写田庄,写城池,就是不提沙漠。

写《西游记》的那个人

童年时期给我带来无穷乐趣的一本书就是《西游记》,因此,我一生都对这部"长篇神魔小说"的作者怀着感恩的心情。然而,《西游记》确是出自吴承恩之手吗?恐怕未必。就现今已经掌握的资料,我们只能说,吴承恩有可能是作者。即使这样说,也是相当大胆和自信的。将作者归于吴氏的根据,反复检点盘查,只有明天启《淮安府志》中的一条,即《淮贤文目》在吴承恩名下列入《西游记》一种。但这《西游记》,如一些学者指出的,是小说,还是一篇游记,甚或是杂记杂剧,我们都不知道。清人阮葵生等人的结论,皆系据此而来,却又被后来的学者引作证据。"吴承恩说"因为得到两位顶尖人物鲁迅和胡适的肯定,一时几乎成为定论。1990 年,刘荫柏在其所编《西游记研究资料》前言中,就有这样不容置疑的一段话:"《西游记》的著作者为谁?在今天还提出这个问题似乎是可笑的,因为现在稍有文史知识的人都知道它的作者是明代中叶伟大作家吴承恩。"但在 1997 年出版的章培恒、骆玉明主编的《中国文学史》中,对这个"似乎可笑"的问题,采取了"似乎并不可笑"的审慎态度,罗列两种意见而不作左右袒。这说明随着研究的深入，学界的认识也在转变。事实上，历史上许多类似疑案的最后解决，往往依赖过硬证据的发现。没有证据，一切只能是推论，甚至是一厢情愿的臆测。

我喜欢反复阅读自己喜爱的书，好在这样的书并不太多，因此消耗得起那么多的时间和感情投入。反复读一本书的好处是，在阅读的过程中，读者和作者的关系不断亲密，背后看不见的作者最终会像朋友一样出现在眼前，触手可及。你对他的了解也和实际生活中对一位朋友的了解过程相似，通过一次次的电话、通信、会面，一同散步，一起吃喝，互相拜访，这样，一个抽象的姓名才会变成活生生的血肉之躯，他的习惯、他的性情、他的怪癖、他的所有喜怒哀乐，你全都了如指掌。

在对任何事物的了解过程中，都不可避免地加入个人的想象和理想成分，这是认知的缺陷，也是认知的丰富和深刻所在。毕竟每一个人心中的世界，都不是那个唯一的、具有确定内涵的本初世界，而是他个人的主观世界。在主观世界，"真"远非最重要的特质，"真"必定屈居于善之后，也在美之后。如此，"真"变得相当脆弱，相当不可靠。

如果我在长期的反复阅读中想象出一位《西游记》的真正作者，我对他的形容或许没有太高的学术价值，但在某种意义上，他确实就是那位真正为我们写下这部千古名著的人，不管他是叫吴承恩，还是其他名字。

首先，他很可能是一位市井中的小文人，社会地位不高，生活也不是非常富裕，但相当稳定，起码衣食无忧。他不是那种拿文学当作神圣事业的人，而可能只是书商请来的写手，把一个上好的、有市场价值的题材综合编写成一部有一定长度（这也是为销售考虑）的畅销小说。"《西游记》和《水浒传》《三国演义》相似，都是经过长期的积累和演变才形成的"，在百回本之前，有玄奘师徒的口述纪实文学，有宋元的杂剧和话本，甚至还有一本完整的《西游记》小说，可是，这些故事不仅散乱，描写也粗糙，远远不能满足市民不断提高的欣赏需求，这就需要一位像罗贯中、冯梦龙那样的高手，对现有材料加以整理。有些书商本人就是笔杆子，如冯梦龙；有的自以为是笔杆子，如余象斗；还有的是精明的商人，能发现人才。宋元以来流传的故事太多了，有基础好的，也有基础不太好的，整理编写者中，有罗贯中和施耐庵那样的文学天才，也有半瓢水的穷酸秀才，因此，书商们顺应大众消费需求而推出的"精神食粮"中，有的成为名著，有的则让书商大亏血本。

写手们的雇用和生活情形，我们可以从《儒林外史》中看到一些描写。马二先生应聘为书商选编时文，资方供他吃住，最后得几十两银子的稿费。稿费的多少，要看销路如何。《西游记》作者的个人状况，我们可以从马二先生身上得其大概。

说《西游记》的作者是书商雇用的写手，是相当煞风景的事，因为如此一来，就没办法再去论证作者如何像曹雪芹那样，十年辛苦，呕心沥血，披阅再三，经营出一部血泪之作，而且创作也不再是自觉的行为，更谈不上什么匡救时弊的主观意图，在这里，《西游记》这样的伟大作品的诞生，竟然不过是为了出版商的几十两银子的稿费。

但是，还有不煞风景的一面，那就是：作为被雇用的写手，并不妨碍他同时是一位伟大的作家；没有伟大的主题在先，并不妨碍作品本身的伟大。

做书商的写手，动机不外乎：一、赚钱谋生，如马二先生；二、出名，如缠着马二要在书上署名的蘧公孙；三、出于爱好。这三种人都有可能成为伟大的作家，伟大绝大多数时候纯出偶然，不过，我相信《西游记》的作者属于第三种情形。首先，前面已说过，他衣食无忧，其次，他名心不重。明代写书，并不是不可以署名，但小说地位低，署名意思不大。《西游记》的很多章节，你能够感觉到作者是如何陶醉于讲故事这种智慧的游戏，尤其是平顶山和五庄观的部分，他玩得都不想离开了。

出于爱好，作者不一定非得被书商雇用。写完了，在三两亲朋好友之间传看。名声传出去，有人专门借去转抄。传到书商那里，书商慧眼识宝，于是"祸枣灾梨"，闹得洛阳纸贵了。

林庚教授在其《西游记漫话》中，特别阐述了孙悟空形象的市民英雄色彩，将之与话本中的市井人物，如神偷懒龙、宋四公等,进行对比,见出他们之间的相似。《西游记》虽是神话题材,却处处是人情世故,如果说猪八戒身上农民味道浓一些,孙猴子则完全是市民情调,市井光棍的无赖、逞英雄、狡辩、狡猾,浓缩在一个猴子身上,变成令人喜爱的机智和调皮。作者当然是在写他熟悉的生活。即使猪八戒,如有人已指出的,也不是单纯的农民,而是一个进了城的农民。

《西游记》的作者生活在城市,他是一个熟悉市民生活,熟悉形形色色的市井人物的城市中下层平民知识分子。这个城市应该是南方中等以上水平、繁华的商业城市,如南京、杭州之类,甚或更小一些的城市。

一部伟大的作品,必然留下作者的痕迹,使细心的读者可以从中发见作者的生活和思想。读《聊斋志异》的人,一定会对其中关于科举的内容印象深刻,感受到作者在这方面的刻骨铭心之痛。至于曹雪芹,谁要说宝玉身上没有他早年生活的影子,那才叫大白天说胡话呢。

可是《西游记》从头到尾,始终是在平和的气氛中。作者气度雍容大方,叙事从容不迫,机智百出,讽刺辛辣,却又能谑而不伤。据此,他的个人生活应当是相当顺畅的,没有经历过大的波折,没有惨痛的经验,而他对生活的态度显然是乐观的,一些开心的小事甚至让他时时有满足感。科举和婚姻,旧时文人一生中最重要的两件事,书中没有留下感情痕迹,说明前者作者并不在意，后者没有任何波澜，这正是"贫嘴张大民"式的小知识分子的典型幸福生活。

《西游记》是佛教故事，但如我在前文中已经讲过的，作者的佛教知识十分有限，差不多停留在一个普通信徒的常识水平。为了成书，作者显然补过一些功课，所以书中留下了超出常识却没有完全消化吸收的痕迹。《心经》是唐僧的精神支柱，每到危急关头，都要默念以求镇定的，作者却把它称为《多心经》，这是闹了一个大笑话。佛教讲"应无所住而生其心"，这里讲"多心"，岂不正是反其道而行之了？但作者把唐僧和《心经》联系起来是有道理的，因为流传的《心经》正是玄奘所译。书里拉进来一个乌巢禅师，似与《五灯会元》里的鸟窠禅师颇有渊源。

作者对道教的熟悉大大超过佛教，所以书中的人物，即便是佛教中的大人物，讲起道理来，讲着讲着就滑溜到道家那里去了。书中大部分讲佛理的诗词，干脆佛道一锅烩，连作者都分不清谁是谁了。

过去的评家视《西游记》为阐扬道家金丹妙旨的所谓"证道书"，正说明了书中有浓厚的道教色彩。事实上，讲到丹，看来作者是个对丹颇有兴趣的人，说不定，如李白一般，可能还有点实际经验和心得呢。孙猴子似乎对丹最看重，闹天宫的主要罪状之一是偷老君的金丹，后来取经路上，道家的各种金丹不断在紧要关头出现：破黄风怪，有灵吉菩萨送定风丹；救活屈死的乌鸡国王，要从老君那里讨来九转还魂丹。猴子嘴边的嗉囊，似乎专为藏丹而生，老君每次见他，总得提防他故技重演。

明朝的昏君炼丹成癖，丹本是求长生的，后来用途不断扩大，变成春药了。不过在《西游记》的作者那里，丹始终还是高贵的灵物。

每一样都玩，每一样不见得玩得多深。孙猴子讲马兜铃治病的道理，你说是真还是假？所谓玩，是从学问里找乐子、找谈资，三教九流无所不知，知的深度，以快乐和实用为限。就像我们今天在很多地方都能遇到的热爱生活的人，他种花、养动物、看侦探小说、练点气功、品茶，兴许还集邮。无论谈什么，他管保有一肚子小零碎儿供你乐。但他绝不是动物、植物学教授，也不是册子里藏有"华邮三珍"的收藏界泰斗。

《西游记》的作者是南方人，这个已经得到公认，苏兴先生有《关于〈西游记〉的地方色彩》一文，这里不做征引，不过值得指出的是，西行取经，顾名思义，本是一个关于西域的故事，然而从《大唐西域记》直到《大唐三藏取经诗话》中的西北地理色彩，到百回本《西游记》，全部改换成了江南风物。《西游记》一路上的景物，从离开中土，到抵达天竺，山水的葱郁灵秀，一成不变。流沙河是个很好的例子。在《诗话》中，沙僧本是深沙神，流沙河实际上有沙无河。玄奘的传记中也记录了他被困沙漠险些丧生的故事。西行之路，最危险的莫过于沙漠，但对于南方人，沙漠太遥远，太没有现实感。他能想象的旅途之难，不出山岭之险峻,加上河流的阻隔。事实上,南方的河流多柔媚,桂棹兰桨、清风明月,不知该有多诗意哩。所以《西游记》中,十之八九的灾难是在大山中,河川则次数甚少。流沙河之外,仅有黑水河、子母河和通天河这三次。可见人的想象总是以感官经验为基础的,间接的经验使用起来不一定那么得心应手(除了郦道元,就算他写江南有所本,却如何写得那么有精神?这里面的谜待解)。

《西游记》作于什么时候?阮葵生认为是吴承恩年轻时的"游戏"之作,现代学者多认为写于作者晚年,苏兴则坚持说,《西游记》是吴承恩三四十岁的作品。

《西游记》行文异常流畅,文字清新,从开卷到结束,一直保持着同样的轻快节奏,可以想见作者写作此书时的状态之好、速度之快,除了插入的唐太宗和唐僧身世的几回略显滞涩,全书看不出有丝毫滞碍之处。这种特点,显示书成于作者壮年之时,也正是苏兴所说的,三十至四十岁之间。

最后要说的,是《西游记》作者的诗词。我小时候非常喜欢书中有关山水风景的韵文,对那些妖怪居住的洞府艳羡不已。从书中的作品来看,作者在诗词上的造诣不算高,那些写景诗都是公式化的,峰峦如何,涧谷如何,哪几种树,哪些花草,哪些飞禽走兽,再加上季节时令,朝夕阴晴,所以看来看去,西行路上的一应山水,仿佛构件数量有限的布景,搭来搭去,总不离那几样东西。在小说中插诗词,除了刻意卖弄才学的一类,实在是一项很吃苦的工作，费力不讨好。《红楼梦》里有几处，看得出曹雪芹在这方面的辛苦，章节写好了，人物的诗词还没安排好，只好留着以后慢慢补。明代的文人，有个很普遍的现象，他们文章一流，剧作一流，诗却写得没法看，汤显祖、"三袁"、张岱，都是如此。如果只看他们的诗，很难想象他们在其他领域会有那么了不起的成就。《西游记》的作者也属于这种人。不过作为小说作者，他的那些"八股诗"安插在书中，既不喧宾夺主，也没有乱场塌台，多数时候还能在故事进行之间给读者以歇息的机会，造成美学上恰如其分的间离效果，这就不能不佩服他的聪明。兴到酣处，他还时不时弄点游戏诗，如药名诗、数字诗，这样的文字游戏，行家当然不会拿它当回事，但很能给一些略通文墨的读者带来乐趣，他们甚至会抄下来，作为茶余饭后的谈助。

总之，这位尚未正名的大作家，是一个自信、乐观、宽容的人，他机智幽默，看世相眼光锐利如简·奥斯汀，他的态度也像，不过由于对生活的满足，他的讽刺中不存怨毒和刻薄，这是极为难得的境界，很少有以讽刺著称的作家能做得到。复仇容易，宽恕难。《西游记》的作者即使在大动干戈时也是微笑着的。商业书，首要原则是好看，第二、第三个原则还是好看。文以载道不在考虑之中，结构上玩花样，设置点象征什么的，他也不放在心上。他要把故事讲得人人爱看，这一点，他绝对自信，因为他不是新手，以前肯定在什么地方，以什么形式，尝试过了。他富于想象力，熟悉市井生活和来自平民间的富于表现力的语言，他身在其中但不限于其中，因此他看得清楚、看得透彻，四个各具特色的人物，足够让他概括一切世相，何况还有那些打不完杀不尽的妖怪。

《西游记》是一部游戏之作，伟大的作品多少都具有游戏性质。《西游补》也很伟大，它和《西游记》最大的不同在哪里？《西游补》中一切都是有意的，《西游记》则不然，它没有"目的"。游戏的出发点是愉快，过程是游戏，终点还是愉快，故其一切纯出天然。但我们知道，写作是这样一个过程，在写作中，不管有意无意，作者的一切必然隐藏在作品中，包括他的性情、他的思想，他对我们这个世界的认识。伟大的作家从来不用担心作品中没有自己，因为他就是作品。

万镜楼中的六梦三世——关于《西游补》

1. 说梦的宗师

托梦说故事,本是小说家的故技,不过以梦为筏,利用其简捷,省下搭桥造路的许多功夫,命意多不在梦之自身。书中闲插几段梦话,那是不消说了,就是整本书号称一梦,开头安个入梦的楔子,末尾添一句醒来之后如何茫然、惘然的余韵,梦到底还只是个躯壳,仿佛埃及木乃伊外面一层一层藻饰华丽的棺椁,与金面罩下的主人究竟无涉。

《牡丹亭》使梦成为故事的核心,成为整个作品中不可或缺的东西,不再仅是一个工具、一种手段,宛如枯骨生肌,从此血肉饱满,有了生命。在小说里,《西游补》不是第一本专写梦的作品,却是第一本以梦的方式写梦,把梦的先天特质发挥得淋漓尽致的作品。

说起来,庄子是说梦的宗师,他说梦,主要的意思有两点:其一,梦与现实不可分,也就是说,你永远不能知道,你是在梦中还是在现实中,所谓"方其梦也,不知其梦也","愚者自以为觉",其实未觉。其二,梦中有梦,你在梦中醒来,也许知道自己刚做了一个梦,实际上还是在梦中,更可怕的是,你也许根本不存在,只不过是他人梦中的一个角色,所谓"予谓女梦,亦梦也"。

这种一步达到极致的梦的理论,后人无法超越。从唐人传奇直至《聊斋》,都想把梦写得比庄子设想的更奇,但始终不出其樊笼。

另一个爱梦成癖的是苏东坡。《东坡志林》专设"梦寐"一类,记了十一个梦,其中《记子由梦塔》一则,洵为奇文。《后赤壁赋》中道士化鹤入梦,是神来之笔,不费力的一点,一下子把文章点活了。这样的手段,一般人不能为。

董说可以算是第三个梦迷,尽管名头不那么响亮。他自述平生癖好,首先一个是住在船上,其次是听雨。蒋竹山的词句,"壮年听雨客舟中",董说拆之为二。在南方,水多船多雨也多,雨打船篷寻常易遇,二还是一。刘复先生考证说,董说的第三个癖好就是做梦,他写了《昭阳梦史》和《梦乡志》(有疑二书或是一书的),自号梦史、梦乡太史,创建梦社,起草了《梦社约》。《丰草庵杂著》苦不得见,幸亏刘复在《西游补作者董若雨传》中抄引了梦史的两则,使我们得窥一斑:

> 身在高山,望见天下皆草木,了然无人,大惊呼号。思此草木世界,我谁与语?痛哭,枕上尽湿。
>
> 临池割去首发,发堕水中为鱼。余乃涕泣裁尺牍寄严既方,云:"弟已堕发为鱼",书至"鱼"字而寤矣。

连梦也做得如此离奇,无怪乎鲁迅赞扬《西游补》"丰赡多姿,恍忽善幻,奇突之处,时足惊人"。宋人词中好感叹梦无凭无据,难以落实,这正是梦的妙幻之处:不须借力,腾跃而上,收放转折,一如己意,在某种程度上,可以算是庄生所说的"无待"。

《西游补》中既有古人世界,又有未来世界,天字第一号镜中的所见,不用讲,正是现实世界,然而这现实是董说的现实,却不是做梦者悟空的现实。相对于悟空,它也不是过去或未来,正如突兀而来的"大唐新天子太宗三十八代孙中兴皇帝",能把人惊出一身冷汗。万镜楼中团团宝镜一百万面,一镜一世界。古人世界,未来世界,特不过其中之两面而已。未来世界的隔壁,另有一个蒙瞳世界;古人世界的隔壁,另有一个头风世界。悟空找秦始皇借驱山铎,项羽告诉他,元造天尊见始皇蒙瞳得紧,不可放在古人世界,发派到蒙瞳世界去了。至于头风世界,作者未加明说,读者只好自己想象一番。

明末清初人董说,幻想之大胆,造语之新奇,时空观念之超前,一句话,他的现代性,实在不亚于20世纪的一流前卫作家。在孙猴子春日艳阳下的一场迷梦里,世界变了,天门关了,唐僧成了挂印的将军,悟空则看着自己在戏文里演出一曲《满堂笏》,小月王亦男亦女,自称悟空嫡亲儿子的波罗蜜王率军大战,先杀月王,再斩唐僧……如此如此,不可胜述。第七回里提到一个小人物,名唤新在(注意这个"在"字,簇簇新新、不偏不倚,正是"存在"的意思），别号新居士，先去蒙瞳世界寻父，回家时须发尽白，三年后再去寻找外父，关门被封，不得返归，只能侨居在未来世界。新在的名字很哲学，他的故事也很哲学，寻找和流浪，放在西方文学里，是内涵丰富的原型。

梦是象征的，也是写实的；梦是荒诞的，也是严肃的；梦是跳跃的，也是连贯的；梦可以诗，可以文，可以插科打诨，可以咏怀言志，但凭看官选取自己的立场。《西游补》的开头，由牡丹的娇红引出狡童妖女，由悟空行凶引出悟空的送冤文字，情动则迷，不觉身入鲭鱼气里，遭妖精结结实实地耍了一通，最后被虚空主人唤醒。这一段虚拟的历程，与四众取经的历程一样，写出生命的历练和成长，写出意识的觉醒和灵魂的依归。如果人生可以浓缩为一个象征，梦当然也是。排除了表象的散乱之后，梦更能接近实质。《西游补》没有续写取经成功后的故事，而是插在三调芭蕉扇之后，名之曰补，是因为作者看到了取经故事本身的圆满，他只能另行开辟，以一个虚的圆满，与原著实的圆满相呼应。

鲭鱼，鳖也，董说不说鳖而说鲭，因为鲭就是情。"由情入妄，妄极归空"，"情正为佛，情邪为魔"。二十一岁的青年董说，对佛教的理解仅此而已。作为后来广受尊敬的佛门尊宿，这点道行远远不够，但作为《西游补》的作者，则已然足矣。一波动，万波随。第一波最先又最小，引动它，只需要一片落叶，或鱼嘴的一喽。

2. 如何逍遥，能否逍遥？

大学时候，同宿舍的二三好友，闲时好以接龙方式背诵书中喜欢的段落为游戏，那情形，很像李清照在《金石录后序》中所描写的，不过我们意不在考较，所背诵的多是小说中语言幽默荒唐的句子，一唱一和，倒像演戏一般，如《狂人日记》中"今天晚上，很好的月光"，以及《西游补》中的凿天、蜜王认悟空为父和孙丞相几段。前者如悟空欲见玉帝，天门紧闭，敲之不开，悟空狂呼大叫，"有一人在天里答应道：'这样不知缓急奴才！吾家灵霄殿已被人偷去，无天可上！'"后见踏空村村民，听他讲凿天情形："午时光景，我们大家用力一凿，凿得天缝开，那里晓得又凿差了，刚刚凿开灵霄殿底，把一个灵霄殿光油油儿从天缝中滚下来。天里乱嚷，拿偷天贼！"后者写悟空在青青世界看戏，戏文说的正是他自己匪夷所思的传奇。看罢，台上人乱哄哄地议论道："《南柯梦》倒不济，只有《孙丞相》做得好。原来孙丞相就是孙悟空，你看他的夫人这等标致，五个儿子这等风华，当初也是个和尚出身，后来好结局，好结局！"

唐僧可以挂印封金，坐拥美妾，悟空当然能出将入相，子孙满堂。在《西游补》里，最沉重的人生和历史，摆脱了一切束缚，获得一种最轻快的方式,翻云覆雨、腾挪变化、奇外出奇。理想原来触手可及,做错的事不妨从头再来,仇敌相逢一笑,沉冤尽情雪洗。至于个人,哪里有什么既定的命运?只要想,现实就被创造出来,而且可以随时推翻。人生的选择,至此荡然无存,因为一切可能全都属于你。如果说还有问题,那就是你愿不愿意想,以及怎样想。

读《西游补》的痛快像读李白的歌诗,狂放不羁、举重若轻,使人忘了自己背上还有包袱在。这种痛快如同畅饮后的醉意,我们明白它靠不住,但既然酒可以用来浇胸中的块垒,阅读为什么不行?凡这一派文人,不管他自以为如何,也不管他后来如何,都是庄子这棵大树上的果实。

《庄子》开篇讲逍遥游,讲鲲鹏图南,讲寒蝉和斑鸠,讲列子御风而行,以及后来讲藐姑射神人,讲社栎、井蛙、河伯和海若,其实都是在讲人生的境界和选择。庄子的理想人生,是完全自由,而所谓自由,绝非无度的索取,而是超越羁绊。"至人神矣!大泽焚而不能热,河汉沍而不能寒,疾雷破山、飘风振海而不能惊。若然者,乘云气,骑日月,而游乎四海之外,死生无变于己,而况利害之端乎?"

但庄子没有想到的是,不管在任何社会,逍遥都是一个奢侈到企图把大海纳于牛迹的妄想。精神固然可以自由驰骋,可以天马行空,然而精神始终不能脱离肉体的牵扯,其自由在时间和空间上均极有限。庄子说，无所凭依的境界通过对道的追求而实现，然而道，即使在一流的人物如孔子和列子那里，也是遥不可及的。庄子要齐物，栩栩然化为蝴蝶，只能在梦里，因为这种奇遇难得，他不愿相信化蝶只是一场梦，为了肯定化蝶，不惜否定人生。

在庄子，逍遥最终只能是过程，无法为结果。庄子的理想最终还得归根为梦想。《西游补》从头至尾是悟空的情梦，唯其是梦，悟空，或者更干脆地说，董说，果真逍遥之至，忽而美女，忽而阎罗，忽而黄泉碧落，上下四万八千年，然而悟空的一梦，主观上固系情动于中，客观上则是拜鲭鱼精之赐。神通广大超过悟空十倍的鲭鱼精，说穿了也是凡妖一个，它的目的也是要吃唐僧肉。悟空梦醒，红日依然高挂。桃花林边化斋，进屋却见一所学堂，一个师长聚几个学徒，正在讲书，所讲不是别的，正讲着一句"范围天地而不过"。

《西游补》全文收于这七个字，不免可怜可叹。作为读者，我是希望董说这里还是不要醒来的好，但他不仅清醒，而且清醒得太厉害。书前的答问说："悟通大道，必先空破情根。空破情根，必先走入情内。走入情内，见得世界情根之虚；然后走出情外，认得道根之实。"这段话阐明补书的宗旨，令人灰心丧气。《西游补》若果然如此，那也不需看了。嶷如居士的序有言："约言六梦，以尽三世。"又说："阅是补者，暂火焰中一散清凉，冷然善也。"反倒比若雨自己说得好。

写《西游补》时的董说，有他天不怕地不怕的地方。即便在实际生活中，他也确实比很多同时代人来得洒脱。悟空的梦写到精彩处，理智暂时放假，儒家、释家的教诲统统扔到一边，看他调侃世间最庄重的事物，不只是幽默，他是在告诉我们，任何事物，无论权威怎么说，经典上怎么记载，都是可以这么看的，都是可以这么对待的，我们真照他说的做，无意中就获得了解放——尽管是暂时的。

3. 少少许胜多多许

明清小说中，对科举抨击最力的，大概莫过于《儒林外史》。程晋芳所作的小传，说吴敬梓"独嫉时文士如雠，其尤工者，则尤嫉之"。第十三回马二先生论"举业"可贵的一大段话，对明季以来"制艺而外，百不经意，但为矫饰，云希圣贤"（鲁迅语）的风气，总结得剥皮见肉，剥肉见骨，令人惊心动魄："举业二字，是从古及今，人人必要做的。……就是夫子在而今，也要念文章，做举业，断不讲那'言寡尤，行寡悔'的话。何也？就日日讲究'言寡尤，行寡悔'，那个给你官做？"

我们现在看科举，读八股文，就像回头看古代妇女的小脚，断不会油然而生杨维桢那样的雅兴，而当时之人，持吴敬梓这样的态度的，毕竟极少，原因就在于孔夫子所说的"禄在其中矣"。

思想进步的知识分子也好，不进步的也好，才比陈王的也好，胸无点墨的也好，吃饭总是第一的，在这一点上，大家没有分别。那些行为狷介，乐意同世俗唱反调的，多半是贵胄或世家子弟，除了聪明有见识，更关键的是有精神造反的物质基础。这和历来艳羡的归隐是一样的。归隐，起码得有田产、房产，没听说哪个隐士是为人佣仆或像长沮桀溺一样耦而耕的。

《儒林外史》的伟大，正在于它的异类。《聊斋志异》的作者蒲松龄，一生饱受科举的刺激，活生生一个前半生的范进。《聊斋》中与科举有关的故事占了很大比例，然而所有的故事，都是感叹试官心盲目瞽，衡文不公，对科举本身，则心有挂念，每饭不忘。二十年前读《叶生》，对其中"借福泽为文章吐气，使天下人知半生沦落，非战之罪也"的惨痛之言，念念不能忘。

同样，《红楼梦》对科举，我一直觉得并非如很多批评家所言，借宝玉的行为以示否定和背叛。宝玉出家，毕竟是在应试中举之后。作者所痛悔的荒唐，是不能在情感上摆脱对经济学问的厌憎，从而错失了本来可以安稳、正常的生活。

科举到后期，越来越像一场闹剧，这也是不可否认的。蒲松龄痛恨的试官昏庸，从对科举最热衷的文康那里也能看出来。安公子才学无双，皇榜高中，他的座师当初并不想取中他，多亏了神鬼显灵，一番劝说加威吓，才逼那位刻板的老道学改变了主意。由此可见，仅从制度上，以时文取士也是靠不住的。

八股文的无聊和空洞,知堂老人曾经举了许多可笑的例子。《西游补》第四回写"天字第一号"镜中的放榜,第一名廷对秀才柳春,第二名乌有,第三名高未明,柳春的文字,酒楼上有人摇头诵念,道是:

> 振起之绝业,扶进之人伦;学中之真景,治理之完神。何则?此境已如混沌之不可追,此理已如呼吸之不可去。故性体之精未泄,方策之烬皆灵也。总之,造化之元工,概不得望之中庸以下;而鬼神之默运,尝有以得之寸掬之微。

小说中悟空听了,哈哈大笑,想起老君谈文章气数,从上古的纯天运,到战国的纯地运,此后五百年"水雷运",文章气短而体长,谓之"小衰",再八百年到"山水运"上,便一坏不可收拾。董说的文学观,很像李白用一句"自从建安来,绮丽不足珍"打杀南朝三百年。宋元以后的大坏,是如何坏法?老君叹道:"一班无耳无目、无舌无鼻、无手无脚、无心无肺、无骨无筋、无血无气之人,名曰秀士;百年只用一张纸,盖棺却无两句书!……你道这个文章叫做什么?原来叫做'纱帽文章'!会做几句便是那人福运,便有人抬举他,便有人奉承他,便有人恐怕他。"

明清以来,未必没有好作者、好文章,若论大势,则董说的愤激之词不能说没有道理。很多人厌恶桐城派,就是因为从中看不到先秦两汉以来的那种健康和明朗，更别提什么自由精神和浩然之气了。文章自有了作法，体制愈精密，文字愈娴熟，要念起来好听，写出来好看，代圣人立言，讲究温柔敦厚、起承转合、步步为营，又刻意造些警句，炼些字眼，自己谈起来，或同侪互相标榜，一板一眼、头头是道，也能被一些糊涂虫当作典范，想从中"学些法则"，但这样的文章，在董说眼里，分明只能嗅出一点猥琐、一丝无奈，又岂止是"哀哉"而已呢？

《西游补》以区区数万字的篇幅应对一系列庞大的主题，走笔如飞，迅若风雷，点到即止，绝不粘连滞留，虽不敢说做到了以多多许胜少少许，但有着杂文般的精辟和简劲，是不会错的。如写看榜时诸生之反应的一段：

> 也有呆坐石上的，也有丢碎鸳鸯瓦砚，也有首发如蓬，被父母师长打赶；也有开了亲身匣，取出玉琴焚之，痛哭一场；也有拔床头剑自杀，被一女子夺住；也有低头呆想，把自家廷对文字三回而读；也有大笑拍案叫'命，命，命'；也有垂头吐红血；也有几个长者费些买春钱，替一人解闷；也有独自吟诗，忽然吟一句，把脚乱踢石头；也有不许童仆报榜上无名者；也有外假气闷，内露笑容，若曰应得者；也有真悲真愤，强作喜容笑面。独有一班榜上有名之人：或换新衣新履；或强作不笑之面；或壁上题诗，或看自家试文，

读一千遍，袖之而出；或替人悼叹，或故意说试官不济；或强他人看刊榜，他人心虽不欲，勉强看完；或高谈阔论，话今年一榜大公……

董说早年在应制文上下过力气。二十四岁时明亡，三十七岁出家当了和尚。科举对他影响不大，或许可归因于他很早就有的清醒意识。

4. 另类才子董若雨

董说的生平，以《乾隆乌程县志》所引《蓬窝类稿》叙述得最简明：

> 董说字若雨，斯张子。少补弟子员，长工古文词，江左名士争相倾倒。未几，罹闻祸，屏疾丰草庵，宗亲莫睹其面，以寒自名，改氏曰林。精研五经，尤邃于易。丙申秋，削发灵岩，时往来浔川。甲子母亡，遂不复至。

若雨出身南浔的望族，出家后改名南潜，字月涵，又字宝云。他的著作非常多，也非常杂，除《西游补》外，还有《七国考》《楝化矾随笔》《丰草庵杂著》十余种，及《上堂晚参唱酬语录》等。

他对于易学有很深的造诣,据说是黄道周的弟子。《南浔志》则说,他出自复社领袖太仓张溥之门。

董说是一个天才少年,也是一个特立独行或者说多有怪癖的人物。他五岁时,老师教他读书,他总不开口,有一次董其昌、陈继儒在座,问他喜欢读什么书,他居然开口说,要读《圆觉经》。后来果真读了,之后才读"四书五经"。他的父亲和一些僧人交好,时常携他同去寺中游玩,耳濡目染,容易产生亲近之感。明末大乱,又断了他仕进之路,继而清朝定鼎,他便立意做了和尚。

他一辈子爱书,出家后,雅习不改,每一出游,有书五十担随之,不管登山涉水,决不一刻暂离。

董说的癖习,刘复论说得很详细。除了前面提到的喜船居,喜听雨,痴迷于记梦做梦,他还有起名字的爱好。他的名、字、号多到难以尽数,仅《南浔志》中就有二十个,如南村、远游、鹧鸪生、林胡子、槁木林、枫庵、俟庵、补樵等。他不仅给自己起,也给别人起,甚至给一些物件起。他的六个儿子,每人都是字号一大堆,他做了和尚后,又各赐他们一个法名,而且是十分古怪的法名,三个字,仿佛自汉朝的谶纬书中得来,如次子董牧,小名阿辰,字放云,一字祝琴,号铁笛生,法名旨径牧。

董说有诗名,对于诗文,他不从众,很有自己的想法。如诗,他总想创造新体,集中就有四言律诗等所谓自创体,但实际上新意不多,没有引起什么反响。《明诗综》评他的诗:"硬语涩体,绝不犹人，方诸涪翁不足，比于饶德操有余。"（见鲁迅《小说旧闻钞》）《西游补》中，这些稀奇古怪的新体诗文，点缀在不同的场合，最能收到喜剧效果。如悟空的"送冤文"，每段结尾以"嗟，鬼耶？其送汝耶？余窃为君恨之！"或"余窃恨君！"加上每段开头固定的"呜呼"和"虽然"，叫人不知所云，却又忍俊不禁。

唐新天子绿玉殿上的题壁辞，堪与《绿野仙踪》中为周氏兄弟称道的"馍馍赋"媲美：

> 唐未受命五十年，大国如斗。唐受天命五十年，山河飞而星月走。新皇帝受命万万年，四方唱周宣之诗。小臣张邱谨祝。

这类看起来文采斐然的马屁文章，尽管一派胡言，偏偏历朝历代就有人喜欢。山河如何飞且不去管它，但听得"万万年"三个字，听得是"小臣"的"谨祝"，自然龙心大悦，自然加官晋爵。董说的模拟，实在神似到了骨子里，后人读了，也只好如行者一般暗笑：朝廷之上有如此小臣，皇帝哪得不风流？

第十二回小月王阁子上的小笺题诗，很有"四言绝句"的味道：

> 青山抱颈，白涧穿心。玉人何处？空天白云。

此外如封唐僧为杀青大将军的诏书，道士作法时念的真言，唐僧写给沙僧、八戒的休书，都极尽荒诞之妙。这里不抄录，仅引一则第五回女娲家门上贴的留言条：

> 二十日到轩辕家闲话，十日乃归，有慢尊客，先此布罪。

何谓潇洒？此便是潇洒。何谓超脱？此便是超脱。

董说正经的诗作，就我读到的有限几首，奇丽纤巧，略有李贺和晚唐温李一派的影子。

他一生焚稿三次，出家前的一次最彻底，并作《焚砚誓》《焚砚辞》，说自己以"绮语自障"，发誓"从今以后，永绝文字"。他反复强调己作为绮语，正说明了他诗文的风格。

焚稿所焚有限，永绝文字也没做到，但出家之后，著作确实以佛学为主，诗文都少了。如果不是这么走极端，以他的天资，在诗歌上的成就本来可以更大。至于文章，则似乎没什么可惜的。

《水浒》及其他

重读《水浒》

1.

小时候读《水浒》，因为看战争电影的影响，对大军作战的场面特别着迷。宋江上山之后，梁山泊人丁兴旺，才有劳师远袭，攻打城池的故事。从前习惯于山间劫道、林中剪径的草莽英雄，忽然就转了型，摇身而为仪容赫赫的阵前大将。晁盖死后一拨拨上山的武将们，如董平，自不必说，早先的林冲、杨志，也是职业军官出身。然而看到庄户人家史进成了马军主将，已经觉得好玩；小牢子变成的闲汉李逵赤膊率领兵卒冲锋，更是一幕喜剧。每逢两军对阵，常常放慢速度，一句一字，细细品味。品味什么呢？只是他们的披挂和兵器。从头打量到脚，合眼想一想，是个什么形象。一败高太尉的时候，宋江排九宫八卦阵，梁山的人马逐次出场。马步二军，每一员大将带着两员副将。数数每一组的搭配，觉得趣味无穷。比如林冲这一组：

> 西壁一队人马尽是白旗，白甲白袍，白缨白马，前面一

把引军白旗,上面金销西斗五星,下绣白虎之状。那把旗招展动处,白旗中涌出一员大将,怎生结束?但见:

漠漠寒云护太阴,梨花万朵叠层琛。

素色罗袍光闪闪,烂银铠甲冷森森。

赛霜骏马骑狮子,出白长枪搦绿沉。

一簇旗幡飘雪练,正按西方庚辛金。

号旗上写的分明:"右军大将豹子头林冲"。左右两员副将,左手是镇三山黄信,右手是病尉迟孙立。

类似的描写,看熟了,记在心里,充实了当时的生活经验,补足了对未来的期望。凡是生活中没有的,便是好的。知道存在着如今的生活中从没有过的事物,那就是未来的希望,也是一个诱惑。说到上引这一段,曾经很好奇,为什么把林冲归于西方,让他白马白袍,而不是东方或南方。但不管怎么说,我替林冲高兴,因为觉得他跃马横矛的形象很神气。20世纪70年代中国一个小县城的生活给了我什么?除了吃饭穿衣睡觉,很少很少,少到连这样公式化的描写也能和梦想联系起来。现在想得稍深了些,觉得问题不这么简单。布阵,也是一种仪式。仪式的要素,在神圣、庄严、肃穆。这些,都要靠规模之大来实现,一定的神秘气氛也是不可少的。在仪式中,作为个体的人,被尽可能地压小。他必须意识到自己是微不足道的,个体附属于并消融到一个更大的存在里，才是归宿，才是幸福，才是个人的意义。这是由恐惧支撑的崇敬，或者说，由崇敬支撑的恐惧，然而崇敬和恐惧都如盐在水，没人看得见。而可见的水，在所有人眼里，分明就是幸福。

只要这样幸福着，我们就是活在梦里。而我十来岁时描摹过的所有水浒英雄戎装立像，都证明了我曾经的幸福。

2.

辗转三十年，重读《水浒》，最大的变化，恰是对战争场面失去了兴趣。连"三打祝家庄"那样得到领袖赞扬的经典章节，也只一翻而过。现在吸引我的，是有关江湖、市井、民俗和旅途生活的部分。在鲁智深、武松和宋江的故事中，这类细节比较多。如鲁智深在相国寺，武松在快活林，宋江作为一个其貌不扬的单身汉在县衙门的上班生活，都细腻生动。石秀在杨雄家开肉铺，阮氏三兄弟在水村打鱼赌博，张青夫妻开黑店，以及后来宋江、柴进等人去东京观灯，攀李师师的裙带，反复读了，还遗憾作者的描写不像现代小说那样详细。仅此一点，《水浒》大不如宋人话本亲切，也少了"三言二拍"的市井气息。读宋人话本，谁能忘得了大名鼎鼎的樊楼？《水浒》里也提到樊楼：宋江等拜访过李师师，再去找另一名妓赵元奴，不遇，从樊楼前过，"听得楼上笙簧聒耳，鼓乐喧天，灯火凝眸，游人似蚁"。樊楼可是当年的世界第一酒楼。还有游人鼎沸的金明池。谁又能忘得了李翠莲的快板书？那可和老北京人的神侃有得一比。北宋的汴京人说话，大概不会像今天的河南话，听惯了普通话的人觉得土。《志诚张主管》里的小夫人，不幸嫁得一个老头儿，不待见那把白胡子，有言道：那白胡子是沾了糖的？这声口！

好小说，故事、情节、人物等等之外，最好有几个小场面，能让人反复咀嚼回味，哪怕这场面是游离于故事之外，要被锐眼的批评家斥为赘疣的。快活林那一回，胖大的蒋门神炎夏正午在酒店外大路口大树底下，躺在椅子上捕风纳凉。店里也不热，年轻的太太守着柜台卖酒。这场面，画一张画，或电影里拍一组慢悠悠的镜头，绝妙。如果不是武松来捣乱，就是永恒的好时光啊。我回忆从前的夏天，最怀念的场景，就是在乡下广阔的田野间，白花花的太阳底下，一棵大槐树，在树下的竹床上躺着，享受一阵阵热乎乎的风。不料这个梦想，竟然落实在蒋门神身上。再想想黄泥岗上，对于押送生辰纲的军士们，白胜的一担酒是如何迷人。还有那首"赤日炎炎"的小曲。杨志是个死心眼。这样的人，虽然本事大，不是会过日子的。幸亏他后来上了二龙山，天天和鲁智深在一起，人也熏陶得随和了。

比起惊天动地的英雄事业，普通人柴米油盐乃至声色犬马的生活，才是诗意所在，哪怕那诗意细微到如附于一片柳叶上的蛛丝一样，附着在同样细微的想象上。时迁去徐宁家盗甲时，爬到博风板上，看到屋子里头，徐宁和娘子对坐炉边烤火，怀里抱着一个六七岁孩儿，丫鬟一件件收拾衣服，"安在烘笼上"。临睡前，娘子吩咐丫鬟："官人明日要起五更出去随班，你们四更起来烧汤，安排点心。"丫鬟睡了，"桌上却点着碗灯"。寻常城市人家平静的冬日生活，也能引人遐想，觉得其中大有滋味。再看徐宁在东京的住家，是在金枪班里（一个安静且安全的小区），"靠东第五家黑角子门"。从后门看，"一带高墙，墙里望见两间小巧楼屋"，附近不远，卧着一座土地庙，庙后一株大柏树。夜深，有人"提着灯笼出来关门，把一把锁锁了"，"谯楼禁鼓，却转初更"。这样娓娓道来，便似一幅淡墨风俗画，处处诗意，却又那么随便，显见生活中早有粉本，一砖一瓦，了然于心，用不着向壁虚构。

梁山好汉中至少有一半，日子过得是相当不错的，他们上山落草，并非受到欺压，愤而反抗。他们被逼，是因为梁山需要人才，被宋江、吴用设计陷害，断了归路。好几位，都叫智多星这家伙整得家破人亡。实实在在，要说仇人，梁山才是他们的仇人。若非一个"义气"作说辞，他们是不会投入造反队伍的。有时候，连《水浒》的作者也觉得那些被整得惨兮兮的汉子，只因宋江两句客套话，便一转眼认仇为友，似乎看不过去，只好归结于天命，加一句"也在三十六天罡七十二地煞之数"了事。便如徐宁，放着这么好的日子不过，从此江湖侄偬，"革命"和"起义"对他有什么意义？在徐宁那里，宋江的理想说白了，就是回到他从前的生活,而且是缩了水,打了折扣的。

和徐宁相比,像柴进那样,守着偌大的庄园,养着成群的家丁,三教九流往来不断,整天闹哄哄的,倒未必有什么情调。而且柴进这人,好人,仗义疏财,像他让贤的祖上一样好欺负,就是不会玩。至少在书里,没见他玩什么。初见武松,要是我写,就让他趿拉着拖鞋,怀里搂着一只大懒猫。

3.

从前读《三国》,崇拜诸葛亮;读《水浒》,崇拜吴用。看他们玩弄对手于掌上,觉得打仗比上学还简单好玩。什么都不需要,只需要一点聪明。而聪明,在那时,比一个干巴巴的苹果更容易得。我们一无所有,只有脑袋在自己肩膀上扛着,属于自己,不用花钱。那时我觉得,这个时代乏味无聊,不是别的原因,只是因为没有战争。没有周瑜供人设计把他气死,没有黄文炳供人擒拿,也没有猪头小队长和汉奸哈巴狗、刘魁胜之流供人逗着玩。运动、游行、喊口号、批判这个、批判那个,怎和千军万马的厮杀相比?就连公孙胜,背了一口剑,除了望天一指,口中念念有词,唤出一阵黑风,没见他和人拼上几十回合,就这样,也能让人羡慕。可是如今在《水浒》里,他们的光彩黯淡了,消失了。吴用做军师,在宋江之下,统领全军,骑着良马,好比今天开奔驰的,想撞谁就撞谁,然而自身形象还是一个村学究,而且是很不本分,沾染了浓厚江湖术士习气的学究。他的计谋,特别上不了台面,是从他看过的草纸本土印小说里抄来的。好在对手连土印小说也不看,加上梁山兵将个个勇猛,胜仗就一个一个糊里糊涂地打出来了。公孙胜,连同他的老师罗真人,像是跳大神的。不过公孙胜有一点好处:顾念亲情,事母甚孝,又知道进退,没有陪着宋江死玩。

大学时期最喜欢林冲,喜欢他的知识分子风度,喜欢他的大气,连打仗都堂堂正正。一匹白马,一杆长矛,不是直刺对手于鞍上,便是"轻舒猿臂",直接将人活捉过来。不搞拖刀计,不杀回马枪,也不放暗箭,或者飞石打人。如今对他喜爱不减,但却明白了,所谓知识分子风度,是想象出来的,也可能受了戏剧的影响,李开先加李少春的影响。喜欢鲁智深的纯净,像武松一样疾恶如仇,却不似武松那么狠辣,像石秀一样敢拼敢为,却不似石秀那么爱用心计。燕青乖巧,可惜奴才味太重。功夫那么好,在卢俊义面前,却像个倡优。再说了,一个男人,那么乖巧,算怎么回事?

李逵粗鲁,有人说,他有赤子之心,所以,虽然逮机会就乱杀人(罗真人解释说,李逵杀人,是因为"下土众生作业太重",故上天借他之手惩治),却不觉其恶。赤子之心,意思是傻。小说作者对他很不厚道,处处捉弄。戴宗捉弄他,罗真人也捉弄他。宋江一块银子买到他死心塌地的忠心,用起来也真狠,临死还不放过，这是捉弄的极致了，真不愧是官衙小吏出身。三阮有英雄气，头脑简单。性情中人，这是难免的。看吴用曲里拐弯儿地诱说"三阮"的段子，真想抽这老油条一记大嘴巴——有话直说，用得着这么绕吗！做大事，当英雄，当然来劲，可是，宋江捣鼓招安，吴用屁都不放，被人家当枪使。打方腊，也算是大碗喝酒、大块吃肉的痛快吗？阮小二、阮小五死了，死得冤，他们不像那批阴错阳差上山的军官，梦想着封妻荫子，他们只求好好过日子。幸亏阮小七最终安然返乡，对读者是个安慰。

揭阳镇上的一群，若看排座次前的情节，也只是水乡恶霸。他们的作为，我看报上打黑的报道，黑社会控制市场，与他们如出一辙。但后来征方腊，李俊头脑冷静，居然能抓住机缘结识费保一伙，相约功成身退，共赴海外发展。这可能是宋江千方百计捞得招安后最破人闷气的情节了——唐人的虬髯客传奇，不意在这里开出一朵花。

4.

卢俊义那几回,除了引出燕青,十足无聊。又一个通奸的故事,而且是最罪大恶极的一个。潘金莲参与谋害亲夫,阎婆惜企图陷害宋江,都不如卢太太这么狠毒：借刀杀人,破家谋财。相比之下,潘巧云只是偷腥而已,可偏偏死得最惨。偷情大概也分三六九等吧，与和尚偷情，最为低下，因此是最不可原谅的。明清小说里头，最爱渲染和尚尼姑的风流事，写得津津有味、纤毫毕见而又极尽嘲弄申詈之能事。事情暴露，处置总是特别严厉。在一个故事里，和尚和情妇被剥光衣服，面对面紧紧搂着绑在一起，扣在大缸里，被活活烧死或烤死。所以，处置潘巧云的残酷，石秀之狠辣只是表面文章，那和民间风气有关，也和作者有关。《水浒》的作者看来是受过刺激的。凡是漂亮女人，就有奸情。坏女人水性杨花，眉眼盈盈，每一道流波摇漾出的，都是淫荡。好女人守妇道，红杏低垂。可是，你不出墙，别人却要翻墙，甚至推倒了墙来攀折——被豪强逼占。怎么办呢？女人最好中性化，上可学一丈青扈三娘，不爱红装爱制服，天天舞刀弄剑，下可学顾大嫂、孙二娘，以杀人放火为女红。日子久了，自己都忘了自己是女人，别人也生发不出"关关雎鸠"的情愫——王矮虎那样自身条件极差偏又很黄的色鬼除外。

成了家的男人，菜园子张青最幸福。他不仅毫无被人戴绿帽子、被人黥面发配、被人在肚子上踢一脚然后强灌砒霜之虞，而且老婆在江湖好汉面前，还给他相当的尊重——蒙汗药麻翻的好汉，张青惜才，常常不惜耽误老婆做包子馅，把人放了，而孙二娘都能听从，事后也不给他小鞋穿，对人讲起，还隐约带一些男人的见识比自己高的意思。

5.

前人论《水浒》，说作者仇视女人。姓潘的女人，尤其倒霉。《水浒》两大"淫妇"，潘金莲、潘巧云，不知为什么都姓潘。有意考证作者生平的，这条线索万勿放过。此外，书中刻意写的坏女人，还有卢俊义的太太、刘知寨的老婆，以及阎婆惜。阎婆惜的名字，不知为什么和"一剑霜寒十四州"的钱婆留那么相似。一男一女，一个开国之君，一个街头小女人，怪了。模范太太呢，大概就是林娘子。鲁智深从郑屠手里救下的金翠莲，也是难得的人物：漂亮、正派、重情分，还有见识。说林冲和鲁智深不一般，你瞧，他们遇到的女人亦然。

仇视女人是一方面，《水浒传》的作者，也不太看得起文人。

这是个老话题，并没有过硬的证据，但只要看看有关王伦，有关清风寨文寨主刘高，以及好几处州府的文人知府的描写，多少能够感觉得出来。林冲火并王伦时，骂他"一个落第秀才"，既无德无能，又心眼狭窄。刘高和花荣，一个文知寨，一个武知寨。一个阴狠奸猾，一个英武豪迈。花荣说，偏偏文职为尊，要受他的窝囊气。文官的知府们多半是贪腐奸佞之徒，手下的武将常被压制——当然，董平是个例外，这位风流的年轻军官贪恋上司的女儿，当梁山大军攻破东平府，知府程万里全家被杀，已归降梁山的董平跃马冲入程府，抢走了那位不知是倒霉还是幸运的程小姐。

王伦外号"白衣秀士",林冲总结他的两大毛病,是有典型意义的。行走江湖,武艺才是真本事,一肚子诗书当得何用?何况读书的人花花肠子多,要么嫉贤妒能,要么阴狠奸诈。如王伦这样,拒绝众好汉上山入伙,怕夺了自己的权,还只是气量小。像黄文炳那样的,无事生非,明明于己无利,也要害人,是最最可恶的,所以他死得最惨,也最难看。

宋朝鉴于唐末五代武将跋扈,采取文官治国的政策,打压武将的地位——读读名将狄青的故事就很清楚。宋朝兵制上的弊病,造成军事上的积弱不振,面对外敌,一直处于被动挨打的地位,直至一灭于金,再灭于蒙古。《水浒传》的作者,或有感于此,才借梁山英雄故事,发泄一下胸中的不平吧。

和原汁原味的宋人话本小说相比,《水浒传》是高度精英化了的侠盗故事。真正的宋朝江湖,你要到《好儿赵正》《万秀娘仇报山亭儿》,以及《拦路虎杨温传》里去找。强盗有外号,在宋朝大概是件时髦事,《拦路虎杨温传》里有个"细腰虎杨达",很像《水浒》里的"跳涧虎陈达",陈达也是因为身子轻,善于蹦跳,才得了这样的外号。另外,你得知道,在宋人的话语里,"好汉"专指强盗,并非寻常的好一条汉子。《水浒传》从宋人话本里取材很多,一些故事是直接搬过来加工的。比如赵正与侯三老婆一节,就为孙二娘十字坡故事所本。宋四公和赵正行事,也有武松之风。如宋四公去张员外家盗物,不必要地杀死无辜的妇人,赵正引诱侯三夫妇杀死自己儿子,手段都很毒辣,杀人干脆,眼都不眨。《水浒传》的作者不管是谁,他是把《好儿赵正》等读得滚瓜烂熟的人,两篇对照,显见精神的一脉相承。

天神武松

黄永玉画《水浒》，三言两语的人物解说，颇多令人会心一笑者，如论杜迁："看定自己没有真本事，倒是人生第一大学问。"论李逵："余五十岁前从不游山玩水，最听人话。学铁牛脾气，只捡人多处杀去，至今老了，才觉得十分好笑。"论蒋门神："既是门神，不揍也扁。"画到做事"斩钉截铁""跟他情投意合"的武松，却没有说出什么，反而围绕着武松身边的人物王婆、潘金莲、何九叔、郓哥等发了不少议论。他们那代人，受"五四"作家影响，在古人身上落实现代观念，潘金莲往往被视为追求妇女解放的典型。如此一来，武松便有封建卫道士之嫌。黄永玉也许心中还存着这点芥蒂，换了我，会比较啰唆地写一段："打虎容易，打蒋门神容易，斗杀西门庆，血溅鸳鸯楼，都容易，不容易的是看透世道人心，一腔热血终于化为寒冰。"

金圣叹曾说武松是天神一般的人物，人中绝顶的鲁智深也不能及。不能及，表现在两个方面，即各自的精细和粗鲁。首先金圣叹说，智深虽然也"甚是精细，然不知何故，看来便有不及武松处"。鲁智深率性而为，很少瞻前顾后，拳打镇关西时，先替金老父女安排好退路，打死郑屠后，当着围观的街人假装骂对方诈死，借机逃脱。金圣叹赞扬的精细，大约就在此处。武松的精细不同，危急的情况下，他能保持冷静，平日行走江湖，处处留心，十字坡误入孙二娘的黑店，独他能脱出险境——想想《水浒》中多少英雄豪杰都被蒙汗药麻倒。其次，金圣叹说，智深和武松都粗鲁，不同之处在于，智深的粗鲁是性急，武松的粗鲁是"豪杰不受羁靮"。这一点，其实仍和第一点相关。武松光明磊落，从不算计人，却心细如发，可谓智勇双全，不像智深和李逵等人，常因鲁莽而在战场上吃亏。华州贺太守强夺民女，鲁智深听说，大怒，径直入城来杀贺。街上遇到贺太守的轿子，正盘算如何下手，早被贺太守看见形迹可疑，派两个虞候邀他赴斋，鲁智深便随了虞候径到府里，稀里糊涂地被人家拿下。这样的事，不可能发生在武松身上。鲁智深路见不平，该出手时就出手，完全置个人安危于度外，武松做同样的事，冲动之下仍不失机警。这是性格的差异，没有境界的高下。

说武松是天神，除了英雄气概，还有形象。小说中，年方二十五岁的武松，身长八尺，相貌堂堂，他和林冲是梁山英雄中最英俊的两位。林冲儒雅，因为年纪大，性格更沉稳，也更能忍辱，因此，身上更多悲苦的色彩；而武松的豪迈，好比《红楼梦》中史湘云的光风霁月，给人平野疏旷、山川嶔崟、春风骀荡、万木欣荣的愉悦之感，他的身材也是一百零八人中最长人的几位之一，

武松　陈洪绶绘

然而不臃肿、不粗顽,身上连宋时流行的雕青都没有,难怪宋江一见,心中甚喜,大户人家使女出身的潘金莲,作为异性,也立刻怦然心动。

林冲,因为其隐忍和悲苦,我们年轻时不会对他悠然神往,就像杜甫,总是我们人到中年、有所遭遇后,才会感喟和沉迷于他天地一般阔大雄浑的沉郁。武松是青春的化身，是顶天立地的男子汉，义无反顾、勇往直前、当做则做，做则做彻，不拖泥带水，不犹豫迟疑，不畏惧将来，也不把死亡放在心头——不是不怕，是心中没有"死亡"这两个字。

武松的出场极为特别。别的好汉出场，不管是别人介绍，还是自我介绍，多半夸耀一番，若先见其人，也都威风凛凛，引人赞叹。鲁智深在相国寺使禅杖给众泼皮看，听得墙外有人喝彩，智深"收住了手看时，只见墙缺边立着一个官人。怎生打扮？但见：头戴一顶青纱抓角儿头巾；脑后两个白玉圈连珠鬓环。身穿一领单绿罗团花战袍，腰系一条双搭尾龟背银带。穿一对磕瓜头朝样皂靴，手中执一把折叠纸西川扇子。那官人生的豹头环眼，燕颔虎须，八尺长短身材，三十四五年纪"。堪与《红楼梦》中凤姐和《魔山》中舒夏夫人的第一次亮相——中外小说史上最精彩的人物亮相——媲美，尽管有动静之分别。武松出场，却正当落魄之时，而且人在病中。其时武松因在家乡清河县与一趾高气扬的小官吏相争，醉后怒起，一拳将对方打昏，自以为出了人命，逃到柴进庄上，躲避了一年有余。他少年心性，时常借酒使气，惹得庄客们生厌，天长日久，好客的主人柴进也不免相待得慢了。他害疟疾，怕冷，身无充足的衣物，又没暖室炉火，只好缩在东廊下，守着一火锨炭火驱寒。宋江到来，主人佳肴美酒款待，酒足饭饱，去外小解，走到廊下，脚步趔了，仰着脸，只顾踏将去，正跐在火锹柄上,把那火锹里的炭火都掀在武松脸上。武松"吃了一惊,……气将起来,把宋江劈胸揪住,大喝道:'你是什么鸟人,敢来消遣我!'"

照金圣叹的思路,以武松的神威,如何会害起疟疾来?害了疟疾,多日不好,等到炭火掀到脸上,"惊出一身汗来,自此疟疾好了"。哪里又有这样的巧事?一个小小的戏谑桥段,妙不可言。作者无非借此来写武松和宋江的相遇,疟疾如同称手的道具,用过了,并不丢弃,再翻出一层意思:疟疾好了,才有武松的还乡,才引出打虎、杀嫂、发配、夺店、屠灭二张,直到二龙山落草的故事,写出一个英雄的史诗。

病中的武松,劈胸揪住宋江,一声断喝,凛然生威,试想他不在病中时,又该是何等气势。

宋江仗义疏财,广结天下豪杰,此与晁盖无异。不同的是,宋江惯会折节交朋友,晁盖不会。宋江把自己的头"低到尘埃里",那些本来怀着敌意的人也因此被感动,更别提早就钦慕他在江湖上的大名的人了。宋江体贴人,尊重不同人的个性,投人所好,细心如女子,又不乏真情,他能成为梁山泊的领袖,不是偶然。这是柔能胜刚的好例子,他和晁盖,正如刘邦和项羽,怎么看项羽都更像个英雄,然而胜利的偏偏是不那么像英雄的刘邦。

和成为山寨之主后出于政治目的大肆拉拢各方人马不同,早期的宋江,还比较重视友情。他和晁盖相厚,晁盖劫生辰纲事发,他冒生命危险传消息，非常够义气。在和晁盖的关系中，他是居下位的。居下位，谦恭和宽仁是很自然的。这和居上位时不同。居高临下，他对两个人最好，一个是李逵，一个是武松。李逵果然成为宋江最死心塌地的仆从，而武松，尽管一直顾及和宋江之间的私交，思想上却日益隔阂，始终没有成为宋江的亲信。也就是说，武松任何时候都是独立的，不会隶属任何人。同样地，鲁智深、林冲、"三阮"，甚至刘唐、杨志、李俊，也是如此。燕青奴仆出身，对主人卢俊义忠心耿耿，这位多才多艺、聪明乖巧、柔顺得像女人似的小乙哥，一开始是不怎么能让人肃然起敬的，但他功成身退，毅然割断与卢俊义，也割断与归顺后的山寨和官场的联系，自我解放，孤鹤高飞，顿时叫人刮目相看。

英雄，骨子里是要有一点野性的。有的，如王进和林冲，能够忍辱负重；有的，如鲁智深和史进，一向疾恶如仇，但有野性是一致的。这也就是颜延之赞颂嵇康时所说的："鸾翮有时铩，龙性谁能驯？"李逵看似比谁都粗野，但他太天真，太无心机，不受羁绊的野性被人以软刀子抹杀了。所以说，仅有野性还不够，还要有眼光和智慧。

在某种意义上，宋江是武松的精神导师，尽管是一个不成功的老师。与宋江之关系的演变，每一步都标志着武松的成长。武松是《水浒》人物中，唯一有个人成长史的人物，这和林冲和杨志等都不同。林和杨从对现实还抱着希望，希望建功立业，到不得不上山为寇，有一个复杂的心理变化过程，但在这过程中，他们的世界观并没有变化。上梁山，是"逼"上去的，不是正路，但别无选择。以被逼无奈的选择为归宿，这个痛苦是永远不能消除的。武松不然，在短短几年的时间里，他对社会、对官场、对人生的认识，发生了翻天覆地的变化，从一个口口声声说"凭着我胸中本事，平生只要打天下硬汉，不明道德的人"的理想主义者，变成了像鲁智深一样"心已成灰"，只愿做"清闲道人"的清醒者。

却说宋江初见武松，惊其一表人才，顿时推崇备至，携了他手到后堂席上，叫来弟弟宋清相会。柴进看宋江面子，安排再整杯盘，来劝三人痛饮。"过了数日，宋江将出些银两来，与武松做衣裳。"以后"每日带挈他一处饮酒相陪,武松的前病都不发了"。如此相伴住了十数日，武松思念家乡，要回清河县看望哥哥。柴进整治酒食饯行，并送了武松银两。

武松缚了包裹，拴了哨棒要行。"柴进又治酒食送路。"酒罢，武松再次相辞，转身就走。然而宋江回房，又取些银两，和宋清两个陪着武松，走了五七里路。武松请宋江回头，宋江执意再送，路上说些闲话，不觉又过三二里。武松再请宋江回去，宋江说，前面官道上有个小酒店，我们吃三钟了作别。于是三人来到酒店，饮了几杯，直吃到红日半西。武松深为宋江的情意感动，说道："天色将晚，哥哥不弃武二时，就此受武二四拜，拜为义兄。"宋江大喜。武松纳头拜了四拜。宋江叫宋清身边取出一锭十两银子，送与武松。武松哪里肯受,说道:"哥哥客中自用盘费。"宋江道:"贤弟不必多虑。你若推却,我便不认你做兄弟。"武松只得拜受了,收放缠袋里。宋江取些碎银子还了酒钱,武松拿了哨棒,三个出酒店前来作别。武松堕泪,拜辞了自去。宋江和宋清立在酒店门前,望武松不见了方才转身回来。

结拜是武松主动提出的,临到分手,轻易不掉泪的武松掉了眼泪。

一年多过去,武松杀死张都监全家之后,准备前往二龙山落草,在孔太公庄上再遇宋江。其时宋江也因杀死阎婆惜而流亡江湖,准备往清风寨投奔花荣。二人结伴上路,到三岔路口分手时,宋江嘱咐武松:

> 兄弟,你只顾自己前程万里,早早的到了彼处。入伙之后,少戒酒性。如得朝廷招安,你便可撺掇鲁智深、杨志投降了,日后但是去边上,一枪一刀,博得个封妻荫子,久后青史上留得一个好名,也不枉了为人一世。我自百无一能,虽有忠心,不能得进步。兄弟,你如此英雄,决定得做大官。可以记心,听愚兄之言,图个日后相见。

宋江这段话,确实是为武松好。任何社会,如果没到极端的乱局,哪个人不到万不得已,会选择反叛和自我放逐的道路呢?

小说形容武松的反应,只用了五个字:"武行者听了。"紧接着,"二人出得店来,行到市镇梢头三岔路口,武行者下了四拜。宋江洒泪,不忍分别"。

与第一次不同,这一次,是宋江流下了眼泪。

此前宋江邀武松同去清风寨,武松说自己"罪犯至重,遇赦不宥",怕连累宋江和花荣,不肯去,坚持去二龙山。清风寨是朝廷的军镇,二龙山是强人的山头,同是犯了死罪,武松的取舍,和宋江是截然不同的两条路。为了不使宋江失望,武松安慰他说:"天可怜见,异日不死,受了招安,那时却来寻访哥哥未迟。"

从这话来看,武松也是愿意受招安、走正路的,所以分别时宋江再次提起这个话题,不仅希望武松找机会投降朝廷,还要他劝说鲁智深。武松听过,并无言语,似乎是领受了他的嘱咐。其实不然。金圣叹就说:"武松不必有此心,只因上文宋江数语感激至深,便慨然将宋江口中不便说明之事,一直都说出来。"宋江见一时劝不动武松,便先赞扬武松有心"归顺朝廷,皇天必佑"。然后说:"若如此行,不可苦谏,你只相陪我住几日了去。"希望以兄弟之情打动他,找时间继续做思想工作。

两次送别的描写对比来看,是很有意思的。第一次,更依依不舍的是武松,落泪的也是武松,第二次就颠倒过来了。

此次分别之后,武松和宋江再度相见,是在三山聚义打青州之后,二龙山的人马全部加入梁山,两人的关系也发生了根本性的变化，兄弟固然还是兄弟，武松则成了宋江的部下。在孔太公庄上，武松还对招安不置可否，真到招安一事发生时，武松却是最坚定的反对者。由此可见，早在上二龙山之前，因家庭的惨变和争夺快活林酒店事件，几次与官府打交道，知道"正义"二字，不值分文，大小贪官污吏要陷害一个人，无所不用其极，武松对官府已经彻底幻灭了。

第七十一回，在宋江授意下，吴用和公孙胜装神弄鬼，瞒天过海，搞出一场天降石碣排座次的把戏。如此，一百零八名头领，排名排得再不合理，大家也不能有怨言。乐和奉命唱"望天王降诏早招安"的主题歌，武松首先跳出来反对，李逵更一脚踢翻桌子。事后宋江显然对武松大感失望，抱怨道："兄弟，你也是个晓事的人，我主张招安，要改邪归正，为国家臣子，如何便冷了众人的心？"武松不答话。凡到关键时候，紧要关头，武松从不多说一句废话，他是一个以行动代替语言的人。他不说话，并不表示他妥协或屈服，他只是不屑多说。这时，亲如兄弟的鲁智深便替他辩解："只今满朝文武，俱是奸邪，蒙蔽圣聪，就比俺的直裰染做皂了，洗杀怎得干净？招安不济事！便拜辞了，明日一个个各去寻趁罢。"

第七十五回，前来招安的陈太尉，所携御酒被阮小七替换，倾出赏赐给众头领喝时，"却是一般的淡薄村醪。众人见了，尽都骇然，一个个都走下堂去。鲁智深提着铁禅杖，高声叫骂：'入娘撮鸟！忒杀是欺负人！把水酒做御酒来哄俺们吃！'赤发鬼刘唐也挺着朴刀杀上来，行者武松掣出双戒刀，没遮拦穆弘、九纹龙史进一齐发作"。

宋江靠打通李师师的关节，终于投降成功，山寨人员的处置，宋江表现了一点民主精神，允许那些军校自我选择出路，结果，"当下辞去的，也有三五千人"。而对于头领们，排座次时，已申明都是"上天显应，合当聚义。……众头领各守其位，各休争执，不可逆了天言"。如今归顺朝廷，宋江再次强调："我一百八人，上应天星，生死一处。今者天子宽恩降诏，赦罪招安，大小众人，尽皆释其所犯。我等一百八人，早晚朝京面圣，莫负天子洪恩。"在天意和兄弟情义的双重牵制下，实际上剥夺了头领们的选择权。

李贽对于吴用的神鬼诡计，佩服得五体投地，感叹说："梁山泊如李逵、武松、鲁智深，那一班都是莽男子汉，不以鬼神之事愚弄他，如何得他死心搭地。妙哉！吴用石碣天文之计，真是神出鬼没，不由他众人不同心一意也。或问：'何以见得是吴用之计？'曰：'眼见得萧让任书，金大坚任刻，做成一碣，埋之地下，公孙胜作法，掘将起来，以愚他众人。'"

不要说李贽思想超前，古人那一套神鬼狐妖的骗人法，陈胜、吴广就已玩过了，刘邦不认他亲爹，非说自己是长虫的儿子，还是后学的呢。

前面已说过，造成武松对招安态度一百八十度转变的原因，是在武松离开柴进庄园后一年来的经历。

景阳冈打虎之后,阳谷县知县赏识武松,保举他做了步兵都头。要说这知县看人的眼光,实在还胜出宋江一筹。宋江喜欢武松,一眼之下,看的是外表,阳谷县知县则不然,他见了武松,也赞叹:"不是这个汉,怎地打的这个猛虎!"然而只是赐了几杯酒。等到把"上户凑的赏赐钱一千贯,赏赐与武松",武松说:"小人托赖相公的福荫,偶然侥幸,打死了这个大虫。非小人之能,如何敢受赏赐。小人闻知这众猎户因这个大虫受了相公的责罚,何不就把这一千贯给散与众人去用?"知县见他"忠厚仁德",不计较他是外地人,这才有心抬举他。

然而就是这样一个能够识人和用人的好官,当武松状告西门庆与潘金莲通奸,毒杀他哥哥武大时,他贪图西门庆的贿赂,以没有证据为借口,驳回了武松的指控。武松是他"见爱"的人,自身在官府之内,一桩血案,犹且如此,换了寻常百姓,哪里还有申冤昭雪的可能?武松心里明白,并不纠缠,淡淡说一句,"既然相公不准所告,且却又理会"。自己去搜罗证据,自己去寻求正义。

西门庆不过一个土财主,就在县城称王称霸,想想鲁智深拳打镇关西,显然也深知不可能通过法律途径解决问题,只好用拳头说理。懦弱的武大在清河县,"取得一个老小,清河县人不怯气,都来相欺负,没人做主。你在家时,谁敢来放个屁?我如今在那里安不得身,只得搬来这里(阳谷县)赁房居住"。这些来欺负的人，不都是官吏和恶霸，更多的是社会上的各色人等。王婆拉皮条，鼓捣害人性命，何九叔验尸，慑于西门庆的势力，装聋作哑，只有一个爱管闲事的郓哥，因为受了王婆的气，才挺身而出揭发真相。如果没受王婆的气，或者说，王婆看在希望他保密的分儿上，不仅没打他，还给他好处，他还会讲真话吗？何九叔如果不是在武松的持刀威逼下，还会不会交出武大遭毒杀的证据？武松看到的，就是这样一个世界，也难怪他的"忠厚仁德"，变成了一腔冲天怒气，演出一路惨烈的杀戮。（补充一点：武松在张都监府大开杀戒，连小丫鬟和养娘都不放过，出奇地狠辣。这段情节，几乎全是从话本《好儿赵正》里移植过来的。）

武松发配到孟州，这囚牢里头，新来者如果送银两，吃杀威棒时，就打得轻，不然，"端的狼狈"。可见人情和钱是哪里都需要的。武松帮施恩夺回快活林酒店，痛打张团练带来的蒋门神，于是张团练买通张都监，设计陷害武松，一如当初高俅设计陷害林冲，在牢里杀害他不成，又安排在押送途中结果他。

这一切，无异于一场人世和地狱之旅，一切理想主义的美好憧憬和预设，在残酷的现实面前，好比雪入烘炉，瞬间消散。

杀嫂之后，小说安排了十字坡与张青和孙二娘的结交；血溅鸳鸯楼之后，小说安排了夜走蜈蚣岭。十字坡的人肉酒店与蜈蚣岭的坟庵，都是某种险境，前者以凸显武松的机智，后者则极写武松的冷狠。没有机智，武松不可能从张都监等人的阴谋中幸存，冷狠,则是一系列惊心动魄的事件后武松原本就有些内向的性格的必然发展。

于是,在张青夫妇用被他们误杀的头陀的遗物:一个铁戒箍,一领皂布直裰,一条杂色短穗绦,一串一百单八颗人顶骨数珠,一个沙鱼皮鞘子插着两把雪花镔铁打成的戒刀,把他改装之后,一个新的武松形象就定型了:

> 直裰冷披黑雾,戒箍光射秋霜。额前剪发拂眉长,脑后护头齐项。
>
> 顶骨数珠灿白,杂绒绦结微黄。钢刀两口迸寒光,行者武松形像。

赞词突出的是一个"冷"字。二十六岁的青年武松,短短几年,已经饱经风霜,知道行走江湖,若有一念之慈,便不能存身,因此做事做绝,下手时候,绝不留情。

二龙山落草之后,武松的事迹不多了。"三山聚义"那一回,他再次登场,带领人马救援白虎山,路上遇到狼狈败逃的孔亮。二龙山上,他在鲁智深和杨志之下,做山寨三位大头领中的老三。与他渊源最深的几位,张青、孙二娘夫妇,施恩,以及曹正,做了山寨的小头领。他和鲁、杨二位,以前不曾相识,但气味相投,相处和谐。鲁智深下山打探史进消息,他陪伴同去,两人皆作僧家打扮，凑成一对，真如天造地设。

梁山将领被招安后，开往京城接受检阅，"众头领都是戎装披挂。惟有吴学究纶巾羽扇，公孙胜鹤氅道袍，鲁智深烈火僧衣，武行者香皂直裰；其余都是战袍金铠，本身服色"。武将中只有他和智深不改原先装扮。智深是如假包换的剃度过的僧人，武松的行者身份则是假冒的，后来便以假为真。（奇怪书中没点出李逵。李逵穿上"战袍金铠"，那是什么模样？）

《水浒》的三大英雄，鲁智深、林冲、武松，都是令人喜爱的人物，因为喜爱，我希望小说多给他们机会，让他们朝夕相处，并肩携手，快意江湖。鲁智深救林冲，他们二人的故事很大一部分是水乳交融的，武松似乎孤独了些。二龙山上的生活，书中没有多着墨，但在此后的战场或其他场合，看得出鲁、杨、武三人的默契，尤其是鲁、武之间，他们是冲锋陷阵时最亲密的伙伴。林冲是马军将领，而武松步战，他们没有机会配合。

征方腊，梁山英雄凋零殆尽，三大英雄结局悲凉：鲁智深在杭州六和寺坐化，林冲在回军途中染病而亡，武松在乌龙岭一役被包道乙飞剑斩掉左臂，成为废人。

小说写道，武松在乌龙岭与鲁智深一路冲杀："正与郑彪交手。那包天师在马上，见武松使两口戒刀，步行直取郑彪，包道乙便向鞘中掣出那口玄天混元剑来，从空飞下，正砍中武松左臂，血晕倒了。却得鲁智深一条禅杖，忿力打入去，救得武松时，已自左臂砍得伶仃将断，却夺得他那口混元剑。武松醒来，看见左臂已折，伶仃将断，一发自把戒刀割断了。"很有《三国演义》中夏侯惇拔矢啖睛的壮烈。小时候读三国，最佩服夏侯惇这一段——惇拔箭，带出眼睛。惇大呼曰："父精母血，不可弃也！"于口内啖之，不赶高顺，只取曹性，一枪搠透面门，死于马下——武松断臂，一言不发，见出他性格的刚毅和冷峻，只是在读者看时，愈加不忍而已。

鲁智深活捉了方腊，立下大功，宋江劝他还俗为官，智深答道："洒家心已成灰，不愿为官，只图寻个净了去处，安身立命足矣！"宋江又劝他："既不肯还俗，便到京师去住持一个名山大刹，为一僧首，也光显宗风，亦报答得父母。"智深听了，摇首叫道："都不要，要多也无用。只得个囫囵尸首，便是强了。"

智深圆寂后，"宋江看视武松，虽然不死，已成废人。武松对宋江说道：'小弟今已残疾，不愿赴京朝觐。尽将身边金银赏赐，都纳此六和寺中，陪堂公用，已作清闲道人，十分好了。哥哥造册，休写小弟进京。'宋江见说：'任从你心。'"

林冲风瘫，不能痊愈，留在六和寺中，教武松看视，后半载而亡。

武松在六和寺出家，寿至八十善终。

六和寺成为三大英雄的共同归宿。武松先是见证了鲁智深的圆寂，后来又照顾林冲。他们曾经天各一方，到此殊途同归。

君子可欺之以方——话说李逵

1. 梁山泊第一尊活佛

读《水浒》，最爱林冲和鲁智深，也喜欢第一位出场的王进和他的徒弟史进，这四位都是有本事、有同情心、讲义气、心地光明磊落的汉子。王进的遭遇，开启了后来英雄被逼上梁山的基本模式，林冲干脆就是他的化身。史大郎的纯朴和豪爽，是理想英雄应有的品质，尽管梁山头领的绝大多数，并不符合这个标准。武松和李逵，在正剧和笑剧的意义上，各为出类拔萃的人物。武松令人热血沸腾，李逵处处叫人解颐。临到终局，寒流入壑，殊途同归，读者唏嘘慨叹，方知悟空与八戒原是一人，正如堂吉诃德与桑丘原是一人。英雄是庄严的，也不妨戴着丑角的面具。英雄本来就是充满矛盾的人。

金圣叹评说水泊人物,列为上上等的,只有九位：武松、林冲、鲁智深、阮小七、花荣、吴用、杨志、关胜，加上李逵。这九人中，列入大刀关胜是颇牵强的，就因为他是关羽的后代。金圣叹和满人一样,有强烈的武圣情节,他说关胜"写来全是云长变相"，可是小说里关胜连段像样的故事都没有。另外几位，只在某一方面特别出众，如花荣"恁地文秀"（还有箭射得好），杨志身上犹存"旧家子弟"风范（这倒是一针见血）。吴用虽然和宋江一样"奸猾"，好在还"心地端正"（其实塾师味太重）。至于李逵，金圣叹仰天叹道。"李逵是上上人物，写得真是一片天真烂漫到底。看他意思，便是山泊中一百七人，无一个入得他眼。《孟子》'富贵不能淫，贫贱不能移，威武不能屈'，正是他好批语。"评价高到不能再高。除了"人中绝顶"的鲁智深，"直是天神"的武松，"心快口快，使人对之，龌龊都销尽"的"第一个快人"阮小七，就数他了。绝非温文君子的李逵如何成了孟子笔下君子的典范，金圣叹后文有一处简单说明："任是真正大豪杰好汉子，也还有时将银子买得他心肯。独有李逵，便银子也买他不得，须要等他自肯，真又是一样人。"问题是，李逵的"自肯"常是表面文章，就像有人觉得他幸福，并非他真觉得幸福，而是别人告诉他，他是幸福的。李逵确实不受威逼，他行事，必须他情愿，然而君子可欺之以方，李逵在不自认为是被收买的时候，实际还是被收买了，而且乐呵呵的，卖得很廉价。

明代思想家李贽也对李逵情有独钟，他在容与堂刻本《水浒传》的卷首论道："和尚读《水浒传》，第一当意黑旋风李逵，谓为梁山泊第一尊活佛"，"李大哥举动爽利，言语痛快，又多不经人道之语，极其形容，不可思议"。

李逵　陈洪绶绘

李贽对李逵崇拜到五体投地，特将书中关于李逵的段落抄出来，编为一册，题作《寿张县令黑旋风集》。古人编文集，常冠以作者的官衔和地望，大概是怕闲杂人等读到而不知尊重的意思吧。李逵曾经闯入寿张县衙，代理过几个小时的县令，所以李贽以此开玩笑。《黑旋风集》也作《寿张令李老先生文集》。老先生

（京官通称老先生）是旧时官场中的称呼。李贽在书前有题词："戴纱帽而刻集，例也。因思黑旋风李大哥也曾戴纱帽，穿圆领，坐堂审事，做寿张令半晌，不可不谓之老先生也，因刻《寿张令李老先生文集》。"李贽说，李逵言行令人绝倒，风趣不亚于《世说新语》，文艺界万万不可少了这本书。

据古人笔记中的记载，《黑旋风集》可能还真刊行过。

2. 你的皇帝姓宋，我的哥哥也姓宋

李逵的语录，多带一个"鸟"字，宋太祖嗤之以鼻的"之乎者也"倒是没有，痛快如同阮小七，但更憨直和蛮横。这蛮横其实是没心眼和自觉理亏时的掩饰，益发显示出他的粗笨和容易被哄骗的可怜——被他人往死里利用的人能有什么好结局呢？死了还要对害死自己的人心怀愧疚，这愧疚把不甘死亡的哀伤和愤怒都淹没了。开口"之乎者也"的文人雅士，人在无说理处，身当不讲理时，抵不过拳脚和哨棒朴刀的强硬逻辑，也是想大声骂娘的，然而终究骂不出，只好以打哈哈的一句"鸡肋不足以安尊拳"敷衍了事，李逵的粗口，岂不正说到他们心窝里去？蛮横很少是天真烂漫的，但在李逵这里，还真是天真的表现。借用李贽的话，差不多就是不失赤子之心。

宋江在江州，戴宗介绍与李逵认识，李逵说："若真个是宋

公明，我便下拜；若是闲人，我却拜甚鸟！"饮酒之间，不耐烦小盏，换大碗喝，觉得吃鱼不尽兴，要吃肉，宋江一一满足他，叫了两斤羊肉，李逵捻指间吃掉，说道："这宋大哥便知我的鸟意，吃肉不强似吃鱼？"

李逵与张顺水陆大战，各自一胜一负，李逵说："你也淹得我勾了！"张顺道："你也打得好了！"李逵道："你路上休撞着我！"张顺道："我只在水里等你便了。"表面上，李逵的气势被张顺压了，细想起来，一个人可以一辈子不下水，但不可能一辈子不上岸。张顺的场面话虽然妙，但若一直闹下去，还是他的日子更难过。

朱仝因看护的小衙内被杀（杀小孩子实在残忍），恨死了李逵，必杀之以解恨，李逵"听了大怒道：'教你咬我鸟！晁、宋二位哥哥将令，干我屁事！'"

李贽顶礼膜拜的李逵"不可思议"的妙语，大致如此，然而我们不能忽略了大字不识的"黑旋风"言行中朴素的"政治正确"。虽然对宋江愚忠、死忠，他的正义感并未泯灭。梁山泊排座次后，宴会上，宋江填词，乐和演唱，唱到"望天王降诏早招安"，只见武松叫道："今日也要招安，明日也要招安去，冷了弟兄们的心！"李逵则"睁圆怪眼，大叫道：'招安，招安，招甚鸟安！'只一脚，把桌子踢起，撷做粉碎"。

《水浒》的第七十五回，人文社 1997 年以容与堂本为底本的整理本，回目作"活阎罗倒船偷御酒，黑旋风扯诏谤徽宗"，较之他本的"活阎罗倒船偷御酒，黑旋风扯诏骂钦差"，显然好多了。过去常说，梁山英雄只反贪官不反皇帝，宋江那伙只想着封妻荫子的旧官吏武将不须说了，连渔民出身"根正苗红"的阮氏兄弟，在对抗官兵时所唱的渔歌，也夹带着忠君思想："打鱼一世蓼儿洼，不种青苗不种麻。酷吏赃官都杀尽，忠心报答赵官家。"活阎罗阮小七一身是胆，百无禁忌，却也说："老爷生长石碣村，禀性生来要杀人。先斩何涛巡检首，京师献与赵王君。"老百姓认为皇上总是圣明的，只是被坏人蒙蔽了。皇上高高在上，下面忠臣和奸臣斗来斗去。他们哪里知道，正是皇帝的纵容，才成就一帮酷吏赃官。忠臣是皇上的工具，奸臣也是。能想到皇帝也可能不是东西，又敢当众骂皇帝的，《水浒传》中，似只黑兄一人。

这一回，陈太尉携诏书上山招安，诏书形容山寨众人，毫不掩饰地使用侮辱和威胁的言辞，说他们"啸聚山林，劫掳郡邑"，明令诏书到日，"拆毁巢穴，率领赴京"，否则"天兵一至，龆龀不留"。因此，"萧让却才读罢，宋江已下皆有怒色"。这时候，首先发作的又是李逵，只见他"从梁上跳将下来，就萧让手里夺过诏书，扯的粉碎，便来揪住陈太尉，拽拳便打。……李虞候喝道：'这厮是甚么人，敢如此大胆！'李逵正没寻人打处，劈头揪住李虞候便打，喝道：'写来的诏书是谁说的话？'张干办道：'这是皇帝圣旨。'李逵道：'你那皇帝，正不知我这里众好汉，来招安老爷们，倒要做大！你的皇帝姓宋，我的哥哥也姓宋，你做得皇帝，偏我哥哥做不得皇帝！你莫要来恼犯着黑爹爹，好歹把你那写诏的官员尽都杀了！'"

这段话，在李贽看来，太大逆不道，太惊世骇俗了，因此，也太痛快，太精彩了。他老人家连声称妙尚嫌不够，还要集录成书，可见是活腻味，活糊涂了，难怪最后落得疯疯癫癫、自杀于狱中的下场，也难怪《水浒传》和他自己的书（什么书名不好起，偏要叫《焚书》《续焚书》）都要被查禁。想想看啊，国家顶级忠臣宋江无数次表忠心的庄严和美丽，都被李逵上不得台面的满口"鸟"字搅成了黄色笑话。

宋老大还觉得李逵是亲爱的小兄弟吗？午夜梦回，他还会为这小兄弟的质朴和忠心耿耿感动得湿润了眼眶吗？

不管怎么说，在拉李逵与他同死之前，宋老大对李逵是仁至义尽，是相当大度的。

3. 梦闹天池

一百二十回本的《水浒全传》，比百回本多了征田虎和王庆的故事。这二十回的故事，现在我们都知道，是后人插入的。由于语言风格近似，插补部分与原作倒也水乳交融，只不过情节平淡，人物面目模糊。续补再怎么努力，明眼的读者还是能看出来，尽管很难证明。这和《红楼梦》的情形有些微相似之处。《红楼梦》的后四十回不知出于何人之手，其中自有好文字，《水浒全传》的第九十一至第一百一十回亦然，虽然好得有限。其中一处，便是第九十三回的"李逵梦闹天池"。

其时梁山大军征伐田虎，刚刚攻占盖州城。次日是新年元旦，当夜东北风起，下起鹅毛大雪。众将在郊外雨香亭饮酒作乐，直到日暮。酒酣之际，宋江回忆往事，如何从一个乡下小财主家有理想的孩子混到县衙当公务员，又因为江湖义气杀了人，丢了官，亡命天涯，九死一生，不料今日志得意满，成为为国操戈的统兵大将。一路说来，不胜感慨。李逵猛灌老酒，终于喝高，伏在桌上睡去，做了一个很长的梦。

在梦中他先是闯到一所庄院，正赶上强盗抢娶庄主的女儿，板斧一顿砍杀，十几个强人全部丧命。只剩下一个漏网的，被他穷追不舍。那匪徒翻山越岭，一头扎进皇帝的金殿，混入人群不见了。所谓人群，原来就是朝中众臣。这李逵的脑子就是简单，在他眼里，土匪和朝官，本就是一路货，所以也不奇怪，照样追杀。皇上问明事由，不仅没有治罪，反而称赞他义勇可嘉。这时，四个奸臣蔡京、童贯、杨戬、高俅，一起出场，在皇帝面前进谗，当即被李逵一斧头一个，全部剁下头来。

李逵哈哈大笑，扬长而去，山中遇到指路的异人，那人传授他破田虎的秘诀,又告诉他,林中有个年老的婆婆在等他。李逵抢入林子,见那婆婆正是他瞎眼的老娘。他又惊又喜,抱着老娘痛哭,说:"娘啊,你一向在那里吃苦?铁牛只道被虎吃了,今日却在这里。"婆婆说:"吾儿,我原不曾被虎吃。"李逵说,我现在做了官,我来背娘到城里,一起过好日子吧。

话音未落,林中跳出一只猛虎,顿时惊散了他的好梦。

李逵的梦里共发生了四件事。杀强盗救民女,此为其一。类似的故事,前有鲁智深的痛打小霸王周通,后有第七十三回李逵为刘太公除害,消灭牛头山的王江和董海。其二,在文德殿砍死四奸臣。除四害,不仅是李逵,也是武松、鲁智深、杨志、林冲等人的心愿。其三,神仙托梦,借李逵之口预泄天机,指示破敌方针,这是对九天玄女在还道村授予宋江天书一事的戏拟。宋江与李逵,完全异样的两个人,一个以权谋立身,一个不知权谋为何物,却承担了相同的使命。这多少有点反讽意味,使得宋江的故事像是一场装神弄鬼的自我表演。另一方面,在李逵身上,就是一个玩笑。

最后一件事,是李逵与老娘重逢,写得令人感动。第四十一回,宋江在江州刑场被救,大批新人上山,公孙胜请假回家探母,众人殷勤相送,此事触动李逵,忍不住放声大哭。小说写,"李逵哭道:'干鸟气么!这个也去取爷,那个也去望娘,偏铁牛是土掘坑里钻出来的!'"晁盖动问,李逵道:"我只有一个老娘在家里。我的哥哥又在别人家做长工,如何养得我娘快乐?我要去取他来这里,快乐几时也好。"晁盖爽快:"兄弟说得是;我差几个人同你去取了上山来,也是十分好事。"如照晁盖安排,这事就顺利办成了。不料宋江此时却出面阻拦,以闹江州事过不久不安全为由,建议延后办理。李逵无奈,只得独自下山,到了故乡,被恩将仇报的李鬼告发,背上老娘仓皇逃走,结果林中遇虎,老娘被吃。金圣叹批书到此,对宋江的作为痛恨之极,骂他虚伪势利,只管自己取了父亲上山,不管别人母亲死活:"今宋江于己则一日不可更迟,于他人则毅然说使不得,天下有如是之仁人孝子者乎?写得可恨可畏。""看他与前自己取爷时更不相同,皆特特写权诈人照顾不及处,以表宋江之假也。"这话可能过激,但并非毫无道理。李逵当时就气得大叫:"哥哥!你也是个不平心的人!你的爷便要取上山来快活,我的娘由他在村里受苦。"

对这话,一贯正确的宋江也无法反驳。

《水浒》写李逵,以丑角人物对待,专一写其憨蛮可笑,他最精彩的故事都是闹剧,如被戴宗和罗真人捉弄,四柳村捉鬼,负荆请罪,闹东京,他的外形也被形容得丑陋和滑稽:"黑熊般一身粗肉,铁牛似遍体顽皮。交加一字赤黄眉,双眼赤丝乱系。"宋江进东京,去打李师师的枕头关节,百般谄媚,酒后"揎拳裸袖,点点指指,把出梁山泊手段来"。李逵看不惯,"睁圆怪眼,直瞅他三个"。李师师便问："这汉是谁？恰似土地庙里对判官立地的小鬼。"宋江答道："这个是家生的孩儿小李。"李师师笑道："我倒不打紧,辱没了太白学士。"李师师到底是上陪当今皇帝的名妓,话说得有学问：李逵丑,连李也不配姓了,因为大诗人李白姓李。她李师师也姓李,可是"不打紧",凭着骄人的美色,她是不会辱没太白学士的。

《水浒》里有三次打虎,武松和解珍、解宝兄弟的打虎虽然高下不可相提并论,然皆属英雄行为,唯有李逵的沂岭杀四虎,突如其来,有悲愤而无豪气,有点不尴不尬,像是堂吉诃德大战风车或大战群羊了。

李逵最后见到老娘,老娘"呆呆地闭着眼",坐在林中的大青石上。此情此景,在他心中,日夜挂悬。梦中再见,依然如此,仿佛时间停止了,定格在他母子分别的那一刻。在沂岭,猛虎来袭,吃掉老娘；在梦中,依然是猛虎来袭,虎却经不起他板斧的神威,落荒而逃。李逵借助这个梦纠正了命运施与的不公,抚平了心中的悔恨,惊醒之前嘴里犹自嚷道："娘,大虫走了！"

然而梦毕竟是梦。就像在威尔斯的《时间机器》里,目睹女友惨死的男主人公,一次次逆转时间,试图改变历史,只落得被迫一次次重温那个云散水涸的悲伤时刻,而于现实丝毫无补。

小说写李逵回乡迎母,弄出这么一个结果,就像宋江在李师师面前糟蹋李逵，多少给人不厚道的感觉，一百二十回本的补阙，算是一个小小的慰藉。

4. 死了也只是一个小鬼

宋江在两个人身上下了大力气，一是武松，二是李逵。"横海郡柴进留宾"那一回，极写宋江对武松的情义，赠银两、做衣服、酒肉相待，直到十里相送，依依难别，感动得武松这样的硬汉子也不禁堕泪。然而武松有正义感，有强烈的道德原则，而且为人机警，性格天生不受羁靮，以后逐渐看透宋江，口里不说，便和他日益疏远。宋江一心招安，武松每次都是最激烈的反对者。在反招安这一点上，李逵和武松立场一致。李逵是粗人，不像武松那样"平生只要打天下硬汉，不明道德的人"，耍起横来，软硬都欺，谈不上行侠仗义，倒像无赖行径，但前面说了，大原则上他是不糊涂的。柴进叔叔被殷天赐打死，柴进想着家有御赐的丹书铁券，要到官府，照"明明的条例"打官司。李逵叫道："条例！条例！若还依得，天下不乱了！我只是前打后商量。那厮若还去告，和那鸟官一发都砍了！"但李逵缺乏武松的精明，容易被感动，稀里糊涂的，甘为他人赴汤蹈火，也不管火中取出来的是栗子还是乌头。李逵不能被金钱和功名收买，但愚忠于他认定的江湖义气，结果，一个不在威逼利诱下低头的人，却被软刀子割了头。

江州酒楼上,宋江初见李逵,赶上李逵赌输,出手便是一锭十两大银,李逵从未遇到有人如此看重他,对他好,"寻思道:'难得宋江哥哥,又不曾和我深交,便借我十两银子,果然仗义疏财,名不虚传。'"金圣叹感叹说:"以十两银买一铁牛,宋江一生得意之笔。"容与堂本眉批也说:"只这十两银子,便买了李逵,真是大贼。"此后宋江不顾戴宗劝告,处处顺着李逵,满口掉书袋赞他:"壮哉!真好汉也!"李逵一辈子哪里得到过如此抬举,感动得鼻涕眼泪一起流:"真个好个宋哥哥!人说不差了!便知我兄弟的性格!结拜得这位哥哥,也不枉了!"这一结拜,等于签下了为宋江当牛做马的卖身契。

宋江在李师师的香闺填词言志,其中的名句是:"借得山东烟水寨,来买凤城春色。"这个"买"字用得精准,道尽他一生的为人行事。佳人美酒可以买,富贵权位可以买,朋友可以买,买则可用,用则用到极限。征方腊之后,梁山泊好汉凋零殆尽,一百单八将只剩下二十七人,"曾攻经史,亦有权谋"、满腹"凌云志"的宋江,功盖日月,也不过封了个说上不上、说下不下的"武德大夫、楚州安抚使,兼兵马都总管"。即便如此,蔡京等人仍不放心,到底赐毒酒毒死了他。

宋江将死,担心在镇江润州做都统制的李逵再度啸聚山林,把自己"一世清名忠义之事坏了",连夜唤取他到来,饮以慢性毒酒。"李逵见说,亦垂泪道:'罢,罢,罢!生时伏侍哥哥,死了也只是哥哥部下一个小鬼。'"回到润州,药发身死。

从来胸无纤介,只知向前不知后退,只知端方不知圆转的黑旋风,就这么死了,死得如此窝囊、如此凄惨、如此毫无价值。试读《水浒》全书,除了母亲死时他大哭一场,何曾见他流泪,更别提为自己流泪!一个不怕死的人,何曾为死而戚伤?

金圣叹指出,《水浒》写李逵,段段都是妙绝文字,又因为段段都在宋江事后,益发妙不可言,"盖作者只是痛恨宋江奸诈,故处处紧接出一段李逵朴诚来,做个形击。其意思自在显宋江之恶,却不料反成李逵之妙也"。

水泊故事,本当作寓言看,杀人放火,不必处处当真,有时便只是写人物精神、性格和作者"抒发胸中不平之气"的道具而已。大惠禅师烧化鲁智深遗体时念偈:"两只放火眼,一片杀人心。"又说,"解使满空飞白玉,能令大地作黄金"。放火眼,杀人心,如何便正是慧眼慧心?无他,便是歌德说的,凡世的一切言行都不过是比喻而已。作者还借罗真人之口解释李逵劫法场、闹东京时不分青红皂白地乱砍乱杀:"贫道已知这人是上界天杀星之数,为是下土众生作业太重,故罚他下来杀戮。"而戴宗是这样跟罗真人评说李逵的:

"这李逵虽然愚蠢,不省理法,也有些小好处。第一,耿直分毫不肯苟取于人。第二,不会阿谀于人,虽死其忠不改。第三,并无淫欲邪心、贪财背义,敢勇当先。"三条好处的排序有些混乱,但"虽死其忠不改",可谓盖棺定论,既是愚昧,也是至诚。

比起吴用和花荣为"同尽忠义"而在宋江坟前自尽,李逵的死,就显得沉重了。

我的兄弟不是这等人

性情和为人这些东西,大概是很难说清楚的吧。我们熟知了某一个人,便知道对于某一件事,他会有什么反应,是否喜欢,是否愿意参加。从一些小事里,能看出人品,虽然不能保证全对,也不能保证在特殊情况下,会有出人意料的表现。晚清笔记里,记载了不少曾国藩、左宗棠、李鸿章等人的观人术,方法不外是设一个小局,比如安排赌钱,让他大赢大输,比如酒色诱惑,或故意粗暴地、不公正地对待他,看他此时的应对,此时的一举一动。人的细微之处是长期生活习惯造成的,他的教养、家庭环境、性情,都在其中,很难改变。有心计的人注意大处,小节容易忽略,关键时候被别人看出来。姚雪垠的《李自成》里写到洪承畴被俘,决意殉国,似乎志不可夺。庄妃劝降时,注意到他弹去衣衫上的一粒灰尘——我也可能记错,或者是吹去刚落到汤上的一点尘灰吧——因此认定他有惜生之意。抓住这一点,此后的思想工作,果然势如破竹,宁死不降的洪大经略终于挺不好意思地投降了。

小说此处写得细腻精彩,但是弹灰尘,依我看,可能就是因为洪承畴先生锦衣玉食惯了,那是一个下意识的动作。我比洪先生更怕死,但到那时候,我不会去弹衣上的灰尘。不仅不弹灰尘,汤水洒到手上,我还会在衣服上乱擦——平时在厨房我都是这么干的,方便。你能据此断定我铁了心要做大明英烈吗?当然不能。日子过得好的人更贪生,这道理虽然是纸糊的,经不起推敲,但花花绿绿,糊得还不错,能说明一部分问题。所以,庄妃看出洪先生过日子讲究,进一步推断他舍不得死,还真是解语花一般的聪明伶俐。

人生经验丰富了,一般人看事情,八九不离十,对事情的将来结果,往往有自然的预测。预测之后,更加好奇,要看预测是否准确。儿子找了个女友,做妈的说,不合适,赶紧吹了吧,她不会跟你的。或者是,她将来不会对你好。她为什么敢这么下结论?儿子多半不服。他不知道,世上的事,逃不出一定的规律,这规律就是人性。书上说日光之下无新事,也是就人性和人的智慧而言。人的智慧有限,好比拴在猴子脖颈上的绳索,有限长度的绳索,限定了猴子的活动范围。所谓预测,就是根据观察而对可能结果的推理。每一次经验都是对过去推理的验证,所经既多,观察会越来越敏锐,推理会越来越准确。

我们对身边人物的认识,根据正是积累的观察和推测。小说中的人物,如果写得好,也能给人留下确定的印象。我们熟悉他,像熟悉多年的朋友。譬如《水浒》里头,时迁偷鸡,那简直是非偷不可，不偷他就不是时迁了。杨雄和石秀，该偷也偷，尽管手艺差点儿。林冲，难以想象他偷鸡，他是堂堂汉子，不干这事。鲁智深和武松，饿极了，有钱则买，没钱则抢，不耐烦去偷。宋江会骗鸡来吃，而且骗得对方心服口服，让对方觉得，这鸡若不是孝敬给宋大哥吃了，它的存在还有什么价值呢？吴用和宋江一样，也是骗。吃完了，抹抹嘴，心道："这傻撮鸟！不骗你骗谁呢？"至于晁盖，他要吃大名府的一只鸡，好办——咱动起水步马三军，把大名府拔了吧。

以偷鸡为原则，《水浒》一百单八将可以重新分类，这该是多么好玩的学问！可惜的是，道理虽美，世事却又不肯永远如此：能冷静观察和客观思考的人少之又少。古希腊智者普罗泰戈拉说：人是万物的尺度，是存在的事物存在的尺度，也是不存在的事物不存在的尺度。这句话本来睿智又大度，却被很多人听成了"个人是万物的尺度"，并孜孜矻矻付诸实践。宇宙理论恢复到地心说或日心说，一切天体都要围着地球或太阳转，转得跌跌撞撞也得转。晋人庾敳有言在先："以小人之虑，度君子之心。"小人以小人之心为尺度，则世上众生，无不小人。反过来就好吗？"以君子之虑，度小人之心"，同样要不得。人人都是君子，世界还不灭亡？

还是在《水浒》里，武松打虎一举成名后，住进武大家里。潘金莲挑逗武松，武松拒之。金莲恼羞成怒，反在武大面前告武松无礼。此类事情,最难说清,外人又难知晓。情势对于武松,非常不利。所以武松不辩,径直搬走,因知辩亦无益。一般人想当然,只凭外界一句话,就有自己的结论。这个时候就看出武大的了不起了,他性格懦弱,人却不昏。面对"双眼哭的红红的"的老婆,只是淡淡地说:"我的兄弟不是这等人。"真是掷地有声!武大对于挑逗勾引一事,调查过吗?对质过吗?没有。他凭什么相信武松?凭的是对亲兄弟的信任。

武大维持了兄弟之情,所以后来遇害,武松为他报仇伸冤,读者觉得痛快。事实上,他和武松重逢,时间不长,武松做了都头,他没来得及沾到好处。但他信任自己的兄弟,虽传言满耳,不能动摇。与此相反的例子是杨雄。潘巧云的奸情被石秀发现,惯技故施,反咬石秀调戏她。杨雄被枕头风一吹,当即把石秀逐出。石秀固然太爱管闲事,杨雄和武大比,又如何算得上大丈夫?

但杨雄还不是最混账的。首先,他毕竟没和石秀公开撕破脸,赶他走也是通过暗示,顾到结拜兄弟的面子;其次,知错之后,爽快道歉,和石秀和好如初。而在某些人那里,兄长十几年的呵护、教育和提携,为他做出的牺牲和奉献,抵不得女人一句比潘金莲之言更不靠谱的鬼话,于是攘臂瞋目,勃然作色,演出一场全武行。一个饱学能文之士,作为竟不如一个挑担卖饼的小贩,两相对比,岂不可叹。

书当快意

小时候读过很多没意思的书。没意思的书里，也希望找出有意思的地方，不然书等于白读了。事实上，就连没意思的书，也不容易找。找到了，当然要珍惜，就像甘蔗嚼不出味来，还是舍不得吐掉。鲁迅推荐的苏联作家法捷耶夫的《毁灭》，枯燥乏味，但我咬牙读完了，还记得开头似乎是一个名叫木罗式加的士兵，不停地磨他的战刀。我觉得木罗式加这个名字够古怪，同时对他的刀非常羡慕。《智取威虎山》里的台词大家都会背："马是什么马？卷毛青鬃马。刀是什么刀？日本指挥刀。"木罗式加磨的刀，大概就是鸠山挎在腰间的那种指挥刀吧。《小英雄雨来》里的雨来会游水，《虹南作战史》里的坏蛋能嘴巴衔着芦管潜在水下很长时间，都让我佩服。高尔基的《母亲》从头到尾干巴巴，他的自传三部曲，特别是第一部，我喜欢其中的童年情景。好几次，都把它和《钢铁是怎样炼成的》里的保尔钓鱼混为一谈了。

那时最不喜欢看的是写工厂题材的小说。农村题材，多少会有些草木虫鱼和山间水边的野趣。工厂里有什么呢？连只小猫小狗都看不见。

读《红岩》的时候,我已经上中学了。《红岩》和《林海雪原》,是我觉得最好看的两本书。《林海雪原》借来,只快快读过一遍,《红岩》忘了是什么缘故,经常在手,读了又读。我关心的不是斗争故事,而是一些特殊的生活场景。这些场景,在剥离了原先的时代和政治背景后,在因为无知而把它单纯化之后,成了现实生活一个古怪的对比。

首先是书店,地下党领导人李敬原为了联络方便,设立了一家书店,大学生陈松林兼职做店员。在被特务混入、最终不得不放弃之前,陈松林在书店的日子缓慢而安静,甚至富有诗意:

"霏霏春雨,下个不停。才八点多钟,书店里的顾客已渐渐散尽。掩上店门以后,陈松林到书架旁边,清理着被顾客翻乱了的图书。"西南城市的春天,夜雨之中,行人稀落,灯火微茫,隔着门窗,仿佛有了一个遥远的距离,显得安全和温暖,加上轻微的孤独感。但车声、雨声和人声隐约飘进来,使得孤独感变得不那么咄咄逼人,像朋友一样友好了。整理书对于爱书的人,是快乐的劳动。抚摸着不同纸质的封面,辨认着不同的颜色和字体。书名和人名,依次而过,使你好像走过尽是好人的人群,看到他们善良、安详、睿智、哀伤或充满激情的脸,你可以微笑点头,也可以目不斜视。

陈松林大约是住在书店的。他可以回宿舍,如果看书看到太晚,或者遇上风雨天气,也可以留下来。这种自由的感觉就是幸福。我到成年依然不舍开一个小小夜间咖啡店或书店的梦,做一个夜间守门人也别有滋味。

《红岩》也写到了图书馆,尽管那是在监狱里。两位作者一定对狱中图书馆有着很深的感情,以至于不知不觉间把它写得像童话一样美好。放风时的政治犯自由自在地去看书,借此交流信息,互致问候:

> 刘思扬走到图书馆门口,看见老袁正依着门念一本唐诗,津津有味地,发出咏诵的声音:月落乌啼霜满天,江枫渔火对愁眠。姑苏城外寒山寺,夜半钟声到客船。
>
> 刘思扬走进门去,老袁没有看他,继然朗诵着:君问归期未有期,巴山夜雨涨秋池。何当共剪西窗烛,却话巴山夜雨时。
>
> 刘思扬从尘埃中,走过书架林立的黑暗而窄小的通道,一个人也没有看见。
>
> ············
>
> 在他身后,继续传来缓慢而抑扬顿挫的吟咏声:花间一壶酒,独酌无相亲。举杯邀明月,对影成三人。

你瞧,在"阴森的魔窟"里,居然藏着一个张继、李商隐和李白的世界,和内战的硝烟仿佛分属于不相干的时空。在我成长的小县城的图书馆里,没有李白和李商隐,在书店和小学语文课本上也没有,除了那首"歌颂祖国美丽山河"的《望庐山瀑布》。上大学之前,除了回长葛老家,我没有出过县城。一个县城总比小说里的图书馆大多了,但老袁和刘思扬们的阅读生活,却让我觉得望尘莫及。

《红楼梦》里宝玉为大观园景点作对联那一回,过去百读不厌,当作学旧体诗词的入门教材,比《笠翁对韵》生动多了。《红岩》加以仿效,写了庆新年一回,囚徒们雅兴大发,家家户户贴春联,牛头马面的看守们,也顿时斯文到牙齿,放下架子,殷勤品赏。女室的对联:"洞中才数月,世上已千年",特务头子猩猩评论道:"倒有些修仙炼道的味了";楼一室的对联:"歌乐山下悟道,渣滓洞中参禅","猩猩挑起了眉梢,玩味了一会儿,只好说:'真有点仙风道骨。'"压根儿不算人类的猩猩懂得玩味,还会赞叹,说明他文化素养不错。这猩猩不就是又一个贾政吗?不,比贾政还更通情理呢。读书至此,真不知道是作者在做梦,还是读者在做梦。

经历了世事以后,人发现自己不可能那么简单了。那种近乎无知的简单,到他成熟的年纪,成了难以攀越的高峰。我偶尔想起《红岩》,更常想起的不是执掌着生杀大权的猩猩,用"谄媚"的态度向囚徒宣布春节全天放风、添酒加菜的好消息,也不是囚徒们的春联大展,我想起的是在过去小说里常常作为反面角色的那些具有"小知识分子情调"的人物，比如"叛徒"甫志高。他被领导批评后情绪低落，书中写他一路的言行：

> 甫志高的心情分外沉重，他蹙着眉头，茫然地在泥泞的马路上踽踽独行。断续的春雨已经停了。路边只有屋檐水还在滴落。……他缓步走近山城有名的"国泰"电影院时，刚好晚场电影散场，观众从耀眼的彩灯下，从呈现着裸体女人的巨幅广告下涌出电影院，寂静的街头一时闹热起来。拥挤在人流中，甫志高孤独的沉思被打断了。他看见有许多人拥进一家歌声嘹亮的、深夜营业的咖啡厅，不觉也走了进去。
>
> …………
>
> 坐在温暖的咖啡店里，从玻璃窗上望出去，甫志高渐渐发现，街头上还有许多耀眼的霓虹灯，红绿相间，展现出一种宁和平静的夜景。
>
> …………
>
> 出了咖啡店，夜风一吹，甫志高的头脑清醒了些。不远处亮着一盏红纸的小灯笼，那是有名的地方风味"老四川"牛肉摊。那种麻辣牛肉，她最爱吃。……经过几条街，前面已是幽静的银行宿舍。他赶忙放慢脚步，四边望望，确定没有什么危险，才松了口气，快步走向熟悉的家门。他望见，楼上的灯光还亮着……

至于《林海雪原》，那里面有定河道人和他神秘的河神庙。小说里的影像常常和电影《古刹钟声》串联起来，区别在一个是道士，一个是和尚，一个在夏天，一个在冬天。

杨子荣智闯威虎山，就像《烈火金钢》里肖飞进城买药，都是传奇性的片段，我猜二书的作者曲波和刘流可能读过一些民国的侠义小说，比如《鹰爪王》和《十二金钱镖》，对《七侠五义》等也不陌生。红色小说中这些本该被践踏的旧小说传统，却使它们避免了彻底沦为意识形态的工具。

再往前追，无论《鹰爪王》《十二金钱镖》，还是《七侠五义》，都是《水浒传》哺育的结果。当然了，在《水浒传》之前，还有《史记》中的《游侠列传》以及唐人的传奇小说。

绝大部分书是十几年后才读到的，在我的青少年时代，有幸接触到的好书，只有《水浒传》和《西游记》——残缺的《五虎平西》和《五女兴唐传》之类不算，而《红楼梦》，我虽拿到过残本，却兴趣不大。

《西游记》的可爱，在师徒四众异国他乡的漫长旅途，因为每天都在变化，每天都有新奇的事物，而且最重要的是，他们有一个既伟大又可能达成的目标。我不懂取经为何事，吸引我的是一路上无穷无尽的山水景致，直到今天，对书中描写风景的程式化诗词仍存着好感。《水浒》中时迁盗甲，骑在树杈上看到金枪手徐宁温馨的家庭生活：有巡夜人提着灯笼锁门的宁静小区，独家独户的小院，家人在一起，守着炉火度过冬夜，孩子在母亲怀里早早睡着了，丫鬟在一旁收拾衣服……这些琐碎的场景很让人感动，我更为他被骗上梁山、失去好日子而痛心。我觉得黄泥冈上的炎炎夏日别具魅力：有酒喝，还有枣子下酒，林子里吹过微风，微风里回荡着白胜唱的小曲……也许我在城市里住得太久了，乡村超越表象，成为诗意的象征，而且它还象征着对简单、安宁的生活的渴望："自史太公死后，又早过了三四个月日。时当六月中旬，炎天正热。那一日，史进无可消遣，捉个交床，坐在打麦场边柳阴树下乘凉。对面松林透过风来，史进喝采道：'好凉风！'"这是好汉史进的三伏天。不幸站错了队的好汉蒋门神，有同样的享受：

"武松抢过林子背后，见一个金刚来大汉，披着一领白布衫，撒开一把交椅，拿着蝇拂子，坐在绿槐树下乘凉。"

这都贴近我童年的生活，因此处处会心，而我自己在文字中美化过的记忆像是毫无现实的质感："星星从黑暗中涌出，狐狸融入苦艾的阴影。高坡上的湖，被月光环绕。无数水蛇运行的轨迹，把鱼尾翻起的轻波凝固成冰。瓜的香气远远飘来，预告着守夜人的睡眠，和整个村庄的呓语。空荡荡的街道现在是萤火的天下，萤火之后，步履参差是将来的群狼。"

在武松前来痛揍蒋门神的路上，山东大地盛夏的诗意达到了高潮："此时正是七月间天气，炎暑未消，金风乍起。两个解开衣襟，又行不得一里多路，来到一处，不村不郭，却早又望见一

个酒旗儿,高挑出在树林里。来到林木丛中看时,却是一座卖村醪小酒店。"著名的快活林酒店令人想起司马相如的故事:

> 早见丁字路口一个大酒店,檐前立着望竿,上面挂着一个酒望子,写着四个大字道:"河阳风月"。转过来看时,门前一带绿油阑杆,插着两把销金旗,每把上五个金字,写道:"醉里乾坤大,壶中日月长"。一边厢肉案砧头,操刀的家生,一壁厢蒸作馒头,烧柴的厨灶。去里面一字儿摆着三只大酒缸,半截埋在地里,缸里面各有大半缸酒。正中间装列着柜身子,里面坐着一个年纪小的妇人……

如此背景中的劫夺和厮杀,轻飘飘地远离了本来的意义,仿佛京剧舞台上高度暗示性的一招一式,只为了成就精神上的自由和快感。人生的目的是什么?古人说,人生贵在适意。一个人成就了旷世伟业,如果他不开心,那旷世伟业对他来说就一钱不值。如何才能适意?要看你多大程度上摆脱了束缚。人活在世上,受到种种限定,不可能永远飘扬高举。艺术不妨把人的理想在文字上实现。《水浒》的好处在哪里?就是忘掉世间的束缚,率性而为,快意恩仇。占山为王没有意义,杀人放火亦然。但兴之所至,该占山就占山,该放火就放火,千里独行,酒到杯干,哪怕到头来还是一身空。水浒英雄各依本能行事,把个性发挥得淋漓尽致。

"田彼南山,芜秽不治。种一顷豆,落而为萁。人生行乐耳,须富贵何时。"司马迁的外孙杨恽,生在《水浒》中,便是一个通文墨的鲁智深,生在帝业皇皇的大汉朝,便落得被腰斩。宋江的路走反了,招安是自求枷锁,所以八十回后,便不足观了。

人从童年里总能找出快乐的回忆,就像在已冷的炭灰里扒出几粒烧熟的栗子。人长大了,踏入社会,在不同程度上是被招安了。林冲上山,要纳投名状。人被社会接纳,要签契约:放弃一些,得到一些。任何所得都有代价,关键是这代价是否大到剥夺你,使你不再是自己。这就是马克思研究过的异化,是成为卡夫卡的噩梦的变形。不管怎么说,《水浒》是对异化和变形的一次精神上的反抗,尽管它没意识到这是一次反抗,然而发自心底的声音,往往绕过理性设定的复杂范畴,直指本源。

绿野何处觅仙踪

1.

《绿野仙踪》里的神仙生活不值一提。对读者而言，这本书的迷人之处不是别的，正是对那些义无反顾地企图摆脱俗世羁绊的学道人，避之唯恐不及的酒色财气的精彩描述。假如出世果等同于精神上的向上追求，标志着进步，至少在形式上，出世却和我们的想象大相径庭。它不是前瞻，而是回顾。回顾的极限也就是人类想象力的极限。人类对初始时代还有多少残存的潜在意识，建立在这种潜在意识上的想象就能够到达什么地界。构筑神仙生活的材料不过如此，只不过拿出的是一个豪华版。我们任何时候都不可小觑外在的东西，因为在大多数人那里，尤其是在天生善于信服的人那里，他们看到的就是一切，拿给他们看的就是一切，他们以为自己已经看到的就是一切。他们的梦是别人演戏的舞台，他们把别人演过的戏当作神秘的天启，他们觉得被操纵是幸福的,觉得有人肯来指引和操纵他们无疑是他们获得的恩宠,是他们高出同类的标志，因此他们是值得的，没有被抛弃，不再孤苦无助。冷于冰历尽艰辛,终于在西湖边上得遇仙师,经受的最大考验,是吞下一只腐臭的蛤蟆。当他屏住呼吸,拿出断然拒绝与奸相严嵩为走狗的勇气咬下一口,污秽之物一变而为馨香甘甜,无异玉液琼浆。感觉在信仰面前一败涂地,真实在幻象面前如雪投火,理智在欲望面前灰飞烟灭。神仙号称消除欲望,其实追求永生和天国的享乐不仅是欲望,而且是最功利、最世俗、最实惠的欲望。安乐和幸福属于自己,如此则足矣,何必非要人家狠狠摔下阎罗殿,忍受永劫的烈焰焚烧?非要看人家此生短暂,所求皆空?这样不是靠从对比中才显出自己的优越,幸福的品味才略微坚实一点吗?说到底,如果地狱愈深,则天堂愈高,那么,浅一些的地狱也可称为天堂了。只有信心不足的人,才需要靠旁人证明自己,才需要从别人的不幸中品咂自己那一点可怜的幸福。靠"对比"扶持起来的情感常常不那么纯洁,也不那么高尚。

至于绿色的田野或旷野,书中什么都有,唯独没有这个。迂腐而贫穷的老学究的书斋,乡下小镇落寞的个体户妓院,没落和正在没落的大户人家的私宅,无处不在的大车店,看不到风景只有乱糟糟的人群的风景胜地……凡人的生活在这里有滋有味地展开,而且不因个别人的弃绝而羞惭,仍将一如既往地继续展开。绿野不是从来不存在,但那只是两军厮杀的战场,是鬼狐追逐的戏台,行路人咒骂和叹息之地。正在成长的神仙们无一不躲藏在人迹罕至的洞穴,忍受着夸张了几十倍的孤独、饥饿和寒冷。

冷于冰的完美形象有什么说服力呢？为了引诱贵介公子温如玉，他变戏法，将十个汤碗撒向空中，顷刻无踪无影，白纸幻化的猴子沿着两百丈长的绳子爬上云霄，一干人借着青花瓷罐不辞而别，名曰土遁。得了仙剑，学会掌心雷，满世界寻妖捉怪，今日一个鱼精，明日一个野狐，杀得不亦乐乎。最后功成名就，职升三界靖魔大使普惠真人，换朝衣，戴珠冠，骑鸾上天，群仙共贺，欢筵不断。左看右看，到底和在人间中状元差不多。冷于冰的解元因得罪严嵩泡了汤，此刻在仙国补一个形而上的，正所谓慰情聊胜无吧。

李百川经历坎坷，经商不利，生计无着，同时疾病缠身。九年成书，时断时续，初衷不过是为了纾解愁怀的"自娱"。但他一生奔波，看透世情，虽在康乾盛世，却是满目苍凉。《红楼梦》出在同一时期，表达的是彻底的幻灭，八十回的风花雪月，"热闹得不成样子"，到头来只是一个陪衬，一把切肉的钝刀子，让幻灭来得更痛，更残酷。《绿野仙踪》没有那么激烈，人物结局都算理想，好人坏人，一一报应不爽，是个大团圆的套路，但既托志于虚无缥缈，可见现实还是隔，还是有大不如意处，有无可奈何处，有望之不能得、弃之不能舍的矛盾，这样说来，谈神仙看似潇洒，其实还是悲愤之作，尽管这悲愤已被冲淡得快感觉不出了。

2.

　　《绿野仙踪》讲了文武全才的秀才冷于冰"看破红尘,弃家修道,惩恶扬善,度脱连城璧等诸弟子的故事"(中华书局版前言)。冷于冰学问渊博,经史诗赋无所不通,十二岁的时候,八股文字已成大家风度。这样的人才,视科场功名如探囊取物。不料第一次应试,因文字太好,试官一圈再圈,反招主考猜忌,怀疑其中有关节,被打落榜下。第二次,明明取了解元,又因得罪严嵩父子,再度扑空。仕路既绝,恩师王献述中年遽逝,使他倍感生命之无常,因此起了出家之心。当年父亲做官,为人刚正,同僚没一个喜欢他,削职回籍之后,有感于官场险恶,又见儿子冰雪聪明,便对妻子吴氏说:"此子将来不愁不是科甲中人,得一科甲,便是仕途中人。异日身涉宦海,能守正不阿,必为同寅上宪所忌,如我便是好结局了;若是趋时附势,不过有玷家声,其得祸更为速捷。我只愿他保守祖业,做一富而好礼之人,吾愿足矣。"故而为儿子取名冷于冰(他自己的外号叫"冷冰"):"冷于冰三字,比冷冰二字更冷,他将来长大成人,自可顾名思义。且此三字刺目之至,断非仕途人所宜,就是家居,也少交接几个朋友,勾引他混闹,也是好处。"这一番命名的言谈,极似苏洵的《名二子说》,字字透露着为人父者的拳拳之心。

　　父亲的心思没有白费,但他没有想到,冷于冰走得更远。作者为了使冷于冰抛妻弃子的行为更合人情些，特意安排了一系列的非常变故。他进京赶考，租房子认识了严嵩的党徒，代严嵩做寿文获得严氏父子的赏识，渐得重用，开始让他参与朝政机密。到此地步，只要他肯同流合污，休说小小的状元，更大的荣华富贵也是朝夕之间的事。山西荒旱大灾，百姓饿死填沟壑者无算，山西官员奏请赈济。因奏疏中指责严嵩玩视民瘼，壅塞圣聪，严嵩决意倒打一耙，让冷于冰拟稿，说山西禾稼丰收，外官捏造事实，欺君罔上。于冰不从，就此闹翻。当时严氏父子权焰熏天，只要他父子在，这仕途于冰一辈子无望。

李百川到底是儒家的底子，路不彻底杜绝，功名怎肯轻易放弃？冷于冰最早一次因为拉肚子未能入场，恨得牙痒，宣称"人若过了二十岁中状元，便索然了"。王献述批评他："年未弱冠便干禄慕名到这步田地！你再细想你父亲与你起冷于冰名字是何意思，论理不该应试才是。"

解元事件之后，朝中宰相夏言被斩首，兵部员外郎杨继盛被杀。王献述去世，从得病到死只有八天，颇令于冰感叹。回到家，家人告知，和他交好的潘知县，年方三十来岁，一日退堂出恭，往地下一蹲就死了，连死因都说不清楚。于冰吊奠回来，在家中彷徨数日，先是时刻摸着肚皮在内外院中走，继而日日睡觉，一日午间，从炕上跳下，大笑说："吾志决矣！"就此开始了求仙访道的生涯。

下决心难，于冰的修炼过程却毫无曲折。他是一个自觉者，一旦得遇名师，此后一切顺理成章。《绿野仙踪》的重头戏，在于冰的那几个门徒。除开因人情关系而收的猿不邪和锦屏、翠黛姐妹，加上当仆役使唤的二鬼，于冰的徒弟只有三个：连城璧、金不换和温如玉。

冷于冰的名字尽管很有一番来历，念起来极不雅驯，温如玉则恰好和他成为一对，不能不说作者是在耍着玩。连城璧、金不换也是一对，一对活宝，正像温如玉在妓院时的两个帮闲，苗秃子和萧麻子，那是一对烂货。

猿不邪是个老猴精，锦屏、翠黛则是天狐之女，他们在书中扮演的是龙套角色，不时地在场上来来去去，渲染点仙界与尘世的不同。连、金表兄弟的故事，温如玉的故事，加上于冰所救的林岱、朱文炜的故事，和于冰表弟周琏的故事，构成了书中的几大关节，其中，温如玉嫖妓破家和周琏诱奸齐蕙娘，完全可以当作独立的中篇小说，是书中最精彩的部分（记得郑振铎曾称赞温如玉故事是中国最好的妓院题材小说）。

3.

李百川固然通达，他笔下的冷于冰，身上却颇有道学家的气息。在度脱温如玉一事上，看得最分明。

和连城璧、金不换不同,温如玉的出家,从头到尾都非自愿,是被冷于冰一步步牵着,或者也可以说,逼着走的。连城璧强盗出身,性情豪迈,没有那么多花花肠子,和冷于冰一见投缘,修道之事,更是一拍即合。金不换资质差,有点小市民,于冰本来不太看重他,但金不换也有寻常人身上没有的两大好处,一是肯助人,二是不怕死,后来穷途末路当了道士,于冰用美色和生死来考验他,他咬咬牙,居然挺过来了。而如玉呢,他是个世家公子哥儿,正经学问不多,吃喝嫖赌一道,则门门精通,到了炉火纯青的艺术境界。这样一个人,和清心寡欲的神仙真是两股道上跑的车,但冷于冰一心就是要度他。道理何在?初次见到如玉,连城璧评价说:"此人满面轻浮,走一步,都有许多不安分在脚下。"于冰却说,如玉"仙骨珊珊,胜二位老弟数十倍",而且这仙骨"亦非一生一世所积"。这大概就是冷师父看中如玉的地方。修道讲资质,学禅讲悟性,自然不错的。就神仙论神仙,几世的积累确是巨大的优势。但于冰不辞艰难,认准如玉不撒手,我觉得里头不无私心。因为如玉的出身和于冰自己太相似,于冰贤妻娇儿、良田美舍一旦全部抛舍,牺牲太大,心中免不了无限痛楚,不像城璧和不换,本来就两手空空,拉如玉这样一个同类进来,万一午夜梦回,略生悔意,块垒难消,多一个同病相怜的,是个安慰。

有这重关节在,于冰在如玉身上费多少周折都不嫌多。城璧笑话他："大哥事事如神明，今日于这姓温的，恐怕要走眼力！他家里堆金积玉，娇妻美妾也不知有多少，怎肯跟随我们做这苦难事。"连城璧不明白，这"堆金积玉，娇妻美妾"八个字是万万提不得的，这等于一次次在冷于冰自以为已完全愈合实际上并未愈合的伤口上撒盐。所以他这么劝，于冰反而更坚决："一次不能，我定用两三次渡他……"

我们平时读到的神仙故事，师父度弟子，都是百般刁难，反复试探。于冰的师父火龙真人算是最厚道的，仅让于冰吃了一个死蛤蟆。可于冰对如玉，一切都反过来了。不刁难，也不考验，苦口婆心，诲人不倦，就差跪下来求他了。

为了结识如玉，于冰不惜假装变戏法的，屈尊到如玉的庄上，大大地露了一手，如玉果然喜欢。但喜欢归喜欢，对于冰过去的"割恩断爱"却不以为然，斥为"糊涂不堪"。后来听说于冰有神通，央求于冰的却是助他成功名。于冰规劝他勿再耽迷嫖赌，如玉讲出的道理却是人生苦短，为欢难多，所以才要流连不息地行乐。出发点一致，却是同途殊归。

虽然如此，于冰决心已定，不达目的不罢休。他看出如玉一月之内必遭奇祸，城璧希望他为如玉指点迷津，他不肯："若教他长远富贵，我永无渡他之日矣。"这话听起来像是出自刚弼一类人物之口，叫人心中凛然。

不久，如玉果然如于冰所料和所愿，因一桩被诬陷的通匪官司破财,继而卖尽田产和首饰的万两白银又被骗了一空,母亲气病而死。剩余一点卖房子的银两,到试马坡演了一出郎有情妾有意的妓院爱情戏,然而这一点小小的高唐梦也做不完美,最后人死财空,成了赤条条来去无牵挂的鲁智深。

到此,连台下看戏的人都想明白了:走啊,还留恋个什么劲儿呢?现成的师父苦等着。但如玉真非凡夫,到这地步,他还想着于冰许他的富贵。于冰有什么富贵给他?就算有,他也不是朱文炜。朱文炜没机会立功,于冰变着法儿给他制造机会。如玉呢,即使有,于冰也要抢过去毁掉。

如玉到都中找到于冰,于冰把黄粱梦的把戏搬演一遍,如玉半天时间入华胥国,作诗词,招驸马,上阵立功,出将入相,享受几十年,最后被人砍头,一惊而醒。

至此,如玉终于答应出家,尽管场面搞得像烈士就义前的生离死别。

一晃三十年,如玉苦练吐纳功夫,因为被隔离在荒山野洞,除了一个差点吸干了他的血的蟒头妖妇,再未见过一个女人。无风水自静,"面目上也竟有三四分道气"。有一天,于冰会聚众弟子,开炉炼丹,如玉见到锦屏、翠黛姐妹,立刻凡心大动,脑子里过去的相好金钟儿、华胥国的兰芽公主,一时全都活过来。

守丹炉入魔境的情节,全照《杜子春》搬来。心生则种种魔生,如玉在幻梦中回到老家泰安,在从前的仆人张华家结识十九岁的孀妇吴氏,故态复萌,重结连理。于冰气急败坏,要把他打入九幽地狱,永世不得超生。亏得城璧等苦求,改为重责大杖一百。

于冰感叹说:"温如玉特具仙骨,修为颇易,奈他是不敢定的人。""若清心寡欲,一意修元,可成在城璧之前。"但"归结难以预定,只看他自爱不自爱耳"。

又过了二十年,如玉在武当山九石岩华洞修持,一个千年狐狸,假变翠黛模样,来他洞里,笑谈一日,两人遂成秦晋之好。这一次,于冰再无耐心与他混扯,派人捉住,乱棒打死。可怜如玉夺命投胎,沦为晚辈,得猿不邪收为弟子,更名换姓,再修炼两百多年,始得正果,封了个仙职,唤作玉节真人。

于冰的赌气以失败告终。温如玉终其一生,"好淫"的天性如原上野草,逢春必生。温如玉什么苦头都吃过,什么透彻的人生哲理都明白,然而他喜欢女人,休说功名和家产,连性命也在所不惜。这样的人,正应了一句俗话:除非你脱胎换骨,除非你再世为人。

转世的温如玉不是温如玉,他的前世是谁,我们也不知道。在温如玉这一世,他得道无望,他始终是个凡夫俗子。

对于他的执迷不悟,我打心眼儿里佩服。这是有原则的人,什么样的威逼利诱都改不了初衷。做神仙,永垂不朽,云霄上悠游,"以欢喜为食",较之几十万几百万的贿赂,较之许诺你道台巡抚,都大得多,实惠得多,他硬是不买账,他就要守着那明知是镜花水月的无常之物至死不放。这样的人真是没出息透了,可我要说,温如玉这样的糊涂虫,纵无一好,他起码不会被收买,出卖这个那个,乃至投降当汉奸,他倔呀!

4.

西门庆的时代,《绿野仙踪》尚未问世。假设西门庆读《绿野仙踪》,他最羡慕的人物一定是周琏。我们还可以说,如果西门庆在遇到潘金莲之前就读过《绿野仙踪》,首先,他不会再把潘金莲这样的"低层次"的女人放在眼里,其次,他的浪漫游戏肯定会玩得更漂亮,不至于搞到舞刀弄枪的下三烂路子上去。在《水浒》里面,他惨遭横死,在《金瓶梅》里,他死在潘金莲的肚皮上。虽说后者听起来比前者稍好,但与周琏相比,立刻分了高下。周琏的故事是勾引者所能设想的最完美的勾引故事,所有情爱故事中的理想要素,一项不缺,而作为干扰力量的道德的拘束、金钱的困扰、小人的捣乱、豪强的欺夺、命运的捉弄,统统被扫地出门。王婆著名的"潘驴邓小闲"理论,五项必备条件,在西门庆那里,都是勉强及格,靠王婆的一流的文宣才能勉强过关。反观周琏,情形就不同了。周琏有钱,父亲的资产有"六七十万两家私";周琏年轻风流、相貌英俊,不仅被勾引的齐蕙娘对他一见钟情,连远隔千山万水的妖精也慕名前来,为一时的"快目适情"送了性命;周琏更有使不完的精力,花不完的时间——西门庆需要赚钱、交朋友、攀权贵,家中杂事成堆,而温如玉先遭官诈,再遭人骗,和金钟儿好上的时候,手头已经紧巴巴的,他们都比不了周琏的潇洒。

王婆理论的妙用,西门庆不行,温如玉也不行。西门庆太粗暴,温如玉太痴呆。智计百出、游刃有余、峰回路转、妙趣横生,要看周琏。《绿野仙踪》的这几回,心有戚戚焉的看官完全可以当实战经验来研读。

男女邂逅的过程且一笔带过,只说周琏在老知识分子齐贡生家参加文人聚会时瞥见了贡生的女儿齐蕙娘,当晚一夜不曾合眼,想到天明,就想出个道路来。他是有了妻室的人,齐贡生一介腐儒,性格固执,明着求亲,别说娶来做妾,就是做正妻,恐怕也通不过,因此,"除了偷奸,再无别法"。方针既定,周琏的行动方案随即出笼:第一步,把齐家左右的房子全买下,借读书需要安静的名义搬过去,与齐家为邻,为加强来往创造条件。

第二步,全方位外交。借谈诗文深入齐家,宴请送礼不断,同齐贡生的两个傻儿子混得烂熟,又博得好贪便宜的贡生太太庞氏的欢喜。

第三步,二十多天过去,周琏提出和齐家大少爷结拜兄弟,有了这层关系,送衣服钗环给齐家女眷就名正言顺了。这样,在无数礼物铺垫之后,爱情的玫瑰花终于送到了闺中人手里——蕙娘得了"两套上色缎子裙袄,八样新金珠首饰"。心有灵犀的女孩自然明白,周琏一切,自始至终全是为了她。

第四步,开始进入实质,在把他当作活财神的庞氏面前一再提出要见"干妹妹",突破了男女授受不亲的篱障。此后见面为常事,虽然说话不便,幸有眉目传情,周琏又不断地送衣物,把穷人家的闺女打扮成富家千金。

心心相印之后,周琏的计划转向最终目标。他用小点心拉拢齐家小儿子,打听齐家内院的结构,结果发现,齐家紧靠周琏新买的房子这边是一个长夹道,夹道一头是茅坑,另一头堆放着木炭。进一步打听个人如厕时间,可巧每天清晨只有蕙娘来。周琏再设计,自己这边做大小两张桌子,叠起来可爬上墙头。齐家那边,命家人买四十担木炭送去,沿夹道堆放,堆成一个长长的斜坡。两边上下均如意。此后的事情可想而知,从此每天清晨,周琏和蕙娘尽情欢会,直到被庞氏看破。

相比之下,温如玉的情色之途处处荆棘,苗秃、萧麻赖他的钱用,鸨母给他脸色,早先金钟儿不拿他当回事,遇见什么何公子,还让他绿帽子高戴,气得他痛苦不堪,酒席上一口气唱了一大套曲子,比贾宝玉的"相思血泪抛红豆"长了六七倍。最后为了几百两银子,做贼似的躲藏、偷运,反被恶奴所欺,害得日久滋长出"真情"的金钟儿吞粉自尽，真正人财两空。

温如玉除了沉溺欲海不能自拔，道德上并无亏欠，但一次次遭惩戒，家破人亡。周琎生米煮成熟饭，靠着大把银子，娶蕙娘到家——要说这和温如玉比也不算什么罪过，罪过的是逼得正妻何氏惨死，这就比如玉不堪得多了。然而周琎丝毫不受惩罚。落入妖精之手，于冰还派猿不邪来救，说了很多安慰的话。至于结局，周琎的运气之好，西门庆和温如玉做梦都想象不出来。他中了举人，捐个闲职，既洗刷了父亲"臭铜郎中"的恶名，又不须去官场上受累受气，而蕙娘夺正位之后，一口气替他生了三子二女，后皆显贵，夫妻平平安安直活到高龄！

周琎是于冰的表弟，于冰对他，道学家的刚硬一丝不存，处处令人如沐春风。相似的人物，相似的故事，迥异的态度，迥异的收场。是于冰亲疏有分呢，还是他对凡世和仙界的人物本来就要求不同？书中没提于冰对周琎资质的评价，他似乎从未起度脱周琎成仙的念头。要么是周琎没那个命，要么是他心里明白：出家尽管被说得天花乱坠，其实是无奈的选择。如果没有身边那么多死亡事件，如果他真的中了解元，荣耀乡里，如果朝中不是严嵩父子当道，他会断然走上现在这条路吗？

在虚构的故事里，李百川的信念仍是有折扣的：于冰在出走前娶妻生子，而且把家务事一项一项全部安排好，保证于家香火绵延，既实现了自己的出世理想，又于儒家伦理一无所亏。这样的好安排,猪八戒在离开高老庄时咕咕哝哝说了好一通,可惜没人理他。唐僧远远没有于冰的精细。然而在同是独子的温如玉身上,于冰就没有考虑到这些现实问题。

5.

《绿野仙踪》讲修炼之道,相比于《西游记》的调侃和游戏,要朴诚认真些。这说明李百川尽管对修仙不一定有信心,起码是有点兴趣的。火龙真人启蒙于冰时,再三强调性命双修。这似乎是他们这一派的宗旨。于冰解答虎牙山二女的提问,说得更具体:"本乎天者,谓之命;率乎己者,谓之性。然'性命'二字,儒释道三教,各有不同。儒家以尽性立命为宗,释家以养性听命为宗,道家以炼性寿命为宗。其要领在于以神为性,以气为命。神不内守,则性为心意所摇;气不内固,则命为声色所夺。""神与气乃一身上品妙药,其妙重在不亡精。故修道者炼精成气,炼气化神,炼神合道。此即七返九还之妙药也。"

修炼之道,重在不亡精,故于冰对如玉好淫深恶痛绝。也许是为了突出这个意思,李百川在情色描写上极下功夫,熔幽默、细腻、生动于一炉,唯其分寸把握得恰好,没堕入狭邪小说之流。尽管如此,我早年读的北京大学出版社的版本,就是一个节本。如今重读,买到的是中华书局的普及本,感觉比北大本整齐些。

但是否全本，不得而知。我有时像刘铁云一样，对藏书家自秘其珍很有些意见，遇到这种情景，少不得要羡慕一番。

百川善于讽刺，讽刺的人物，主要有三类：迂腐老儒、市井小人和没见识的妇人。第一类如作屁赋屁诗的邹继苏和以朗诵《大学》驱怪的齐贡生，第二类如苗秃、萧麻、朱文魁之流，第三类的典型是庞氏，相关的段落皆足令人喷饭。

庞氏查知女儿的奸情，顿时气得"上下牙齿咬的乱响"，待告知是"周大哥"干的好事，"不知不觉的就笑了"，因为周琏阔气，可以借此捞一把也。她教蕙娘去周琏那里讨誓状，说道："他将来负了你，着他爹怎么死，着他娘怎么死，他是怎么死，都要血淋淋的大咒，写的明明白白。"担心女儿没威慑力，特地嘱咐："和他明说，说我知道了，誓状是我要哩。……他若问我识字不识字，你就说我通的利害，如今许大年纪，还日日看《三字经》。此后与你银子，不必要他的。你一个女儿家，力最小，能拿他几两？你只和他要金子。我再说与你，金子是黄的。"

庞氏不识字，齐贡生说话偏爱掉文，她听不懂，认为是"拿文章骂我"，心里最恨。她的道理，贡生枉读一辈子圣经，半句也驳不了。庞氏力主蕙娘嫁周琏，贡生说，自己的女儿不能受人家骗，庞氏笑他："怎么是你的女儿？说这话，岂不牙麻？我三年乳哺、十月怀胎，当日生他时，我疼的左一阵、右一阵……我开肠破肚打就的天下，你这老怪物坐享太平。我问你：你费了什么力气来？""就算上你费过点力气，也不过是片刻。我肚里生出来的，到不由我作主，居然算你的女儿！"这样活灵活现的市井语言，岂是向壁虚构能虚构得出来的？

有些过场人物，三言两语，性格立现。第二十二回，金不换娶许寡妇的儿媳，不料原以为丧生河中的许连升又回来了，闹成官司。知县问连升：你妻已成失节之妇，你还要不要？他回答："方氏系遵小人母命嫁人，与苟合大不相同，小人如何不要？"知县大笑。不换给许寡妇的二百两银子被知县罚没，连升央求留下给老婆作遮羞钱，知县不许。许寡妇两眼冒火，大叫："我们这件事吃亏的了不得。与当龟养汉一般。老爷要银子，该要那干净的。"知县喝道："你当银子是本县要么？"寡妇道："不是老爷要，难道算朝廷家要不成？"知县大怒，吩咐将连升打嘴。许寡妇心疼儿子，才不得不认栽。

纵观《绿野仙踪》中的人物，作者花了最多笔墨的冷于冰，太过理想化，结果面目模糊，缩成一个概念，尽管贯穿全书，行善立功无限，若论形象鲜明，还不如齐贡生、庞氏以及许家母子和无名县官等等细末角色。阅读中稍不留神，没有政治挂帅，很容易厌憎这么一个总是在指导人、教训人、"每饭不忘为人师"的家伙。世上的道理简单不过：就算你是圣人，也并不等于你就有权要求别人、指挥别人，更别提干涉他人、欺压乃至惩罚他人了。

好人儿袁太监

1.

东汉、唐朝和明朝,是宦官为害最烈的三个朝代,其中又以唐朝为登峰造极。赵翼说,东汉和明朝的宦官,"犹窃主权以肆虐天下。至唐则宦官之权反在人主之上,立君、弑君、废君,有同儿戏"。其实这里还应加上秦。秦始皇的江山,可以说一多半败坏在赵高手里。如果性情平和的扶苏即位,秦未必二世而亡。开国帝王凶残暴虐,国祚就一定不长吗?老天是不读圣贤书的,不会这么富有道德意识。秦始皇固然残暴,朱元璋的下作、阴狠、嗜杀和文化钳制,胜他十倍,大明不还是传了近三百年?明代宦官以时代较近,名气特别响亮。刘瑾已经在《法门寺》里名垂千古,魏忠贤的勋业更是脍炙人口——如搞个人崇拜,全国各地争建生祠,设渗金像,稽首拜迎,献歌功颂德文章,欲抬高到与孔圣人并驾齐驱的地位,凡此种种,秦始皇见了,也只有拱手叹服的份儿。

宦官的专权,原因在于贴近皇帝,朝夕相处、察言观色,知主子好恶,随时可吹耳边风,这种作用机制颇似后妃,又和如今的秘书差不多。但女人对于权力,不像男人那么贪恋:争宠贪利的多,干政施令的少。人之所欲,不外乎权力、财富和性。宦官天生被剥夺了性的享乐,于是要变本加厉地在前两种欲望上翻跟头。身体的缺陷常常导致心理的扭曲,至少在相当多的史家和文人笔下,宦官就是一种令人厌恶的怪物,正人君子言谈之中,往往呼之为"阉宦""宦竖"。就如最普通的叫法,老公公,《绿野仙踪》里的太监袁天喜也不是很喜欢。他说:"这老公公是老婆婆的对面儿,不是什么高贵称呼。"规矩的叫法该是内官,可是一个"内"字,容易使人联想到女人,还是可疑。

根本的一点,宦官也是人。是人,必然是林子大了,什么鸟都有。宦官之中,自然也有忠仆、好人、贤者。赵翼就列举了后汉的蔡伦、孙程、曹腾,北魏的仇洛齐、王琚、赵黑,北齐的田敬宣,唐朝的俱文珍、张承业,以及明朝的覃吉和王承恩。王承恩是陪同崇祯皇帝在煤山上吊的,算是以身殉国。而蔡伦和赵翼没有列入的郑和,不只是贤者,他们在中国乃至世界史上都是光芒万丈的人物。

宦官最适合做文艺作品的丑角,图省力气的作者,谁会舍弃这样不花钱又讨好的道具?因此,宦官们的怪异很容易被夸大,而他们正常的一面,由于没有喜剧效果,就无意间被忽略了。就如蔡伦,除了造纸,大概很少人知道他大权在手时,"尽心敦慎,匡弼得失,每休沐,辄闭门谢客"。曹腾"用事省闼三十余年……

未尝有过。其所进达皆海内名人"。蜀郡太守派人向曹腾行贿,刺史种暠搜得书函和财物,上书弹劾。皇帝认为贿自外来,不能算曹腾的过错,事情就过去了。曹腾不仅不因此记恨种某,反而称赞他能干。种暠后来做到司徒,感叹说,没有曹公,我哪里有今天!

2.

唐朝的高力士因为替李白脱靴留下口碑,名声不亚于刘瑾。和刘瑾相比,高的形象丝毫不专横,倒是颇为随和。试想什么人物敢叫赵高或魏忠贤脱靴子?唐明皇的爱情戏中,高力士给人的印象,基本上是一个忠心耿耿的奴才,无大善,也无大恶。瞅机会进点谗言是免不了的,但不曾见他整人非得整到死。李白失宠的主要原因是唐明皇对玩诗词玩腻了,他可不是李后主、陈叔宝,要当专业作家。李白自己说过,"以色事他人,能得几时好"。以诗事他人,道理同样。关键是"事","事"他人,任何时候都难持久。

赵高指鹿为马,是用一个小案例达到统一思想之伟大目的的始作俑者。《拾遗记》夸耀他练了一身好气功,像孙悟空一样杀不死。不知何时的《古遗史》,则说他本是赵国公子,为报破国之仇,不惜自残以打入秦宫廷,忍辱负重,一步步谋夺权力,大杀秦的子孙,卒至亡秦。刺秦不成的张良,还曾在他家避过难。

历史可以这样玩,那些在乎历史地位、历史名声的人真是杞人忧天。不仅如此,《宇宙锋》里,赵高忽然多出个女儿,而且还是出淤泥而不染的那种。

清宫戏持续近百年的长盛不衰,不仅慈禧、珍妃家喻户晓,李莲英、小德张等也深入人心。老舍《茶馆》里的庞太监,按理该为太监这一行当盖棺定论画句号的,不料武侠小说异军突起,东方不败和岳不群不是太监,胜似太监,引刀自宫成了修炼至高无上的武功的必由之路,而且是一条捷径。港片中的明朝太监,全是绝顶武林高手,不靠意外,简直不可能战胜。从《侠女》到《新龙门客栈》,莫不如此。

同性恋蔚为风行,林青霞扮演的东方不败,给金庸笔下本来是政治讽喻角色的黑木崖大魔头带来全新的诠释。性别,或者无性,成了人生或爱的美丽选择。当银幕上的林青霞满脸凄艳加凄楚,让台上的李连杰和台下的观众无以自处之时,世界就被彻底地颠覆了,比赵高的屈身报仇说颠覆得还要痛快,还要彻底。

3.

说实话,在我读过的小说中,称得上可爱的太监,只有一个,便是《绿野仙踪》里的袁天喜。这里的可爱,包括性格,也包括其行止的政治正确,尽管加上后者不免蛇足之嫌。

明朝嘉靖年间，严嵩父子专权，朝中正直之士，上奏倒严，犹如飞蛾投火，虽然前赴后继，悲壮惨烈，不能撼动他分毫。后来严嵩年老，青词写得大不如前，皇帝恩宠渐衰，加上徐阶蹿起，日夜谋取其位而代之，暗地里滴水穿石下功夫，御史邹应龙看准形势，一击奏效。这其中，如果我们就小说论小说，暂且相信李百川的说法，替皇上管衣服的小人物袁太监功不可没。

话说某一天，邹应龙送客出城，因为贪看残桃新柳的春色，多送了二十里。归途遇雨，无可掩蔽，望见附近一座庄园，急奔而去。这一去，歪打正着，闯入袁太监的别墅。

这李百川写小说，最善于写人物，也最善于写世情。周氏兄弟都对冷于冰深山遇塾师那一章赞叹有加，"哥罐闻焉嫂棒伤"的咏花诗更被周作人翻来覆去地讲个没完。其实，自称"又一个贤人"的邹继苏不过是笑话中的人物，那一章极尽夸张，倒不如写齐贡生的迂腐来得平实。而写袁太监，不过几段言语，那声口惟妙惟肖，比电影还来得鲜活，比相声还来得生动。

应龙下马进门，太监远远望见，早领着五六个家丁、七八个小内官在二层门内等候。就此一小小细节，我们立马想到，这太监一则真是闲得可以，二则童心未泯。生客未至，他们已经当把戏看了半天，同时又欢喜：有人总是热闹啊。应龙进了门，刚开口客套，太监马上接口："你若不是下雨，做梦儿也不来。"这样的直爽话，习惯了礼节的书生会感到尴尬，但袁太监已经拉住了客人的手,引进厅内坐下了。

问了姓名,太监说,倒和上科状元是一个样儿的名字。应龙说状元就是他。太监的惊讶如小孩子一样天真:"呵呀!你是个状元御史,要算普天下第一个文章头儿,与别的官儿不同,我要分外的敬你了。快请到里面去坐。这个地方儿平常,不是教状元坐的去处。我还要请教你的文墨和你的学问。"

越是不识字,越是敬仰通文墨的人,这便是质朴人的好处,不会嫉妒,不会喜滋滋地等着看别人的笑话。但说要请教,真是不知天高地厚的可爱。应龙大笑:"若是这样,小弟只在此处坐罢,被老公公考较倒了,那时反难藏拙。"袁太监自能听出他的意思,自己找话下台:"好约薄话儿,笑话我们内官不识字,你自试试瞧。"

袁太监不识字,不识字到连自己的姓氏也要像小孩画画一样比着记:他的袁,不是应龙说的元亨利贞的元,"我这姓,和那表兄、表弟的表字差不多。"他忘了他是多了一张嘴的。大概有人并不认可他的类比,所以应龙说像之后,喜得他拍手大笑:"何如?连你也说像了。"

状元说像,意义非同小可,在他眼里,可以拿去堵骂他是俗物的同僚如乔太监之流的嘴了。应龙夸他的院子好,他高兴地对一众小内官说:"这邹老爷是大黑儿疤的状元出身,不是顽儿的。他嘴里从不夸奖人,人若是教他夸奖了,这个人一万年也不错。""大黑儿疤"可能是他河间府的方言，形容得真是不含糊。

后来摆上酒席，应龙吃得多了，臭文人的脾气上来，非要在人家外面的粉墙上题诗，却又假装谦逊道："只恐俚句粗俗，有污清目。"

袁天喜见过大世面，懂的话，不懂的话，他一概照接不误。何谓俚句？袁太监一本正经地反驳："你是中过状元的人，做诗还论什么里外？里做也是好的，外做也是好的。"话锋一转："但是诗与我不合脾胃，到是好曲儿写几个，我闲了出来，看的唱唱，也是一乐。"再一转，提起他的"老哥儿"乔太监诗和字都好，"还是个名公"：

"他实利害的多着哩。我们见他拿起笔来，写小字儿还略费点功夫，写大字，只用几抹子，就停当了。去年八月里，他到我这儿来，也要在我墙上题诗，我紧拉着，他就写了半墙。他去了，我叫了个泥匠把他的字刮吊，又从新粉了个雪白。……你公道说罢，这墙还是白白儿的好，还是涂黑了好哩？"

应龙道："自然是白的好。"

袁太监道："既然知道白的好，你还为什么要写？"

绕了一圈，终于把应龙绕了进去。应龙只得自我解嘲："我当你不爱白的。"

中国历代文人多痴迷于到处题诗，在刻板印刷不发达的年代，这样做倒无可非议，在公共场合——如客舍——题诗，等于发表，写得好，因此被人传诵。王播碧纱笼的故事，还可看出题诗一事中的人情世故。如今互联网上舞文弄墨发达，道理和墙上题诗是一样的，都是自由发表。题到别人私宅，似乎不必。何况明朝印刷业兴旺，刻书不过是几两银子的事儿。

袁太监粗俗和爽直中透着精明，处事四两拨千斤，有些话看似随口就来，却是长期经验养成的本能。作为粗人，还可以随时说重话，听者却不会恼怒。一开始，应龙推托，不肯留下喝酒，袁太监立时着恼，嚷着说："这都是把人当亡八羔子待哩！难道我们做内官的，就陪状元吃不得一杯酒么！"吓得应龙急忙改口，这一改，有分教：片言杯酒杀奸雄，一纸功成属应龙。

4.

正义在手不表示一定胜利，有勇气、不怕死也不是成功的保证，任何事都离不了时机和技巧，好事坏事皆然。酒酣耳热，邹应龙试图从袁太监那里探听一点宫中消息，自己却不敢交底。几句话下来，袁太监锣鼓听音，早明白他打的是严嵩的主意，于是当场揭穿。邹应龙到此地步，不得不把袁天喜当个同志，把心里的想法和盘托出。按袁的观察，严嵩受宠多年，国之元老，和皇帝本人，有说不明白的契合关系，虽说近来走了背运，"启奏的事，万岁爷未尝不准他的，只是心上不舒服"，要扳倒他，终究成算不高。但大原则，严嵩该整。在邹应龙，是为国除奸；在袁太监，有私仇要报。至于时机，袁太监说，前几年参他，不但参不倒，还要惹上祸患，再迟几年，他又把万岁爷哄得高兴了，如今不迟不早，正是当口儿。对宫廷斗争有着"朴素的辩证唯物主义"认识的袁公公，这时就手把手地为邹应龙进行政治策略启蒙。

他说，第一是要有人，找对了人，必得使人乐于为我所用。袁太监推荐的是乔太监。如何和爱风雅的乔太监打交道，自然又有一番吩咐，仅称呼一项，就学问多多。老公公的叫法，前面已说过，千万使不得，具体该怎么办？袁天喜说："比如他要叫你邹先儿，这和你们叫老公公一样，你称呼他老司长。他叫你邹老先生，这是去了儿字加敬了，你称呼他乔老爷。他若叫你邹老爷，你称呼他乔大人。……你既要做打老虎的事，必须处处让他占个上分儿，就得了窍了。"

第二是上本的方法。参本不能在通政司挂号，因为严嵩耳目众多，走正路，漏出风声，他先着人参你，你的本章白搁在那里，皇上看不到。怎么办？把奏章直接交给管奏疏的乔太监。

最重要的一条，是怎么奏。袁太监晓以利害，"你且不要参严老头子"，他是当朝宰相，邹应龙是新进小臣，"参的他轻了，白拉倒，惹的他害你。参的语言过重，万岁爷看见许多款件，无数的要迹，他闹了好些年，竟毫无觉查，脸上也对不过诸王大臣和普天下的百姓,只怕你也讨不了公道"。

历代忠臣死谏,得好结果的不多,即使魏徵遇着唐太宗,唐太宗有时还恨不得杀了他,何况其他度量不如的。打天下的时候,礼贤下士不难,毕竟江山要靠人家玩命一寸一寸地争夺。到了太平日子,龙椅坐稳,皇上的脸面是第一重要的。可惜那些冤死的好汉,未能早日听到袁太监的这一番真言。

不参严嵩则如何?不参严嵩,参他的儿子严世蕃。袁太监说:"搬倒小的儿,大的不怕他不随着倒。这就替万岁爷留下处分他父子的地步了。"

此后事态的发展,和袁太监的预料分毫不差。

袁太监不仅托了乔太监,还托了司理监赵老爷。有作诗癖的乔老爷,因为邹应龙答应为他的诗集作序,不仅全力相助,连皇上宠信的蓝道士都打通了关节。一桩了不起的扭转政局之役,居然靠这支杂牌军打下来了。

5.

把太监当人看,我们实在可以理解他们的阴沉和怪异。作为被摧残的人,已经够沉重,何况一辈子生活在深宫,做侍候人的奴才,整日价耳闻目睹后宫生活的绮靡,"过那见不得人的日子"。我们一方面看到太监擅权,也看到别人杀他们,实在轻于踩死虫蚁。假如太监是人类历史上的怪物,这怪物也是人类自己制造出来的。

从前在书上读到一个名叫张福的太监的自述,回忆净身那一段,具体详尽,惊心动魄:

"捆好了手脚,腰部被绑得紧紧的。一副旧的绑腿带把眼睛蒙上,把芝麻秸灰洒在身底下,也洒在床板子上……开始动手术了,分两个部位进行。

"第一步,先割丸。在球囊左右各割开一个深口子,是横割不是竖割,主要是先把筋割断后再进行挤,要把丸由割口挤出来。挤是奇疼无比的,但也有绝招。当割开的时候,临挤前把一枚剥好的煮鸡蛋塞在嘴里,堵在我的嗓子眼上。喊叫不出来是小事,主要是憋得不能出气,简直就要憋死了。于是就浑身用力,身子打挺,小肚子往外鼓。利用我拼死挣扎的一刹那,就把丸挤出来了。这时把片好的猪苦胆贴在球囊两边……止血消肿。

"第二步是割势(太监叫辫子,可能是鞭子的变音)。这是技术活,如果割浅了,留有余势,将来内里的脆骨会往外鼓出,那就必须挨第二刀,俗称'刷茬',刷茬的苦不下于第一次挨割;如果割深了,将来痊愈后,肉会往里塌陷,形成一个坑,解溲时,尿出来呈扇面状,会一生造成不方便。十分之九的太监都有尿裆的毛病,大都是阉割的后遗症。净身师割完丸后,磨一磨刀。然后他把阳物用手指掐了掐,将根部掐紧,又让副手往我嘴里塞一个又凉又硬的煮鸡蛋,把咽喉堵住。我觉得下部像火钳子夹似的剧疼,一阵迷糊就什么也不知道了。

"也就是片刻的工夫,下身感到火烧火燎地难受,此时已经割完,插了一根大麦秆,把另一个猪苦胆劈开,呈蝴蝶形,敷在创口上,只留一个容大麦秆的洞。最后,用一片刮好了的窄木板,放在我两腿中间,把球囊托起来。这时我浑身哆嗦,连腮边肉都觉着在跳动,嗓子像火一样干辣。过了很长时间进来一个人,我求他给点水喝。他用一个旧皮球,皮球上剪开一个小圆洞,就用它来吸水。瓦罐里是我早晨煮好的臭大麻水,足够我两三天喝的。

"第二天才给小米粥喝,也是用破皮球吸粥送到我嘴里的。

"三天下地以后,一看只剩下瘪皮的空囊了,但苦难并没有过去。每天三次抻我的腿,每抻一次都是心肝碎裂,疼得浑身战抖。据说不抻,腰可能佝偻,就一生不能伸直了。"

在依靠臭大麻水当麻醉剂的情况下动如此大的割除手术,不亚于一场酷刑。但肉体的痛苦毕竟是一时的,心灵的扭曲,一辈子遭人白眼,失去正常生活的权利,更别提儒家"不孝有三,无后为大"的古训,这种痛苦才是最悲惨的,是无论多高的权位、多大的富贵都难以弥补的。

割下的东西,净身师像宝贝一样收藏起来。太监人到中年,有了一些积蓄,就要把它赎回来,将来死了,好带进棺材,求个全身而葬。张福说,不这样不许入祖坟。迎赎失物的过程,叫作"骨肉还家"，是太监一生中最大的喜事，仪式隆重，比娶亲还讲究。在鞭炮鼓乐声中，面对四方亲友，净身的契约被焚化，那一刹那，"突然一声长号，摧肝裂胆。太监满地滚爬，抢天呼地地喊着：爸爸给我的骨头，妈妈给我的肉，现在我算是捧回来了，今天算我重新认祖归宗的日子啦"！

不厌其烦地抄了这么多，如此真实的记述实在他处未见，读时只觉得震撼，复印了留下，十几年过去，搬家数次，居然还在。

张福说，做太监的，最恨别人以此揭短。他称赞大清国的制度对太监好，太监有罪不轻易送菜市口，体恤他们已经挨过一刀。

这样境况下的人，在内廷的刀尖上讨生活，期待其朝气蓬勃的欢乐未免太不人道，大众从他们身上想象的现实，就是邪恶、阴森森、阴阳怪气的经典模样，如此他们就和历史完美地契合了。是国粹也好，是遗毒也好，是帝王们的不得已也好，总之这个制度今天已不复存在。即使不是在历史的殿堂，只是在小说这一角落，袁天喜这样的"异类"，真能给人阳光灿烂的感觉。

月光下的天堂之门

《聊斋志异》作者的两块心病是科举和爱情。科举这事好理解。蒲松龄十九岁应童子试，幸运地遇到诗人施闰章，得他提拔，名列第一。首战大捷，大大提升了这位未来的小说家对未来的期望，因此此后的落败与他人相比，变得更难承受。短暂入幕之后，蒲松龄回到家乡，设馆三十年，垂老归休，落寞以终。《司文郎》里借二鬼之口讽刺考官有眼无珠，考官赏识的文章令人作呕，诚然痛快之极，却还不如《叶生》篇感人至深。叶生科场铩羽，含恨而死，心中一念难消，竟不知其死，跟随引为知己的丁县令远赴异乡，做了丁公子的教师，助他高中乡试亚魁。叶生自述其志向："借福泽为文章吐气，使天下人知半生沦落，非战之罪也！"正是蒲松龄的夫子自道。"异史氏曰"中的话，大概没有比这一段更沉痛的了："行踪落落，对影长愁；傲骨嶙嶙，搔头自爱。叹面目之酸涩，来鬼物之揶揄。频居康了之中，则须发之条条可丑；一落孙山之外，则文章之处处皆疵。古今痛哭之人，卞和惟尔；颠倒逸群之物，伯乐伊谁？抱刺于怀，三年灭字；侧身以望，四海无家。人生世上，只须合眼放步，以听造物之低昂而已。"科场遗恨纠缠了蒲松龄一辈子，到死未能摆脱。《聊斋》中的这类篇目，全都笼罩着一层凄凉之雾。由于和作者距离太近，激情有余而艺术趣味不足。这时候，蒲松龄与其说是小说家，不如说是一个祥林嫂那样的绝望的诉说者。

相形之下，沉浸在美丽女性之世界的蒲松龄，则是一个纯净的艺术创造者，一个在趣味中追求思想深度的天才。爱情故事在《聊斋志异》中占了绝对统治地位，不仅体现在篇目之多和长度上，而且明显地形成贯穿全书的主调。翻一翻目录就知道，仅以女性名字为题的篇章，就不下七十余篇，如《婴宁》《小翠》《连琐》《娇娜》《红玉》《公孙九娘》《青凤》《翩翩》等，而且多系佳构。

科场使蒲松龄不堪回首，爱情则成为理想的寄托。写爱情而用力甚深者代不乏人，似蒲松龄一般耽迷其中而不能自拔者则少见。唐人传奇的作者以同情的态度讲他人故事，王实甫把调情当作智慧和激情的游戏。汤显祖可算得痴了，男女之情被抬升到存在的本质这样的高度，世界除了情，再无他物，但从根本上，汤若士还是作者本分，就算他以杜丽娘自居，也无非借她的锦心绣口抒怀，对对象的迷恋从来没到企图成为对方的地步。蒲松龄的每一个爱情故事都可以看作他的白日梦，他的态度与其他作者的区别，在于处处有迹可循的天真的绮念，在于故事强烈的自慰性质。他在写作中情不自禁地把每一个男性角色都当成了自己的化身。正因为这样，尽管书中的女性角色身份各个不同，或狐或鬼，或仙或人，或如婴宁之娇憨，或如芸娘之柔婉，或如湘裙之体贴，或如小谢之顽皮，有黄英那样淡泊如高士的，也有侠女那样凛然不可侵犯的，但她们有一个共同的特点：娇艳而不失优雅的容貌和气质，对所爱男性的柔顺，聪慧异常，善解人意，而且无一例外，她们都对读书人——无论贫富——表示由衷的敬重，在他们穷途末路的情况下依然对他们怀着信心。相当多的时候（多到只有在非人世才可能），女主角们像崔莺莺一样夫唱妇随，吟诗联句，或因书生们无意的才华显露而顿生仰慕之情，不惜以身相许……

按照某种心理学理论，或可很自然地推论出，蒲松龄在爱情生活上必是一失败者，正如他一辈子都未能在科场上扬眉吐气。情场上他不只是失败，而且是从来就没有过机会。一个困守穷乡的教书先生，我们再大胆想象，也断乎不能想象出一个浊世翩翩佳公子的冒辟疆，一个风流自赏的杜书记。在什么都得不到的境遇中，一个人所能痴迷的东西其实很有限，说出来也可怜。《绿野仙踪》里饱受嘲弄的穷儒邹继苏，一生存下四大本诗词歌赋手稿，珍藏于牛皮匣里，数十万言，凡人物、山水、昆虫、草木，无所不咏，无所不颂，题目有匪夷所思者，如《十岁邻女整寿赋》《大蒜赋》《丝瓜喇叭花合赋》以及《汉周仓将军赋》。李百川的描写虽极夸张，离现实却并不远。邹老儿一杯半盆的可笑背后，是汪洋大海的悲哀。就是在《红楼梦》那样堆金积玉的故事背景中，老教书匠贾代儒的潦倒也是难以掩饰的。蒲松龄晚年于课徒之余专心著书："独是子夜荧荧，灯昏欲蕊；萧斋瑟瑟，案冷疑冰。集腋为裘，妄续幽冥之录；浮白载笔，仅成孤愤之书。寄托如此，亦足悲矣！"这就说得很清楚，所谓"才非干宝，雅爱搜神；情类黄州，喜人谈鬼"，在他那里可不是东坡那样的姑妄言之姑妄听之，案牍劳形之余的消遣。在他，那是心灵的"悲哀的玩具"。

蒲公的生平细节我们所知不多，尤其是他的情感生活。以意逆志固然不错，可实际生活远远不是一个人的精神世界的全部。从作品反推，也许获知的并非作者的现实经历，而是他的幻想和梦想。《夜叉国》中，作者感叹"家家床头有个夜叉在"。《马介甫》和《江城》诸篇，写悍妇欺凌丈夫，种种作恶，令人发指。细节逼真，读之如耳闻目睹。胡适先生说："蒲松龄那样注意怕老婆的故事，那样卖力气叙述悍妇的故事，免不得叫人疑心他自己的婚姻生活也许很不快乐，也许他自己就是吃过悍妇的苦痛的人。但我们现在读了他的妻子《刘孺人行实》，才知道她是一个贤惠妇人，他们的结婚生活是同甘苦的互助生活；他们结婚五十六年，她先死两年，聊斋先生不但给她作佳传，还作了许多很悲恸的悼亡诗。"在读到胡适的文章之前，我也一直以为蒲公或有季常之癖，他在《江城》里总结说："天下贤妇十之一，悍妇十之九"，《马介甫》中说："惧内，天下之通病也。"说得如此绝对，不像出自占了十分之一好运气的人之口。

《水浒》及其他

中国文人心目中，艳遇差不多崇高到可以作为一项伟大的事业来做。只要条件允许，妻妾之外，还要偷情，还要花街柳巷流连，还要随时准备把家中略有姿色的适龄丫鬟收房。清代文学界或官场，谈人到晚年的理想，说是"取个号，刻部稿，讨个小"，文句也许记错了，但意思不错。老骥伏枥，常常指的是这方面的意思。因为这是人人称羡的事，当时传为佳话，过后青史留名，当事者不忌讳，甚至还唯恐他人不知。元稹就扬扬得意地把他始乱终弃的故事写成《会真记》。小杜说"十年一觉扬州梦"，忏悔之情少，怅惘之意多，盖因好日子都已过去了也。熟知过去时代的风气，蒲松龄的不如意才好理解。才子之命配不上才子之才，但表达是他的权利。

借狐鬼浇心中之块垒，首先是因袭传统。魏晋人在这方面，其实很不洒脱。如干宝的"发明神道之不诬"，目的性太强，故下笔左牵右扯，白白可惜了很多趣味。唐人专为显露才华而作，务必求奇求新，驰骋想象，铺排文辞，态度雍容，格调最高。千余年蔚然成风，天上神仙，地上精灵，就是人世的一面镜子，拉长了照，缩短了照，正照反照，照出千奇百怪，归根结底都是人。人作为人的时候，也许我们难以看得明白。人作为鬼，作为妖异，被板桥三娘子咒化为无言之驴，我们反倒认清了他们不为人知的一面。人的本质可能是神圣，可能是牛鬼，可能是虫兽，可能是木石，一切皆可能，只除却人自身。这样，我们越是游离于人之外,反而更贴近人的内心。神话、寓言,说穿了,只是在设定的条件下,对人某一方面之本性的突出、强调和夸张。

这并不是说,狐鬼的现实一定胜过人的现实,虽然伟大的小说都是寓言,穿什么样的外衣并无定规。形式好比道路,特定的环境决定了特殊的道路,不仅是趣味、爱好的选择,也可能是必需,只有这条路才能通到他要去的地方,不是最好的,但一定是他希望的。对于蒲松龄来说,此世的缺陷由来世弥补,未免太遥远,太虚无缥缈了。他没有耐心等待天堂,也不需要。当可爱的女性们从月光下、从晨雾里、从紧闭的门户,在静寂中、在梦寐中蓦然浮现,正像她们轻轻松松地打破了常识的局限,艺术的现实也这样突破了现实的障碍,孕育成形。《聊斋志异》的爱情故事,凡基于现实的,总是痛苦为多,步步艰难;凡超越尘世的,多半自由圆满,痛快淋漓。为人称道的王桂庵父子的故事,看似写实,如果没有梦来做指引,结果将如何?在关键的一点上,蒲松龄还得借助神异。

男人对女性的要求永无餍足。多妻制建立在对女性不公平的基础上,不妒成为贤妇的首要美德。悍妇很多时候是妒妇的同义词。妻妾成群,这还不够,在明清文人心目中,名妓代表了性爱中的一个高级阶段,一种世俗欲望的艺术升华。清人有个"效妓"故事:某人特别喜欢狎妓,谁劝都没用。妻子甚明理,不和他吵闹,和颜悦色地问他:我想妓女也是女人,怎么你就这么迷恋?

丈夫说，那可不同。又问：如何不同？丈夫顺口答道：穿衣打扮不同。妻子使人到妓院，一一打探清楚，照妓女的方法自我修饰，问丈夫：现在怎么样？丈夫说：好多了，但我到妓家，人家好酒好菜招待我，弹琴唱曲娱乐我，这些是家里没有的。妻子待丈夫自外归，备好酒食，自弹琵琶。丈夫仍然不满意。再问下去，就不堪形诸文字了。

由此可见，风月场中的陶醉，和蒲公笔下的狐鬼爱情，其共同之处在于：一、它们都是日常生活中不可得的；二、它们不遵从世俗规范的约束；三、由于它们的非现实和特异性，这种性爱带来了不一样的感官和精神上的愉快。拿蒲公冰清玉洁的美丽女性和名妓相提并论，确是不可饶恕的亵渎，不过此处的连类所及，意在追索古代文人这种业已为时代唾弃的自私心理。这样的自私和享乐也可以是他们的理想，而且确实在作品中表现出来了。也许不高尚，但那是他们的事。

《小谢》在《聊斋志异》中是很有代表性的一篇。陶望三盛夏之夜借居官宦人家废弃的旧宅，二女鬼频来耍闹，藏他的书，扔他的衣服，捅他鼻孔，揞他眼睛。渐渐熟悉后，争着讨好他，为他做饭洗碗。再后来，帮他抄书，跟他学习，久之居然能够时相酬唱。更让陶生开心的是，二女互相竞争，都想学得更好，"小谢阴嘱勿教秋容，生诺之；秋容阴嘱勿教小谢，生亦诺之"。苦哈哈的考前功课一变而为温柔乡里的嬉戏。知识在女人那里获得承认和尊重。诗和书法成为闺阁中高雅的消遣。

《娇娜》则表达了蒲松龄的另一种情怀。娇娜是《聊斋志异》中最理想的丽人,纯真而聪慧,妩媚而亲切。孔子的后裔孔雪笠,蒙娇娜亲手为他割除创肿,心生爱慕,但因为娇娜年纪尚小,改娶娇娜的表姐松娘。后来娇娜另嫁,孔生和松娘也夫妻情笃。孔生对娇娜的爱一如既往,但已成熟为无瑕的友情。皇甫一家遭劫,雪笠以文弱书生,奋不顾身,誓死相救,亲自从天鬼的魔爪中夺出娇娜,为雷轰毙。娇娜再施神术,救其回生。孔生与皇甫兄妹,从此"棋酒谈宴,若一家然"。蒲松龄说:"余于孔生,不羡其得艳妻,而羡其得腻友也。观其容可以忘饥,听其声可以解颐。得此良友,时一谈宴,则'色授魂与',尤胜于'颠倒衣裳'矣。"蒲公形容娇娜,"娇波流慧"四字最为可人。孔生虽然一"望见颜色"便苦痛顿忘,过后"悬想容辉,苦不自已",却能丝毫不涉杂念,娇娜在他心中,是浊世的红粉知己。

其实男女之间,爱情本是一个空泛的东西,说它有时如山如海,说它无时似云似雾,珍视时世界再无他物,厌倦后他物皆是世界。人在所仰慕的人身上寄托了对爱的理解和理想,其中相当一部分并不存在,是人在激情中想象出来而附加在对象身上的。一旦幻象破灭,或理解和理想有所改变,爱情就结束了。爱情带来(尽管不是必要条件)婚姻,而婚姻带来的是日常生活。毫不奇怪的是,对爱情的无限浮夸和神圣化,最常出现在爱情的饥渴者那里。如果我们赞同普鲁斯特的说法,爱情的对象只存在于想象之中,那么,蒲松龄的娇娜和婴宁们是人是鬼,是仙是狐,就不重要了。而《聊斋志异》,称之为蒲公的心灵自传,也未尝不可。

马二先生游西湖

一位记不起姓名的纽约作家说:"旅游这玩意儿,美国人到欧洲无非是看建筑,大街上逛逛,胡同里走走,累了在街头咖啡馆坐坐,不经意地收尽路过的女人们那异国情调的秀丽春色。至于说凭吊古迹,在伦敦桥上发一阵子呆,攀上希腊古堡的石基随口念出几位国王的名字,对着卢浮宫里每一件珍藏大点其头、莫逆于心的,相信我,可以说万中无一。寻常游客说是探历史,看文化,观习俗,逢人便吹嘘自己的思古幽情,恨不得仰天长叹,最后只剩下大街和美女。"

旅游的原始动机是异乡情调,对于男性游客,异国情调在女人身上表现得最充分,也最迷人。读过不止一位作家饶有兴致地谈论在街头看女人的心得,这些文章无一例外地写得声情并茂,连带着读者也被逗引得兴奋起来。

我从前上班的地方,正在曼哈顿的繁华地段,往西走几步就是时代广场,第五大道上的公共图书总馆也是游客麇集之地,宽阔的大台阶上永远坐满手持旅游指南的欧洲人,和不慌不忙地喝咖啡的本地闲士。从四十街往上,一直到五十多街,沿街咖啡馆密集。工作中间,我的乐趣之一,便是溜出办公室,溜进任意一家咖啡馆,临窗而坐看街景。说看街景,其实也是看行人。房子有什么可看的?十几年了,一成不变,人则是日日新,又日新的。

优雅漂亮的女人给人愉悦之感,正如一本好书,一件出自大师之手的艺术品,一幅秀丽的风景画。曼哈顿的白领丽人对于长期被高大沉重的建筑压抑得喘不过气来的人,算是一个不俗的补偿。

看人,咖啡馆视野局促,尤其是室内咖啡馆,终究隔了一层。我最爱去的地方,是第五大道背后的布莱恩特公园。它位于第五、第六大道之间,横跨四十到四十二街之间的两条街,场地中央别无设置,就是一方巨大的草坪,周边的碎石小道和两端的高阶上,摆着绿色的简易靠背椅。春夏秋三季,从早到晚,都有人以懒散舒适的姿态坐、靠、仰躺在椅子上,读报,聊天,闭目养神,尤以中午时候最热闹。天气暖和的日子,阜坪开放,很多人索性卧在草地上。春日融融,和风吹拂,好鸟鸣啭,木花飘香,衣着随意而雅致的上班族遍布周围,无意中的一瞥,都有可能一网打中一位言笑晏晏的年轻女人,举止风度带着十足的纽约情调,无论衣饰或仪容,都比风靡一时的肥皂剧《性和城市》中的几位主角强多了。

中国文化是地主文化,或者可以说是农民文化,人和土地、和自然的关系特别亲密。中国历来的游记文字,以写景物为尊,至于说在景物中感受到了什么，领悟到了什么，因人和时代而异，其中时代的因素是主导性的。比如说，南朝人在山水中悟玄理，唐人的田园诗佛教意味浓，王安石的游记格物致知，喜欢讲哲理，明季文人鼓吹性灵（尽管这个提法是清人袁枚的）。山水就是山水，人对自然景物的欣赏，是一种修养和趣味。不过自元明开始，城市商业发展，市民文化兴起，游记作者终于开始"看"人了。《满井游记》那样的文章唐宋以前见不到，《西湖七月半》索性放开景物，只写人。说"西湖七月半，一无可看，只可看看七月半之人"，是文人故作狡狯之语，他怎么可能不知道自己原打算写什么呢？《扬州清明》《虎丘中秋夜》《目莲戏》，都是这一路笔法。不过陶庵写看人，没有专门写看女人。专门写看女人，要到《儒林外史》中的"马二先生游西湖"。

这马二先生字纯上，是一位科场屡战不胜的中年文士。科场上的事，本来没准，马二先生时运不济，不见得他文章不好，他对于时文实际上非常有心得。淡了功名心之后，做了个时文的选家，江湖上也闯出不小的名头。

马二先生出场时，正在嘉兴为文海楼书坊精选"三科乡会程墨"，家居无聊的蘧公孙慕名上门求教，两人遂得结识。后来蘧公孙遭奴仆暗算，险些陷入宁王谋反的政治大案，马二仗义疏财，倾选书所得的全部银子，化解了这场奇祸，身边带着仅剩的十两银子，前往杭州。马二一向在杭州选书，据他说，"西湖水光山色,颇可以添文思",这是游历过之人的经验之谈。然而返杭之后,一时无书可选,生计眼看又成问题。烦闷之中,马二先生只好"腰里带了几个钱",再到西湖上走走。

吴敬梓写西湖,纯粹小说家笔法,见人不见物。可是奇怪,前人写西湖的名篇佳什多矣,等我自己到了西湖,住在湖边旅舍,一住半月,不仅游,而且早晚湖边闲步,风雨阴晴,独得从容感受,心中想的,只是《儒林外史》的这一节。时序相同,山水依旧,更难得的是游人如织,拿马二先生眼中所观,与眼前的现实一一印证,印证出来的不是西湖,而是马二先生这个人。

马二先生游西湖,游了两天。第二天的游,作者意在引出洪憨仙,所以似游非游。第一天的游,则着重写他三次看女人。关于这一点,章培恒主编的《中国文学史》中也有评论,不妨参看。

第一次,马二先生步出钱塘门,刚到西湖沿上牌楼跟前坐下,就见一船一船的乡下妇女来烧香,"都梳着挑鬓头,也有穿蓝的,也有穿青绿衣裳的,年纪小的都穿些红绸单裙子;也有模样生的好些的,都是一个大团白脸,两个大高颧骨;也有许多疤、麻、疥、癞的。一顿饭时,就来了有五六船……马二先生看了一遍,不在意里"……

马二先生是个文化人,审美要求偏高,而且在城市里住久了,总会沾些金粉气,这些乡下女人他自然看不上。但女人毕竟是女人,看不上眼,还是不能错过。终于饱看了一遍,却因为失望无端生出些厌烦来，故曰"不在意里"。

第二次是吃完面出来，看见湖沿上系了两只船，"船上女客在那里换衣裳：一个脱去元色外套，换了一件水田披风；一个脱去天青外套，换了一件玉色绣的八团衣服；一个中年的脱去宝蓝缎衫，换了一件天青缎二色金的绣衫。那些跟从的女客，十几个人，也都换了衣裳。这三位女客，一位跟前一个丫鬟，手持黑纱团香扇替他遮着日头，缓步上岸；那头上珍珠的白光，直射多远，裙上环佩，叮叮的响"。

这一次，马二先生大概有点在"意里"了。有"意"，心中就不那么自然，有点胆怯，所以只能"低着头走了过去，不曾仰视"。

第三次，是在净慈寺的院子里，"那些富贵人家的女客，成群逐队，里里外外，来往不绝，都穿的是锦绣衣服，风吹起来，身上的香一阵阵的扑人鼻子。马二先生身子又长，戴一顶高方巾，一幅乌黑的脸，腆着个肚子，穿着一双厚底破靴，横着身子乱跑，只管在人窝子里撞。女人也不看他，他也不看女人"……

三次的看，对象、环境不同，看法也不同，细细分析起来，其中颇有些意思。

看乡下女人，马二先生毫无顾虑，一则她们和跟随的"汉子"都不会计较，二来马二先生心里也坦然：既然"不在意里"，不存非分之想，怎么看都无所谓。这一次，马二先生是坐着从容不迫地看，直看了一顿饭工夫，看了五六船进香的妇女，老的、小的、丑的、俊的，穿什么颜色的衣服，一一看得清楚。看够了，这才起身往前走。说是不在意里，马二先生对看还是兴致盎然的。

接下来的一次，情形迥异。这一次的女客，不是乡下妇女，也非寻常市民，看那珠光宝气的排场，不是乡绅就是官宦人家的女眷。船早已停好，水边柳荫下的场景也带些诗意，三位太太小姐不干别的，偏偏在那里换衣服！这个场面，诱惑的意味极浓。马二先生显然不像前次那般镇静了，越是有意思要看，越是不敢看，别说坐，立定脚跟、稍微踌躇一会儿都不成，只能低头走过。越是不敢看，越是想看。在乡下人面前觉得自己有些身份，碰到富贵人家，不免矮了一截，马二先生毕竟是无官无势又无钱啊。作者形容他"不曾仰视"，试想马二高大的个子，看人应当俯视才对，他的"仰"，与其说是眼睛，不如说是内心，而且这"仰"未必是对富贵的尊崇，毋宁说是对贵家女人的仰慕。

然而，尽管低了头，又是匆匆而过，马二先生看没看呢？你看他，每位女客脱什么衣服，换上什么衣服，他不全都一清二楚吗？发际的珍珠、裙上的环佩，声色俱在，尽够他遐想半天的。

第三次的看，严格说来是不看。这一次，最重要的区别是环境变了。在一个封闭的院落，地方狭窄，香客众多，马二先生即便相貌突出，也不会受到注意，因此他敢于横着身子乱跑，在那些富贵人家的女客群里乱撞。女人不看他，他也不看女人。在这样乱哄哄的场合，他想看也看不了，但乱毕竟给了他勇气，他得以贴近那些女人,触到她们身上绸缎衣裳的滑腻,闻到她们身上的香气。这样"前前后后跑了一交",倦极而归。

马二先生对女人是有些性幻想的,由此决定了他对女人的态度。他成家了没有呢?书中没说。可以肯定的一点是,他是个常年在外的人,身边没有任何女人陪伴。从他的性格和经济状况来看,他也不是个惯在花街柳巷厮混的人。他的寂寞和缺失是必然的,这使他一方面暗抱幻想,另一方面,则由于欠缺经验而难得地"老实"。在换衣服的太太小姐面前的"害羞",本不应是他这样豪爽的中年男人的自然表现,恰恰表明了他对好女人的兴趣,这些美丽的女人唤起了他的欲望。他的看和不看,放肆地看和胆怯地偷看,无不昭示着他身上正常的人性。一个"正常",在《儒林外史》中几乎是石破天惊的事。此前的十多回,从周进到范进,从严监生、严贡生到娄公子罗致举荐的杨执中、权勿用之流,一个比一个可怜,一个比一个猥琐,一个比一个龌龊,没有一个不被科举和名利扭曲了灵魂,没有一个像马二先生这样像个人。马二先生登场之前,除了楔子里的王冕故事,读来满纸乌烟瘴气,令人神昏气闷。蘧公孙起码不那么招人厌烦了,由他带出马二还算顺理成章。

看女人是马二先生的精神盛筵,说它可怜也好,可笑也好,迂腐穷酸也好,无论如何,总要比才子佳人小说中无所不在的中状元招驸马高明。再好的梦一成不变地做下去,迟早会堕落为愚人的痴想,更别提绝大多数的旁观者早已清醒过来。《儒林外史》不再痴人说梦,读者也不再闻海上人归,蜂拥而上,竞舐其眼。马二只要还抱定往学问里翻跟头的理想,对于锦绣包裹着的美女的肉体,他就永远只能远远地低了头看——而且他这一辈子是看定了。

马二先生在时文里头刀耕火种,从他谆谆教导公孙的"举业二字,是从古及今人人必要做的","就是夫子在而今,也要念文章、做举业"的那段话,可以看出他中毒有多深。和范进、周进们相比,马二的了不起就在于他并不让举业把自己裹得密不透风,不留一丝一痕的耳目面孔在外头。当他说西湖的景致颇可以添文思的时候,已经和代圣人立言的时文作法背道而驰了——看景难道不是看?看景难道不是声色之娱?范进的文章按科举的标准肯定是好的,否则他也不会高中。然而时文之外,他居然连苏轼是谁都不知道!假如他老先生游西湖,除了他脑子里的幻象,他能看到什么?山川草木人物,他能有任何会心之处吗?

有人批评马二先生,说是游西湖,却对眼前的美景茫然无感。我想这是误解了吴敬梓的原意。马二既然常年住在杭州,书中之游当然不是初游,西湖再美,一个司空见惯的人轻易不会再去惊讶赞叹。何况他这一次游,纯是郁闷中的散心。第一天的乱走,很符合心思烦躁的人的行为特征。第二天重来,有点情绪了,爬上高冈,俯瞰钱塘江和西湖,"心旷神怡"地在庙门外吃茶,"两边一望，一边是江，一边是湖，又有那山色一转围着，又遥见隔江的山，高高低低，忽隐忽现。马二先生叹道：'真乃载华岳而不重，振河海而不泄，万物载焉！'"马二的感叹是诚挚的，用语则迂腐之致。一个时文专家，大概只能如此了吧。

在"马二先生游西湖"的过程中，我们还能注意到另外一个现象，就是马二先生的吃。游西湖以吃开始，以吃告终。出门伊始，马二先在茶亭里吃了几碗茶。肚子饱暖了，才有兴致看女人。看完乡下女人，走了一里多路，一个"饿"字在面前飘，马二先生的眼睛里只看见"接连着几个酒店，挂着透肥的羊肉，柜台上盘子里盛着滚热的蹄子、海参、糟鸭、鲜鱼，锅里煮着馄饨，蒸笼上蒸着极大的馒头"，可是他囊中羞涩，只好望洋兴叹，空咽了一肚子唾沫，"只得走进一个面店，十六个钱吃了一碗面"。不饱。再吃一碗茶，买两个钱的处片嚼嚼。走过六桥，又吃茶，偏又撞见布政司房里的人在花园里请客，珍馐佳肴一盘盘端过，不由得狠狠地"羡慕了一番"。到净慈寺，在女人堆里乱撞之后，跑乏了，出门吃一碗茶，又把各种小点心——橘饼、芝麻糖、粽子、烧饼、处片、黑枣、煮栗子——每样买了几个钱的，吃了一饱，最后回到下处，一通大睡。

马二肠胃好，肚量大，前面已有交代：在蘧公孙家吃饭，"吃了四碗饭，将一大碗烂肉吃得干干净净。里面听见，又添出一碗来；连汤都吃完了"。然而平日住在书商那里，东家供应的饭食，不过一碗青菜，两个小菜碟。马二先生大快朵颐的欲望，一如他对于好女人的渴望，难得有满足的时候。

游西湖，一写看女人，二写吃。"食色性也"，"目欲视色，口欲察味"，吃饭和女人总是男人最基本的欲望。马二先生身体和精神的健康，在他强烈的欲望中表现无遗。

说来有趣，《儒林外史》中的人物，上上下下，清一色不近女色的柳下惠，在这一点上，好人和坏人彻底泯灭了界限。唯一一个既有色心又有贼胆的，却是在船上中了船家夫妇的美人计，丢了所携银子的行客，一个道具性的小角色。知道这世上除了时文，除了名利，还有一种叫作女人的可爱动物的，似只马二先生一人。可怜沈琼枝是书中仅有的重要女性人物，容貌不俗，才气又高，这样的年轻女性，该是男人最理想的欲望对象，可是在读者眼里，却怎么也和"可爱"二字联系不起来，难怪杜仪之辈个个有眼无珠，只把她当作一个理念的符号。吴敬梓的描写在这里显然出了问题。如此看来，马二在西湖上的一番"豪举"，简直就像作者的一次疏漏，人物在书中以其性格的"狡狯"把作者蒙混了。

事实上，以作者生活中的朋友为原型塑造出来的马二先生，可以说是《儒林外史》中最好的人物之一，也许仅次于杜少卿。吴敬梓刻意树立的几个理想人物，如虞博士、庄绍光、迟衡山，有骨无肉，流于概念化，在文学上都不成功。杜仪携妻游山果然有光彩，但第三十二回着力描写的"平居豪举"，却集中夸张得过了头，仿佛善行簿上加强版的流水账。杜少卿的疏财，凤鸣岐的仗义，加起来都不如马二先生的纯粹出于天性。因为说到底，杜少卿的疏财不过是贵介公子的豪阔，凤老爹的打抱不平不过是江湖习气，骨子里最有侠义心肠的，还是马二。救助蘧公孙一事，不光舍出全部资财，更以凛然正气从气势上压倒奸诈的衙门差人，这样的作为，非杜、凤所能及。

马二先生出场不多，第一件事便是救蘧公孙，其次是游西湖得遇洪憨仙。洪本是江湖骗子，拿裹在煤里的银子送给他，说是自家炼就的银子，计划借他的名声去欺骗阔少爷胡三公子，不料阴错阳差，一病不起，阴谋因而败露。到此地步，马二不气愤，也不鄙夷他，心里倒念着他的好处——送他的几大锭银子，为他出钱料理后事。安葬事毕，马二出门饮茶，在茶室巧遇流落省城的乡下少年匡超人，得知他无钱回家，立刻将他请到住处，安排吃喝，送他衣物和银子，嘱咐他回家好生侍奉父母，发愤读书，求取功名。

马二在西湖上吃不起鱼肉，只好大碗喝茶，手中一旦有点钱，随时可为朋友两肋插刀，还能对陌生人倾囊相助。他迂腐，却为人厚道，更兼慷慨大方，表面上可笑，骨子里让人尊敬。

马二先生游西湖可以和杜少卿游山参看，两处文字都是着力描写人物性情的重头戏。杜少卿的举动是一场演出，声势大、观众多，势必传为美谈；马二的游湖则好比个人内心独白，自始至终，身边没有一个听众，他怎么做，完全依着本性，不需要别人喝彩，不顾虑别人嘲骂。杜少卿唱的是一曲传奇，马二先生的故事只能是凡人小事。传奇有审美上的崇高感，令人钦仰，引人向往，遥望之下，与神话何异？唯凡人故事只是朴实平常，小人物一无神智，二无天佑，行动中或蛮憨蠢顽，或首鼠两端，捉襟见肘，漏洞百出，可笑复可叹，但内中的喜怒哀乐，或许才是更本质、更有普遍性因而才是更深刻的：我们无需任何努力，早已身在其中。

苏东坡的世界

东坡五则

1. 记梦

《东坡志林》里有"梦寐"一类,记了十一个梦。其中一个,梦到唐明皇令赋《太真妃裙带词》。苏轼所作是一首六言四句诗,醒后还全部记得:"百叠漪漪水皱,六铢縰縰云轻。植立含风广殿,微闻环佩摇声。"

苏轼对这首诗情有独钟,一直念念不忘,居然在另一个陛见神宗的梦中梦到了它。在后面一个梦里,苏轼奉旨为皇上的红靴作铭,"既毕进御,上极叹其敏",破格让漂亮的宫女陪送他出宫。走在路上,无意瞥到宫女的裙带间有诗一首,细看正是他的《太真妃裙带词》。

这个故事令人想起李白平生的"得意"之举:醉中为杨玉环填《清平调》词三首。李词的文辞极尽华丽,马屁拍得一流,对杨妃的赞叹之中隐隐藏着点儿自己的倾慕之意,既让主人感觉得到,又不能狂妄到让皇帝吃醋,相当不容易。苏诗的立意和风格都和李作惊人地相似,梦本身也像是李白故事的小型翻版。以苏轼的为人和才气,等闲不会附庸风雅。此次破了例,由此可见《清平调》的故事在后代文人心中的地位。苏轼率真豪放,着眼点未必在攀龙附凤,而是视这种为美女效劳的小差事为风流雅事,可以传为佳话的。一首歪诗,得美人一顾已属不易,如今竟被书写在裙带上,袅娜在纤腰间,这是连陶渊明在《闲情赋》里都不敢梦想的奇遇。

记梦中最有趣的一则是《记子由梦塔》:

> 昨夜梦与弟同自眉入京,行利州峡,路见二僧,其一僧须发皆深青,与同行。问其向去灾福,答云:"向去甚好,无灾。"问其京师所需,要好硃砂五六钱。又手擎一小卵塔,云:"中有舍利。"兄接得,卵塔自开,其中舍利粲然如花,兄与弟请吞之。僧遂分为三分,僧先吞,兄弟继吞之,各一两,细大不等,皆明莹而白,亦有飞迸空中者。僧言:"本欲起塔,却吃了!"弟云:"吾三人肩上各置一小塔便了。"兄言:"吾等三人,便是三所无缝塔。"僧笑,遂觉。觉后胸中喧喧然,微似含物。

东坡一生好佛,和尚朋友特别多,做出这样的梦正是自然而然的事。要说此梦也并无微言大义可推究,只是对话饶有风趣,读之令人莞尔。

自来美国，前十数年中做梦颇多，梦中作诗作文之事也常有。当时如果凑巧醒来，多随手在纸上只言片语地记下，然而大多数情况，是忘得一干二净，只隐约记得做梦得句这回事，欲下笔则无从捉摸。近一二年，诸事纷杂，心不能静，时或失眠，再也没有轻快风雅、纯为游戏的好梦了，思之怅然。

2. 前后《赤壁赋》

明朝的李贽说，东坡前后《赤壁赋》，前赋絮絮叨叨讲人生哲理，不如后赋空灵纯净，不带"人间烟火气"。说得内行。

前赋假设客主问答，是楚辞以来的老套，一方借古抒情，感慨无常，一方拉来庄子，劝慰说服，主客的言辞均极讲究，可谓字字珠玉。联系到苏轼在黄州的经历，一客一主的答问，实是东坡在自我劝解。赋的结尾，主人说服了客人，赤壁之游的气氛一转而为欢快，于是"相与枕藉乎舟中，不知东方之既白"。

这一段说服的过程，在作者是相当吃力的。吃力就不容易讨好，所以像李贽这样的读者，就要说点风凉话。

《后赤壁赋》离前赋的写作不过三个月，季候由秋入冬。文章的调子大变。后赋的"冷"是大家公认的。像前赋中那样，泛舟江上，吹笛唱歌，高谈阔论，显然不行了。后赋中的游，只是一个幌子。一开始，东坡甩掉二客，独自爬上山坡去吹口哨，坡上风冷，树木黝黑，口哨一吹，山鸣谷应，风起水涌，倒把不怕鬼的诗人吓着了，一溜烟跑回岸边。船仍然划出去了，所谓"放乎中流"，这一回，主客都安静，忙着灌黄汤抗寒，好歹混得将近夜半才回家。

不怀古，不谈人生，东坡当然不甘心。真实的游，固然可以如此，写在赋里不行，一定得有点什么彩头。彩头从何而来？还得借助于庄子。横江东来的孤鹤，明月之下看得明白，翅膀足有车轮一般大小，这样的鹤，当然不是凡鸟。

前赋中的一切情景，不管多么精彩，是可以预料得到的，后赋则处处神来之笔，看上去却又好似写实。感叹无酒吗？太太就拿出藏了很久以备不时之需的私房货；感叹没菜吗？客人正好有黄昏时打上来的鲜鱼。巨鹤现身，已经突如其来；鹤化道士，更是匪夷所思。然而苏轼还有绝的：道士千辛万苦入了梦，只问了一句"赤壁之游乐乎"；东坡也爽快，只揭破道士的身份，不问他所为何来。人物的不黏不滞，和前篇的执着形成鲜明对比。

据东坡自己说，那天晚上，确实遇到巨鹤。但止于此，如何显得出东坡的手段？苏轼的诗文常有别人那里看不到的神来之笔，道士入梦就是我最佩服的一例。类似的境界，后世大概只有在龚自珍那里可见一二。

从白露横江、水光接天，到霜露既降、木叶尽脱，不变的是一轮明月,和月下的赤壁,变的是季候和人物的心境。三个月时间,人的思想和情绪何以前后差异如此之大?或许可以这样解释:前赋把心中的愤惋发泄一尽,暂时获得平静,在此情形下,重新思考人生的问题,势必更客观,更深刻。人的每一次进步,大都经历了类似的过程,不独东坡如此。

3. 苏诗点滴

陈师道《后山诗话》论北宋三家诗:"王介甫以工,苏子瞻以新,黄鲁直以奇",十分简洁中肯。东坡的新,新在何处?清人赵翼解释说:"意未经人说过则新,书未经人用过则新,诗家之能新,正以此耳。"

用典深,用僻典,虽说确是东坡的拿手好戏,但以此为苏诗的长处,却也未必。当时人解苏诗,已经不容易,何况普通读者。苏诗的好,在于能在习见题材中,说出前人未曾说过的意思,或者前人已说过,却没有说得像他那样深。前者如"雪泥鸿爪"和比西湖为西子的著名比喻,后者如咏海棠的"惆怅东栏一株雪"和"只恐夜深花睡去"。未经人说还有第三层意思,就是翻古人的案,如陈迩冬在《苏轼诗选·后记》中所举的《续丽人行》的例子。这种出新意,读东坡的《赤壁怀古》和《中秋》两首词感受更深切,尤其是中秋词,通过月之阴晴圆缺,写出人生的悲欢离合,可以说,月在中国文学中的象征意义,中秋月在中国人心里的情感积淀,都被这首词说到通透,丝毫不留余地,使后人无从落笔。

评家多说东坡擅用比喻,比喻的新,正是要表达全新而更深的意思。苏诗之所以为人喜欢,还在于他表达的意思,多是与人生遭际相关的,能引起读者的普遍共鸣。

新虽然定义为前人所未道,并非所有未经人道的都好。未经人道不是偏执,不是怪异,更非从无道理处搜爬得来的胡言乱言。意思高远深刻,靠的是作者的才力、学识和胸襟。黄庭坚说的"胸中有万卷书,笔下无一点尘俗气",正是此意。东坡读书多,北宋诗人除了王安石,大概无人可比。天赋之高,则王安石也要瞠乎其后,袁宏道甚至说他学问才力皆远远高出李杜之上——论天才,东坡恐怕须让李白半头,而东坡之后,才力足以与李苏鼎足而三的,唯有龚定盦一人而已——这就是敖器之所谓的"如屈注天潢,倒连沧海,变眩百怪,终归雄浑"。有此先决条件,苏诗才能像叶燮所称赞的:"其境界皆开辟古今之所未有,天地万物,嬉笑怒骂,无不鼓舞于笔端,而适如其意之所出。"

苏诗的好处明显,苏诗的不足亦然。苏轼性情豪放,诗意开阔,与之俱来的毛病,便是一览无余,缺少后味。当然,这只是就一部分作品而论的。有人说苏诗不甚讲究遣词造句,律诗对联不工,尤其是和陆游相比。这话说得不错。想在苏诗中找《红楼梦》中所引的"重帘不卷留香久,古砚微凹聚墨多"之类的工对,几乎不可能。苏轼的对句,经常对得巧而险,从修辞上来讲,对得很粗,从命意上来看,则精彩之极。这个问题,陈衍在《海藏楼诗叙》中说:

> 东坡律句极少,高调属对,每以动宕出之。"老僧已死成新塔,坏壁无由见旧题。""独眠林下梦魂好,回首人间忧患长。""帘前柳絮惊春晚,头上花枝奈老何?""酒阑病客惟思睡,蜜熟黄蜂亦懒飞。"此例极多,何等神妙流动!"身行万里半天下,僧卧一庵初白头。"山谷谓当是"初日头",曰"岂有用白对天?"东坡曰:"黄九要改作日头,不奈何他。"往时叶损轩作律句,对语喜工整,余常以此例语之。

陈衍的见解是深有体会之谈,不同于理论家的隔靴搔痒。"高调属对,每以动宕出之。"尤其说得精辟。

苏轼的七言诗历来得到一致的喜爱,就我个人而言,最爱的是其中的七古。相对于他七律的潇洒豪迈、七绝的秀丽隽永,苏轼的七古既有白居易的缠绵,又得韩愈的雄壮,无论何种风格,都圆润精美,余味无穷。寻常七律中时见的带夹生句子的毛病一概没有,像《舟中夜起》《寓居定惠院之东杂花满山有海棠一株土人不知贵也》《登州海市》《吾谪海南子由雷州被命即行了不相知至梧乃闻》《游金山寺》,乃至《题王逸少帖》等,都令人难忘。

4. 关于苏轼传

　　苏轼的传记,最早读到的是林语堂的版本,当时我还在武汉上学,汉口江汉路的一家外文书店,有说叫内部书店的,常卖一些影印的海外图书,质量不太好,封面没有设计。中文书不多,多的是外文书,因为当时学习英语的风气正浓。我去那里多次,订过美国的《读者文摘》,几本《美国文学选集》,外加一册《波德莱尔诗选》。林著《苏东坡传》应该也是那时买的。

　　林语堂的语言有自己的风格,在同时代人中,也许算不得什么,毕竟有周氏兄弟、沈从文、废名这一大帮人在上,放在今天就很了不得,怎么着也能居于大家之列。我当时对苏轼没有多少了解,读了林著,喜欢得不行。一来东坡这个人实在个人魅力够大,二来林语堂的这种写法,和国内当时的套路迥然不同,没有装腔作势的政治八股气。林氏写此传,起码心态是平实的,他把苏轼当作一个普通人来写,而且写得幽默风趣。原著是英文,不知是谁翻译成中文的,看得出英文行文的风格,中文的翻译也就差强人意,不如林氏原本的中文创作。现在回想,林氏虽然写得轻快流畅,作为一本全面的传记,所缺的东西还太多,也许这和他当初是为了写给外国人读有关。太微妙、太琐碎、太深入的内容，不仅不能吸引他们，很有可能还会把他们吓跑了。

林氏想着照顾洋人的口味，只好把东坡简单化、艺术化，甚至漫画化，力求好看。这个路子，和安德烈·莫洛亚类似，但莫洛亚处理得更恰当些。然而作为严肃的传记，莫氏的作品也不合格，尽管他讲故事的能力很强，语言非常投合年轻读者的喜好。

月前因写关于东坡的笔记，故将林书草草翻了一遍——这次手头的是百花文艺出版社的版本，漂亮多了——觉得味同嚼蜡，难以忍受。不过归根结底我始终感激林语堂，他教给我把有关古人的文字写得平易近人。事实上，如果在精神上我们根本无法与前人沟通，又如何写得出像样的关于他们的文章？那些枯燥乏味的批评文字，不仅文章本身可憎，作者端着架子，使读的人觉得仿佛苏东坡自己在端着臭架子似的。这真是天大的罪过。本乎此，则林著善莫大焉。

二十多年后读到了王水照的《苏轼传》，王著的优点是完全按时间顺序依次道来，中间大量穿插诗文作品，加深读者对苏轼当时心情的理解。相比于林著，条理特别清楚。此书的特点是有浓厚的大学讲课的味道，尤其是分析苏诗，一唱三叹，不厌其烦，把读者都当成了课堂上的学子。

王著把苏轼一生的方方面面大致说清楚了，但你若想就某一个话题深入追讨下去，仍然不行。它只是点到为止，即使资料罗列得并不少，却欠缺深刻的理解和分析。比如乌台诗案，因为牵扯到变法派和元祐党人之间的政治纷争，前因后果，很不容易说清楚。一些重要人物和东坡的关系，对其生活和创作影响至大，书中仅仅略微提到，如章子厚，这个人与苏轼一生相始终，关系可能比司马光还重要。

后来知道，王水照先生乃是钱锺书的门生，对苏诗，他应该还有专门的论著，可惜未得寓目。

苏轼一生交游广阔，政界、学界乃至民间，朋友多，政敌和嫉妒者也多，很多又都是史上有名的人物，这其中的深层关系，很值得梳理。

在与门下四学士、六君子的关系中，苏黄关系最值得探究玩味。宋诗以苏黄并称，书法也是苏黄。每读苏轼法帖，想起苏说黄字如死蛇挂树，黄说苏字像石压蛤蟆，再看苏轼的字，尤其是所书《赤壁赋》，字体扁侧，觉得特别好笑。

东坡在海南，生活寂寞，唯以读陶诗柳集为消遣，视陶柳为南迁二友。我在纽约，上读孔庄，下读李杜苏陆唐宋诸公，又有机会浸淫于欧美著作，自思才不及坡公远甚，而能有这种好福气，简直是罪过了。

苏轼轶事，宋人笔记中独多，二十年前买得一册岳麓书社出版、颜中其编著的《苏东坡轶事汇编》，视为至宝，一直带在身边。他日得余暇，若能补辑一二，亦是快事。

5. 两个人的死亡

苏轼岭海放归,病倒于常州,自知不久人世,乃致信老友径山惟琳和尚:

> 某岭海万里不死,而归宿田里,遂有不起之忧,岂非命也夫?然死生亦细故尔,无足道者。惟为佛为法为众生自重。

苏轼的病,据说是热毒。据颜中其的苏东坡年表:徽宗建中靖国元年,"七月十五日,热毒转甚,诸药尽却。二十五日病危,二十八日绝命于常州,年六十六岁"。

六十六是中国人的传统算法,苏轼生于 1036 年 12 月,死于 1101 年 7 月,实算只六十四岁半,不算长寿。

苏轼病逝于钱济明家,弥留之际,钱和苏轼幼子苏过随侍在旁,此外还有闻讯赶来的惟琳。最后时刻,苏轼听觉逐渐丧失,惟琳和尚叩耳大呼:"端明勿忘西方!"苏轼回答:"西方不无,但个里著力不得。"语毕而终。

讣闻传开,在颍州任知州的苏门弟子张耒,用个人的薪俸在荐福寺为老师做法事,遭到论列,被贬职为房州别驾。

名列苏门四学士之首的黄庭坚,时在荆州,"士人往吊之,鲁直两手抱一膝起行独步"。

黄庭坚晚年在家中高悬东坡画像，每天早晨衣冠整齐献香致敬。来访的朋友有人提到苏黄并称，问庭坚对两人诗之高下有何看法。庭坚离席惊避，连连摇手说："庭坚望东坡门弟子耳，安敢失其序哉！"

几年前写《苏轼的黄州寒食》，心下很有些愤激之情，这是把东坡看小了。"勿忘西方"这些话，又使我想起《西藏生死书》中关于"中阴得道"的说法。我希望这些都是真的，包括灵魂不死。

诗词都奇崛刚硬的黄鲁直小苏轼九岁，与苏轼的关系亦师亦友。在北宋，黄的诗名仅次于苏；在整个宋朝，黄的书法与苏轼列在四大家的前两位。

黄庭坚一生坎坷，尤甚于东坡。苏轼远谪海外，终能北归；庭坚坐贬宜州，没有逃过身死蛮荒的厄运。

苏轼死后四年，黄庭坚亦病逝于今之广西宜山。

陆游《老学庵笔记》记载：

> 范寥言：鲁直至宜州，州无亭驿，又无民居可僦，止一僧舍可寓，而适为崇宁万寿寺，法所不许，乃居一城楼上，亦极湫隘，秋暑方炽，几不可过。一日忽小雨，鲁直饮薄醉，坐胡床，自栏楯间伸足出外以受雨。顾谓寥曰："信中（范寥字），吾平生无此快也。"未几而卒。

我在纽约法拉盛所居之窗外,浓阴掩翳,光线昏暗。因此常想起黄庭坚的词句:"槐绿低窗暗,榴红照眼明。"榴花一直是我喜欢的花。现在,每一想起他临死前"信中,吾平生无此快也"的感叹,觉得榴花那特有的红艳,竟像是一阕安魂曲。

按黄庭坚以崇宁四年九月三十日病逝于戍楼,其终年六十一岁。

苏轼和章惇：一对朋友的故事

乌台诗案发生，围绕着对苏轼的营救，很有一些感人的事。曹太后多次在神宗面前感叹苏轼兄弟人才难得，竟至泣下；张方平、范镇不顾风险，先后上疏，后来均遭处罚；苏轼的弟弟子由愿以官职为兄长赎罪，被降职外迁。当时形势险恶，"天下之士痛之，环视而不敢救"，张、范的勇气非一般人所能有。利用机会为苏轼说几句话，已经难得，其中，王巩《闻见近录》记章惇驳斥王珪一事，最令人痛快——虽然事情发生在东坡已外放黄州以后：

> 苏子瞻在黄州，上数欲用之，王禹玉辄曰："轼尝有'此心惟有蛰龙知'之句，陛下龙飞在天而不敬，乃反求知蛰龙乎？"章子厚曰："龙者非独人君，人臣皆可以言龙也。"上曰："自古称龙者多矣，如荀氏八龙，孔明卧龙，岂人君也？"及退，子厚诘之曰："相公乃覆人家族邪？"禹玉曰："此舒亶言尔。"子厚曰："亶之唾，亦可食乎？"

这段传闻出自王安石的弟弟王安礼之口，当然可靠。

章惇是苏轼签判凤翔时结交的朋友，当时任商州令，他性格狂放、胆大敢为，而又志向高远，很投合东坡的脾胃，两人有过一段同游同饮的好日子。元祐年间，东坡知贡举，阴错阳差的，取了章的儿子章援为第一名，这样，他和章家又多了一层关系。

但谁也想不到，苏轼的后半生，章惇竟然成了他附之不去的噩梦。

这原因，说起来也简单，因为章属于王安石变法派的骨干，苏轼则被归为元祐党人。

政治斗争没有不残酷的，即使是在文质彬彬的北宋。章惇在政坛几起几落，知道其中的利害，所以一朝得势，整起人来也是不要命的。然而这只是问题的一方面。要说在政见上积怨之深，章哪里比得上王安石？可是王苏虽系政敌，彼此却都能欣赏对方的才华，而且不因政见影响这种惺惺相惜的关系。我每读到苏轼到金陵访荆公，诗歌唱和，心里总是觉得感动，尤其爱读苏轼和王安石的那首七绝："骑驴渺渺入荒陂，想见先生未病时；劝我试求三亩宅，从公已觉十年迟。"由于才气相当，苏王相知，似乎比苏与同党的司马光等还更深。

章惇心高气傲，不甘为人下，遇到东坡，算是撞上了他"五百年前的业冤"。论才学，苏轼远超同侪，其他人想一较高低，几乎不可能。整苏轼的人中，出于嫉妒的不在少数。林希也算苏的老朋友了，起草贬谪苏轼的制词，极尽诋毁之能事，搁笔时不禁哀叹："坏了一生名节！"可见事理是明白的，但控制不住往人身上狠狠踩一脚的欲望。

宋人笔记中的两则轶事，最能显示章的性格：

苏章游仙游潭，"潭下临绝壁万仞，岸甚狭，横木架桥。子厚推子瞻过潭书壁，子瞻不敢过。子厚平步而过，用索系树，蹑之上下，神色不动，以漆墨濡笔大书石壁上曰，'章惇苏轼来游'。子瞻拊其背曰：'子厚必能杀人。'子厚曰：'何也？'子瞻曰：'能自拼命者能杀人也。'子厚大笑"。(《高斋漫录》)

另一次，二人小饮山寺，闻报有虎，借酒劲"勒马同往观之。去虎数十步外，马惊不敢前"。苏轼转回，子厚取铜锣在石头上碰响，"虎即惊窜"。(《耆旧续闻》)

这样的故事，安在李白身上也很说得过去。苏轼能看出子厚内心那股破落户的、不要命的狠劲，眼光是很深的。然而这种狠劲，我们很难说好说坏。用到战场上，可以造就一个英雄；一辈子不得其用，布衣终身，可以成为狂狷之士；倘若有些才华，也许就是一个小李白，或后世的龚自珍。可惜他的宝最终押在了政治斗争中，而且是那种为达目的不择手段的方式上，内心的狂傲逐渐转化为暴戾和凶狠，原先的一点情调荡然无存。睥睨一切，在年轻时，在地位低下时，是自尊的外延，这种人等闲不会做出胁肩谄笑的姿态，而时移世变，当年的小吏摇身一变为握人生死于掌上的权相，自尊恶化为自大和专横，也就顺理成章了。

且看他同党的蔡约之在《铁围山丛谈》中的说法：章惇"性豪迈，颇傲物，在相位数以道服接宾客，自八座而下，多不平之"。

《老学庵笔记》也有一则：林自为太学博士，上章相子厚启云："伏惟门下相公，有猷有为，无相无作。"子厚在漏舍，因与执政语及，大骂曰："遮汉敢乱道如此！"蔡元度曰："无相无作，虽出佛书，然荆公《字说》尝引之，恐亦可用。"子厚复大骂曰："荆公亦不曾奉敕许乱道，况林自乎！"坐皆默然。

对于变法派，王安石的地位相当于教父，这帮人都是王当年一手提拔的。王已不在，章惇用这种口气说话，不仅是狂傲，整个儿一小人嘴脸。

子厚对自己的书法相当自负，自谓"墨禅"（《梦溪笔谈·补笔谈》）。有记载说他日临兰亭一本，东坡不以为然，说："临摹者非自得，章七终不高尔。"

苏章交恶，政治自然是主因，但交恶的具体事由，一直找不到资料，或说子厚出生时，父母不想要他，想把他放在水盆里溺死，被人救止，苏轼赠诗，有"方丈仙人出渺茫，高情犹爱水云乡"之句，子厚认为这是嘲讽自己，很不高兴。

说苏章交恶，其实只是章打击迫害苏，苏轼则一直当子厚为朋友。

朋友变成的敌人，因为相知甚深，关注得格外细腻，整治起来自然整治得格外有"雅趣"。据罗大经《鹤林玉露》，"苏子瞻谪儋州，以瞻与儋字相近也。子由谪雷州，以雷字下有田字也。黄鲁直谪宜州，以宜字类直字也"。都是子厚的主意，拿他们恶作剧。东坡在惠州，作诗曰"为报诗人春睡足，道人轻打五更钟"。诗传京师，子厚又不高兴了，嫌老朋友在逆境中仍能快活，就再贬他到昌化。

政坛的事永远说不准。元符三年，哲宗去世，徽宗继位。章惇因反对传位徽宗，徽宗上台，立即把他罢相。政敌翻出更多旧账，结果子厚被贬雷州。与此同时，苏轼遇赦放还。徽宗建中靖国元年的六月，苏轼到达京口，子厚的儿子章援也在那里，他没有见到苏轼，诚惶诚恐地写了一封长信，为父亲求情。因为当时有一种传说，苏轼将被起用。章援出于对父亲多年作为的了解，担心苏轼重新上台，会进行报复。章援的信哀凄动人，不亚于李密的《陈情表》。子厚的儿子，果然父风宛然。但这小章也不是什么好东西，老章猫逗老鼠似的拿东坡的生死逗着玩的时候，没见他为老师说点什么，做点什么。

章援以父亲的为人忖度他人，未免把东坡看得太小了。《云麓漫钞》记下章援信的全文，为我们留下了珍贵史料，书中描述当时的情形说："先生得书大喜，顾谓其子叔党曰：'斯文，司马子长之流也。'"立命从者准备纸墨，作书答之：

  伏读来教，感叹不已。某与丞相定交四十余年，虽中间出处稍异，交情固无增损也。闻其高年寄迹海隅，此怀可知，但以往者更说何益，惟论其未然者而已。主上至仁至信，草木豚鱼所知也。建中靖国之意，又恃以安。海康风土不甚恶，寒热皆适中，舶到时四方物多有，若昆仲先于闽客川广舟中准备家常要用药百千去，自治之余，亦可及邻里乡党。又丞相知养内外丹久矣，所以未成者，正坐大用故也。

林语堂在其所作的《苏轼传》中，赞叹此信是伟大的人道主义文献，因为其中表现出来的宽容大度和仁爱精神，在古往今来的人物中，实属鲜见。

苏轼和章惇的故事，是两个朋友的故事，也是两个知识分子的故事。一方面，我们可以从中看出一个人的人格可以多伟大，另一方面，也可以了解一个人可以多卑鄙。事实上，子厚虽然入了奸臣传，若论其人，并不算坏到哪里去，至少比吕惠卿、蔡京之流多点人味儿。我读章氏故事，念念不忘他怒斥王珪："亶之唾，亦可食乎！"何等义正词严！倘若故事止于此，嘿嘿，历史上不又多了一个义薄云天的男子汉吗？

苏轼的黄州寒食

1101年,苏轼在放归途中病逝于常州,终年不到六十五岁。此前两个月,苏轼作《自题金山画像》,用二十四个字总结了自己的一生。在表面的平静之下,是刻骨铭心的沉痛:

> 心似已灰之木,
> 身如不系之舟。
> 问汝平生功业,
> 黄州惠州儋州。

苏轼因乌台诗案而罹牢狱之灾,虽然逃过一死,却一再遭放逐,从黄州而惠州,从惠州而儋州,一次比一次更荒远。儋州即今之海南岛,在九百多年前的北宋时代,海南是名符其实的"天涯海角"。苏轼到了海南,对生还几乎不抱任何希望。尽管他天性豁达,处处随遇而安,艰难之中犹能时时纵谈长笑,自言"日啖荔枝三百颗,不辞长作岭南人",又曾宣称,"九死南荒吾不恨,兹游奇绝冠平生",然而夜阑人静,孤灯对坐,免不了有百感衷来、难以自持的时候。

人不可能完全拒绝往事。曾经燃过的火即使熄了,还有灰烬在,灰烬在心中是不会冷的。这可从后一首绝句中见出一斑:"余生欲老海南村,帝遣巫阳招我魂。杳杳天低鹘没处,青山一发是中原。"

他终于觉得需要神来招他迷失的灵魂回家了。

苏轼的后半辈子注定要做滞留异乡的"迁客",这也是很多中国大诗人的共同命运。漂泊的因由各异,但有一点是共同的,那就是提升了"故乡""家园"的精神内涵,使其成为一个有力的象征。

黄州是苏轼的初贬之地,从元丰三年到元丰七年,东坡在这里一住近五个春秋。在黄州,苏轼名义上还是团练副使,政治上却处于被监管的状态,生活上则相当清苦。开始他连住的地方都没有,与和尚们同住在寺里,后来筑"雪堂"于城东的一处高坡,故自号"东坡居士"。"雪堂"名字好听,不过是一座简陋的房舍,不是我们想象中大小官僚们的别墅。

苏轼在黄州留下了一系列伟大的作品,包括前后《赤壁赋》和《念奴娇·赤壁怀古》。这些作品抒人生感怀,话历史沧桑,意蕴之深,气派之大,为李杜以后所仅见。两宋三百余年,无人可以媲美。

一般的宋诗集子,都不会选苏轼的《右黄州寒食二首》。有人可以就阮籍的《咏怀》、陈子昂的《感遇》、杜甫的《秋兴》写整整一本书,却未必体会得到诗的感情内涵。坦率地说,《右黄州寒食二首》在艺术上不算突出,尤其是第一首,起句很平:"自我来黄州,已过三寒食。年年欲惜春,春去不容惜。"此后都是平淡叙事,好像作者一直无法进入抒情的境界,只能在外迟缓地迟钝地徘徊。"今年又苦雨,两月秋萧瑟。"之后写到作者喜爱的海棠花,精神似乎为之一振:"卧闻海棠花,泥污胭脂雪。暗中偷负去,夜半真有力。何殊病少年,病起头已白。"又用了喜爱的庄子的典故,但情绪始终压抑,一向最擅长的比喻虽连用两处,效果仍然出不来。这种低沉,一直要到第二首才彻底转变,因此之故,本来应当气势磅礴的第一首,变成了第二首诗的一个漫长的引子。

但无论如何,《寒食》感人至深。真正地去读一首诗,如听一首曲子,是要拿灵魂去承接另一个灵魂的声音,是两个灵魂超越古今的相互理解和安慰。相视一笑,莫逆于心,这是可以分析和论证的吗?

最早读到《右黄州寒食二首》,是在书法图册上。因为喜爱那书法,摆在案头一遍遍地品味。本来觉得诗句过于平易,读久了,慢慢从平易中读出一个人的无奈和悲哀,这和读杜甫晚年诗作的感觉是一样的。

《寒食帖》手迹号称天下第三行书,写于他到黄州后的第三年春天。全诗书写在高33.5厘米、长118厘米的纸幅上。第二首一开始,描写的情形是:大雨连日,江水暴涨,当时苏轼临江而居,眼望江天一色,茫无际涯,"春江欲入户,雨势来不已。

小屋如渔舟，蒙蒙水云里"，心情颇为抑郁。节日本当是亲友欢聚的时刻，寒食之后，便是清明，四郊草色如茵，花繁蝶乱，踏青男女，言笑往还，而此时身边却唯有"空庖煮寒菜，破灶烧湿苇"，联想到个人的政治境遇："君门深九重，坟墓在万里。"两头皆不得着落，只能发出"也拟哭途穷，死灰吹不起"的哀叹。

刘涛著《书法谈丛》，有一节分析苏轼此帖的境界，可以作为理解苏轼诗意的参考：

> 下笔之始，苏轼的心绪似乎有些恍惚不安，第一行写得笔画坚利瘦劲，字形也小，一反寻常信笔作书时那种"骨撑肉，肉没骨"的丰腴阔落，是少见的"瘦妙"之笔；写到第二行"年"字的末笔长竖，笔势稍稍展开；至第四行"萧瑟卧闻"处，人们熟悉的苏字笔调才呈现出来了，笔画沉厚，字形也阔大起来；而第六、七两行笔势又收敛了，行气很密。前七行笔体居然有三变，这是苏轼其他行书作品中很少见到的景观，由此可以体察出苏轼书写之际情绪的起伏不定。

> 但是，变化还没有结束。当他提行写第二首诗"春江欲入户，雨势来不已"时，情绪似乎骤然浓烈起来。他饱蘸浓墨，卧笔挥运，放意的笔姿出现了，笔画粗壮，字形转大，体势横阔，其后第十一行的"破灶烧湿苇"、第十五行的"哭途穷"，点画分量格外沉重，似乎满腔的不平之愤夹杂着无可奈何的

哀怨，通过这样的书法形式不可遏制地喷吐而出。卷末最后一行写的诗题"右黄州寒食二首"七个字，笔调复归卷首的收敛，很像大潮奔涌之后的平静之态。

《右黄州寒食二首》用的是相对自由的古体，押仄韵，朗读起来语句流畅、语意绵延而声调低沉压抑，有一种说不出的忧郁。歌德晚年的诗作，有很多是这种风格的，比如《浮士德》中那首著名的序诗。在这里，技巧已经变成微不足道的东西。人生的经验，人生的思索，面对命运的哀怨，面对永恒的叹息，面对一切渺小、卑琐、阴暗和丑恶事物的凛然，以及由于对这种态度的自觉而在心中唤起的自信和欣喜，都以最自然的方式，像水一样流泻出来。坚定、长久、沉着，不带喧嚣。

1980年，我还在武汉大学念书，春天的时候，全年级坐长途汽车游东坡赤壁。那时人年轻，容易高兴，加上季节好，空气远比现在清爽。车在长江边上等渡轮过江时，很多人跑到江边，眼望滚滚江水，发出赞叹。我们游黄州就是冲着苏东坡去的。此刻到了江边，感觉上就像到了苏东坡的家。这是一个多么了不起的家呀。我记得有人说，难怪苏东坡写了那么多好诗，他就住在江边哪！天天面对大江，风景秀丽、视野宽阔，不是诗人也成了诗人了。

那时的东坡赤壁已经很热闹，大小院落皆是游人如织，海鸥和红梅照相机的快门声响成一片，小卖部摆着乱七八糟的旅游纪念品，花坛里密密栽着肥硕的绣球花，大盆小盆里侍立着大叶、小叶和金边黄杨，墙上嵌着的画像石上，头戴斗笠、手持竹杖的苏东坡神定气闲，一副不食人间烟火的样子。树丛那边传来江水拍岸的哗哗声，远处的石壁在太阳下泛出铁锈般的凝重红色。大家看了又看，只有点头赞叹的份儿。

月夜荡舟于江边石壁下，据说多少是个冒险的事儿，何况还要饮酒作乐，指点江山。万一翻船了呢？万一遇到急流漩涡呢？没有细想过，苏东坡是否会水。

年轻真好。

在黄州，苏轼还有一个颇具幽默意味的小插曲。

某一天夜里，他去朋友家饮酒。不知是心情太好，还是心情太不好，他那天喝得很多。据他自己讲，是醉了又醒，醒了又醉，回家的时候已经很晚，守门的小童呼呼大睡，敲门半天不醒。苏轼无奈，也不愿惊破他的好梦，于是信步沿小路走到江边，面对江水，听着哗哗的涛声，站了很久。回去之后，作词一首：

夜饮东坡醒复醉，归来仿佛三更。家童鼻息已雷鸣。敲门都不应，倚杖听江声。　　长恨此身非我有，何时忘却营营？夜阑风静縠纹平。小舟从此逝，江海寄余生。

这首词辗转传到京师，最后那两句"小舟从此逝，江海寄余生"让当权者吃了一惊,于是派人查问,结果呢,苏轼一直好端端地在他的雪堂待着呢。

诗人浪漫,有些话只是说说而已。纵是内心所想,因为明白没有实现的可能,大约根本不会去尝试。不过话仍然要说,除了图一时痛快,还有一层目的,是要给别人,更是给自己一个交代:我确实这么梦想过,知易行难,个人是无能为力的。

读诗一直都是很个人的行为。我不否认,在喧嚣的人群中,在飞行途中,在地铁或巴士上,在剧院等待节目开场前,在上班的闲暇,甚至在洗漱间,都可以读诗。不过在我,这种时候的读仅仅是为了读,为了记住它们,而真正读懂,真正深入到一个伟大的心灵,总是要到一人独处,完全地屏除外界的纷扰,从容地、自由地,在另一个人格里思想的时候。我最不能理解的是,在那些充满聒噪的,像市场街一样五彩缤纷的诗会上,真有诗那种东西存在吗?诗是不可能存在于那种环境里的,就像鱼不可以在空中高飞,莲花不可以开在炉火中一样。不错,朋友可以相聚,可以举杯言欢,可以交流思想,可以劝慰和鼓励,可以……但是,你不能念诗给别人听。李白和杜甫道中相逢的时候,他们互问平安,如此而已,诗却要携回家去自己慢慢读。

我有偶尔失眠的毛病,严重的时候,躺在黑暗中五六个小时难以合眼,直到天明。夜深人静,连路过的汽车也几乎没有了,只有树影被路灯打在墙上,不断轻微拂动。我想起很多事,很多的无奈和悲哀。很多力所不能及的事,乃是旧日的理想。很多力所能及的事,又有重重阻隔。人在驾驭自己的命运上,实在柔弱不堪。这时,上帝总会以你意想不到的形象向你走来,而那个形象后来证明恰恰是你最希望的。一个微弱的形象,一团微暗的火,一缕微细如游丝的声音。只是一缕声音罢了,甚至不是音乐,当然,也不必是音乐。

在庄子的书里,那些绝世高人大多是残疾的,如只有一条腿的右师,形体不全的支离疏,没有脚趾的叔山无趾,断足的王骀,还有脖子上长了大瘤子的,手指粘连不分的,他们连名字都不要,干脆以疾为名。我要问,他们是天生如此吗?是天生如此才得了道呢?还是为了接近至高无上的道而自残的呢?残障使他们被迫远离了尘世的诱惑,获得内心的宁静,从而能够义无反顾地追求真正值得追求的东西。

是这样吗?

苏轼一辈子都很羡慕陶渊明。以他的出身、他的才华,处在那样的时代,他的羡慕完全脱离了现实。这是一个白日梦。对于常人,抱着白日梦的我们可以被称为傻瓜。对于诗人和思想者,白日梦恰是他伟大之所在。人类就是靠着天才们的白日梦而前进的。因为羡慕,苏轼拟写了全部陶诗,并且自视甚高。不过很可惜,这些诗连我这样非常喜欢他的人都不太有兴趣读了。我宁可再读一遍《舟中夜起》,或《寓居定惠院之东杂花满山有海棠一株土人不知贵也》，或《右黄州寒食二首》。

苏轼一生中有过很多艰难的遭际，黄州既不是开端，也不是终结。不过，1082年的那场大雨，无疑是具有象征意义的。那一年，他四十五岁，一个标准的中年人。他拥有全中国最杰出文学家的声誉，他的诗作就连敌国的君臣都不惜力气满世界搜罗。同时他又是一个"政治上不可靠"的人，有很长一段时间，过去的仰慕者皆望门却步，不敢上门请教或求诗求字，唯恐受到牵连。据说苏轼也刻意收敛，轻易不给人题写，有时写了也不落名款。当权者如果看到一个"政治犯"还敢继续张狂，收拾他的办法多的是。

我能想象一个人在漫天大雨的日子可能有的心情。我能想象一个流落到异乡忍受种种羞辱的诗人在漫天大雨的日子可能有的心情。南方的雨总是给人以永无休止的感觉，就像独行者面前毫无景色变化的路，近乎绝望，却又茫然。时间在潮湿中腐烂，变得软绵绵、黏糊糊的。空气中飘着旧鞋子旧衣物的苦臭味。雨丝不断，浮沤生灭，风势凝重，人的视线和听觉都麻木了。只有思想还像鱼眼一样不甘心地闪烁着。

起初，浮现在记忆里的只有那些简单的事实。年月啦，路途啦，分手时的情景啦，一些得意和不得意的小事啦。春天就是那么一次次来的，冬天又是那么一次次地过去。海棠花本是他最喜爱的花，说开就开。一夜不见，醒来已繁花满枝。然后一转眼，红萼上污痕斑斑，黑黝黝的枝头只剩下尚未完全张开的叶子。这些都是人们见惯也说惯了的,没有什么,真的没有什么,即使多愁善感,也不至于像个未经世事的少年吧。

现在,雨势越来越狂。雨水泼洒在大江和山坡上的声音,竟如千军万马,那声音又像千军万马一齐踏在胸口。深入骨髓的痛,深入血流深处的痛。不是不要想起什么吗?人活着,千千万万的人活着,没有区别,在同样的天空下。怎么可能把一个人从中抽离出来,孤零零地摆在一边,以为是不同的,以为是异类,以为在他身上多了些什么,又缺少了一些什么呢?年年的寒食无非如此,坟头上尽是纸花与纸钱。今年,只是看到乌鸦衔着白纸飞过,才忽然想起又到了寒食。坟墓远在家乡,也许正是这坟墓提醒自己,你是一个在异地漂泊的人。隔着风雨,甚至不能在想象中看一眼故乡。没有方向。没有方向。天地迷蒙,上下不辨,遑论南北?没有方向。这是黄州吗?这是故乡眉州吗?或者,这是软红十丈的汴京。前事难料,成败空虚。诗写在纸上。诗在墨迹上流淌、跳动、呼啸、愤怒,辗转陷于沉思,徘徊往复,若断若连,细如溪流,继而是无言,徘徊再三,无言,再徘徊,忽如巨蛇昂首而起,吐出火的洪流,流淌、跳动、愤怒、呼啸,又蓦地破空而远扬,或者,仅仅如风静涛息,一切复归于无声,月光照在纸上,一片漫无涯际的清寒,或喜悦……

那块高不过10厘米的绀黄色的纸片竖在我面前,每一个字只有黄豆大小,经过重重翻印,字迹已经很淡,很模糊。一条路,快要被荒草淹没了。我坐在那里，看着那些亲切如老朋友的字。一只手拿起笔，蘸了浓墨，从天外飞来的那一点开始，然后垂直而下，然后沉而复起……眼睛跟定了笔走，好像跟定了一条条的路，喜欢的，不喜欢的，通向不同的故事，喜欢的，不喜欢的，然而那都是一个整体的一部分。人随着笔的起伏而起伏，小小的字把人压抑得喘不过气来，每一笔每一画都像撞到墙上，整个身体悬在空中，肌肉收缩得生疼。你得忍耐。天上的声音说，不会太久的，你等着。一切都将过去。过去。……好了。解脱了。把过去全都抛弃吧！不管曾经多么辉煌，或者仅仅只有血泪，无数沉重艰难的时刻，病痛和劳累，噩梦和弃绝。全都抛弃！

现在他放开了，一股强力猛然迸发出来，手臂痛快淋漓地左右上下挥舞，血液和肌肉放声高唱，头发和骨骼放声高唱，身体的每一个器官都在放声高唱，而墨像火焰一样激动地哆嗦着，恨不得烧红了那纸，而纸则像年轻人的心脏一样强有力地承受着……

……我已经不再年轻了，但我还没有老。更重要的是，我还没有死。只要还能思想，心就会继续思想。思想无处为家而处处皆家，它什么都不依靠！

在1082年的寒食日，在黄州，连绵不断的雨反复应和的，就只是苏轼的这一句话：

我已经不再年轻了，但我还没有老，更没有死。

此心安处是吾乡

宋神宗元丰二年，乌台诗案发生，苏轼被捕。经多方营救，死里逃生，被贬为黄州团练副使。苏轼的亲朋好友，有多人受牵连，其中宋初名相王旦的孙子王巩，字定国，被贬到宾州，即如今的广西宾阳，监督盐酒税务。宾州当时属广南西路，地处偏僻，生活极为艰苦。王巩南迁，带了家中歌女柔奴同行。三年后北归，与苏轼相见。苏轼问柔奴，岭南蛮荒之地，风土很不好吧？柔奴回答说：此心安处，便是吾乡。苏轼闻此，大为感动，写下著名的《定风波》词：

> 常羡人间琢玉郎，天教分付点酥娘。自作清歌传皓齿，风起，雪飞炎海变清凉。　万里归来颜愈少，微笑，笑时犹带岭梅香。试问岭南应不好？却道，此心安处是吾乡。

词前有小序："王定国歌儿曰柔奴，姓宇文氏，眉目娟丽，善应对，家世住京师。定国南迁归，余问柔：'广南风土，应是不好？'柔对曰：'此心安处，便是吾乡。'因为缀词云。"

孙宗鉴《东皋杂录》记此事,添加了一句,说"东坡喜其语"。这个"喜"字,真是令人思绪万千。东坡岂止是"喜"其语呢?"此心安处"这句话,世人多以为旷达而爱之,自无不可,但知堂老人说:此言甚柔和,却是极悲凉。这才说到深处。古代贬官,流落于遥远荒凉之地,多有病死者。东坡晚年被贬海南,最大的心愿,便是死前能够北归。黄庭坚被贬宜州,也是在今天的广西,结果病死于当地,年才六十一岁。秦观被贬在今日广东的雷州,放还途中病故,年才五十二岁。更往前,韩愈因谏迎佛骨被唐宪宗贬至潮州,他那样以道义自许的倔强汉子,流放途中遇到侄儿韩湘,所赠的诗中,也不免哀情毕露:"云横秦岭家何在,雪拥蓝关马不前。知汝远来应有意,好收吾骨瘴江边。"他不认为自己能够生还,所以拜托侄儿收拾他的骸骨。

事实上,在乌台诗案受牵连的诸人,是处罚得特别重的。王巩曾经跟随苏轼学文,和苏轼关系之亲密,不亚于苏门六君子中的各人。诗案主事者之一的舒亶,诗词都算名家,但不知为何,对苏轼恨之入骨,必欲置之于死地,对苏轼的朋友,也不肯放过。他说苏轼"与王巩往还,漏泄禁中语,阴同货赂,密与宴游",用词非常险毒。王巩遭贬时,幸亏人还年轻,才三十二岁,体格尚健,终能熬过异乡的磨难。另外,他性格也很豁达,这一点,与东坡相似。《施注苏诗》中说他,"亦几死,而无幽忧愤叹之意",真是了不起。

王巩在宾州期间,和苏轼往来通信。苏轼对他受自己连累,心中愧疚,十分不安。王巩反而转过来安慰苏轼,说自己精于道家养生之法,修行不废,身体是无碍的。广西出产丹砂,苏轼写信给王巩说:"桂砂如不难得,致十余两尤佳。如费力,一两不须致也。"可以看出两人的亲密无间。

元丰六年,苏轼为王定国诗集作序,其中说:

> 今定国以余故得罪,贬海上三年,一子死贬所,一子死于家,定国亦病几死。余意其怨我甚,不敢以书相闻。而定国归至江西,以其岭外所作诗数百首寄余,皆清平丰融,蔼然有治世之音,其言与志得道行者无异。幽忧愤叹之作,盖亦有之矣,特恐死岭外,而天子之恩不及报,以忝其父祖耳。孔子曰:"不怨天,不尤人。"定国且不我怨,而肯怨天乎!余然后废卷而叹,自恨期人之浅也。

> 又念昔日定国遇余于彭城,留十日,往返作诗几百余篇,余苦其多,畏其敏,而服其工也。一日,定国与颜复长道游泗水,登桓山,吹笛饮酒,乘月而归。余亦置酒黄楼上以待之,曰:"李太白死,世无此乐三百年矣。"

> 今余老,不复作诗,又以病止酒,闭门不出。门外数步即大江,经月不至江上,眊眊焉真一老农夫也。而定国诗益工,饮酒不衰,所至翱翔徜徉,穷山水之胜,不以厄穷衰老

改其度。今而后,余之所畏服于定国者,不独其诗也。

敬佩王巩,非独其诗,更在其品格,不怨天尤人,不以穷困而改变生活态度。儿子夭折,王巩自己也差点病死,这样的遭遇,够悲惨了。柔奴说心安,正如朝云深知东坡,也是说出了王巩的心里话。

此心安处,便是吾乡,这个意思,颇似出于佛书。然而我对佛书,所知甚少,不知其中可否找到来源。类似的话,白居易诗中倒是屡屡提到,最明白的一例是,"老来尤委命,安处即为乡"。那是他想在庐山结一草堂隐居时写下的。这一年,也正是他写下《琵琶行》的时候。《琵琶行》中多凄苦之语,那时他贬谪在江州。在《初出城留别》中,白居易还写道:"我生本无乡,心安是归处。"香炉峰下新卜山居,草堂初成,他"偶题东壁",作了一首七律。随后,又以此题再作三首,第三首如下:

> 日高睡足犹慵起,小阁重衾不怕寒。
> 遗爱寺钟欹枕听,香炉峰雪拨帘看。
> 匡庐便是逃名地,司马仍为送老官。
> 心泰身宁是归处,故乡何独在长安。

从这些诗句来看,可见心安云云,是有无奈的意思在里头的。赵翼说白居易出身贫寒,生活容易满足,故能自得其乐。白居易字乐天,真是名副其实。苏轼很佩服也很喜欢白居易,自号东坡,便是从白居易诗中而来的。这两位都以乐天知命著称,但无妨也有悲伤的时候。旷达和无奈,本就是一件事的两面。苏轼晚年,作《自题金山画像》:"心似已灰之木,身如不系之舟。问汝平生功业,黄州惠州儋州。"备极沉痛。

贬谪海南之际,苏轼作诗给弟弟苏辙,表示要以古代的贤人箕子为榜样,人到哪里,就把哪里作为家乡,并把文化的种子带到那里:

"平生学道真实意,岂与穷达俱存亡。天其以我为箕子,要使此意留要荒。他年谁作舆地志,海南万里真吾乡。"(《吾谪海南子由雷州被命即行了不相知至梧乃闻其尚在藤也旦夕当追及作此诗示之》)但在《澄迈驿通潮阁》中,他说:"余生欲老海南村,帝遣巫阳招我魂。杳杳天低鹘没处,青山一发是中原。"远望中原,归思难耐。虽然心中已做好终老海南的准备,但即使死后,灵魂也是要回到故乡的。唐末诗人韩偓晚年因战乱流落在福建南安,《春尽》诗中有句:"人闲易有芳时恨,地迥难招自古魂。"也用了招魂的典故。家乡,不管怎么说,总是不可替代的。

寓物不留物

早晨坐在图书馆二楼喝咖啡,窗外落叶飞舞不止,虽然天清气朗,到底遍生寒意。大部分的树已经光秃秃的,一些剪得像走了形的大馒头的雪杉之类,还懒散地披着一身绿衣,但也经不起细看了。凝固不动的砖楼,旗杆上低垂的旗子,街角长椅脚边残余的脏雪,透着不安分的寂静。一大群鸟就在这上面的天空里,飞过来飞过去,褪色的布片一样抛撒开来,又迅速收拢,几经回旋,终于消失得无影无踪。

往年深秋月份,园林工人会在楼前脏兮兮的花圃里种上小菊花,今年不知为何,一棵没种。花圃经过清理,不生野草,没花,就只剩下裸露的黑土。

随意读着冯应榴的《苏文忠公诗合注》时,想着为新书取个名字,东坡的"跨海清光与子分",写给弟弟子由,"跨海清光"四个字,虽然不错,但觉得不像书名,也不能涵盖书的内容。后来想了"天渊风雨",出自宋诗,是写秋意的,仍旧不十分满意。思路跟着情绪,走来走去,都是大同小异的路。人的爱好是天性,多少年的熏陶也改变不了,尤其是对于事物有了成见而且对这成见很有自信之后。尝与人言，喝茶当然好，若只一味喝茶，未免清苦。隔三岔五，去咖啡馆坐坐，换换口味，不也很闲散吗？有人担心咖啡上瘾，其实不然。我每天早晨一杯咖啡，喝的时候觉得舒服，不喝也不会想它。回国的日子，四下奔波，短则二十天，长则月余，只有茶酒果汁，甚至白开水，也没觉得不习惯。写文章，读书，见事，都是如此。只要不违心，怎么都可以。

东坡有一首赠给吴德仁和陈季常的诗，大约是为寻访吴氏不遇而作的。前面十二句，分别写他和吴、陈三个人，每人四句。写陈季常的四句，是"河东狮吼"典故的出处，广为人知："龙丘居士亦可怜，谈空说有夜不眠。忽闻河东狮子吼，拄杖落手心茫然。"如来作狮子吼，意在警醒大众。柳氏夫人效颦，真如某些人以为的，不是她蛮悍，而是她对佛法的理解，比陈公子高明多少倍吗？倘若如此，季常该是多大的福分？东坡和黄庭坚替他担忧，岂不是闲操心？《醒世姻缘传》的男主角狄希陈，居然羡慕陈季常，想做陈季常第二，莫非也是看到了这一层？但既然是好事，奇才异能的陈季常为何茫然？

诗开头说自己："东坡先生无一钱，十年家火烧凡铅。黄金可成河可塞，只有霜鬓无由玄。"没有钱还要烧铅，岂不是自寻烦恼？我猜想东坡的意思，不过是借玩物而丧志，免得把自己整得太累。李白炼丹，寄意于神仙世界，仿佛随身携了利器，夜行壮胆，因此敢于对现世一切令人眼花缭乱之物表示轻蔑。东坡十年家火,如同他食蜜,试验红烧肉,玩丹砂,意不在此而徒有其表。他肝火旺盛,多年受痔疮折磨,贬谪海南岛,大概又染上了湿毒,最终死于北返途中。丹砂之类,用处到底有限。

写到吴德仁,便有羡慕向往之情,不仅自己,也替陈季常拉一个典范:"谁似濮阳公子贤,饮酒食肉自得仙。平生寓物不留物,在家学得忘家禅。"以平常心得释家神髓,就像天资绝高的鲁智深一样,静心无染,妙悟天成。他不打坐,不读经,不远离尘嚣,而饮酒吃肉,杀人放火,无一不是修炼。

"平生寓物不留物",注释引东坡自己为王诜所作的《宝绘堂记》:"君子可以寓意于物,而不可以留意于物。寓意于物,虽微物足以为乐,虽尤物不足以为病。留意于物,虽微物足以为病,虽尤物不足以为乐。"这话对于像我这样的人,再贴心不过。十多年前,见到心仪之物,朝思暮想,不能割舍。广东老友每次带回的古钱佳品,多数先过我手,十几枚品相一流的清朝母钱,只能买一两枚,权当屠门大嚼。现在是看淡多了。对于几亿元买名画的人,东坡的话便听似狗屁不通。

宝绘堂为王诜藏画处。王诜是画家、书法家、收藏家,词也写得清秀。因交好苏轼,乌台诗案中受到牵连。东坡在《和王晋卿(并叙)》中说,王诜身为贵介子弟而风骨凛然,他唱和王诗,正要使其名存于自己文集中。

东坡在《宝绘堂记》中还说:他年轻时,喜爱书画,家中有的,唯恐失去，别人手上的，做梦都想得到。后来觉得这样很荒唐："吾薄富贵而厚于书，轻死生而重于画，岂不颠倒错缪失其本心也哉？"从此不那么痴迷了。见到喜爱之物，虽也随缘收藏，若落入他人囊中，并不觉得可惜。好比烟云过眼，百鸟感耳，见闻之时，心中愉快，一旦消失，不复惦念。"于是乎二物者常为吾乐，而不能为吾病。"

世上美好的事物，可以成为快乐，不能弄成负担。这样的意思，就是庄子说的"物物而不物于物，则胡可得而累邪？"道理虽然浅显，做到不容易，首先我自己就做不到。东坡流放到惠州和海南时，我常常想：一个人离开家，离开熟悉的环境，孑然一身，蓬转异乡，喜欢的东西没有了，爱读的书没有了，未来又行止不定，这是什么感觉啊？我替他想到这里，几乎要发疯。我们生长在太平岁月，习惯于定居，习惯于身边一切琐碎的细节。重新开始，不是简单的事。但东坡无论到哪里，都能很快适应下来，找到乐趣。几年过去，一个家刚刚养成，又不得不离开。他多次借用佛典来安慰自己："浮屠不三宿桑下"，以免背上情感的负担。

书少，可以专心。东坡在海南，别的书难找，就熟读陶渊明和柳宗元。他和了全部陶诗。我们呢，也许是手边的书太多了，结果多半是浅尝辄止。

到不得不抛舍的时候，人尽管不情愿，也学会了寓物不留物的通达。

谤誉中秋月

描写月亮的诗词，如果只选十几首最为人传诵的，东坡至少占了两首，都是写中秋的，一首是《水调歌头·丙辰中秋》（明月几时有），一首是《阳关曲·中秋月》："暮云收尽溢清寒，银汉无声转玉盘。此生此夜不长好，明月明年何处看？"后者作于熙宁十年，他任徐州知州的时候，立意近似其《东栏梨花》："梨花淡白柳深青，柳絮飞时花满城。惆怅东栏一株雪，人生看得几清明。"这两首诗都是唐人风格，近似杜牧和王建。梨花那一首，本来就是受了杜牧《初冬夜饮》的影响。说来巧合，仿佛与东坡遥相呼应，杜牧有两首绝句，风格和情怀都相同。这便是《初冬夜饮》："淮阳多病偶求欢，客袖侵霜与烛盘。砌下梨花一堆雪，明年谁此凭阑干。"和《题禅院》："觥船一棹百分空，十岁青春不负公。今日鬓丝禅榻畔，茶烟轻飏落花风。"

彭城是徐州的古称，作于徐州的《阳关曲·中秋月》，东坡称之为彭城观月诗。他到徐州上任，子由陪同，兄弟俩一起度过百余天的好日子。那年中秋，他们泛舟赏月，子由作《徐州中秋》词，词牌用的也是"水调歌头"：

离别一何久,七度过中秋。去年东武今夕,明月不胜愁。岂意彭城山下,同泛清河古汴,船上载凉州。鼓吹助清赏,鸿雁起汀洲。

坐中客,翠羽帔,紫绮裘。素娥无赖,西去曾不为人留。今夜清尊对客,明夜孤帆水驿,依旧照离忧。但恐同王粲,相对永登楼。

熙宁十年,东坡四十一岁。十九年后,哲宗绍圣三年,他年近六十,自觉已经老迈,在贬谪岭南的途中,遥望他乡明月,想起彭城的中秋夜,不禁在纸上重抄旧诗,并题跋其上:

余十八年前中秋夜,与子由观月彭城作此诗,以《阳关》歌之。今复此夜宿于赣上,方迁岭表,独歌此曲,聊复书之,以识一时之事,殊未觉有今夕之悲,恳知有他日之喜也。

《阳关曲》是著名的词牌,因王维《送元二使安西》中的"劝君更尽一杯酒,西出阳关无故人"而得名。东坡自注:"中秋作。本名小秦王,入腔即阳关曲。"音乐的境界,从王诗可以想象。东坡的《阳关曲》有三首,《中秋月》即其中一首。

人在衰颓之年回忆盛时旧事,有人说是安慰,有人说是无奈。不知是安慰更多,还是无奈更多。韩愈诗:"一年明月今宵多,人生由命非由他，有酒不饮奈明何？"王安石诗："青眼坐倾新岁酒，白头追诵少年文。"都写这种心情。从东坡题跋中，屡见他书写早年的诗文及友人之作，像普鲁斯特那样，把一切已经消逝和注定要消逝的，借助回忆唤回，留在文字中，而美其名曰"重新获得的时光"。《忆王子立》情形类似，但回忆中的两位友人均已故去，就愈见悲凉：

> 仆在徐州，王子立、子敏皆馆于官舍。而蜀人张师厚来过，二王方年少，吹洞箫饮酒杏花下。明年，余谪黄州，对月独饮，尝有诗云："去年花落在徐州，对月酣歌美清夜。今年黄州见花发，小院闭门风露下。"盖忆与二王饮时也。张师厚久已死，今年子立复为古人，哀哉！

文中所引诗句出自作于黄州的《定惠院寓居月夜偶出》的第二首，而第一首中有这样的句子："饮中真味老更浓，醉里狂言醒可怕。"在黄州的时候，还当壮年。真正老了，在海南，饮酒更能知味，常常喝得满脸通红，然而心地澄澈，不杂纤尘。姜夔词："仗酒祓清愁，花销英气。"东坡则把这些全抛开了，所以，饮酒只是饮酒，不必另生枝节。而一生以言语得罪，酒话、梦话、闲话、玩笑话，一不小心皆成罪证。他又没听说过马克·吐温笔下汤姆·索亚的故事，为防梦中泄密，睡觉前把嘴巴贴起来。

韩愈感叹自己多遭人诽谤，作《三星行》诗。三星，指牛斗箕："我生之辰，月宿南斗。牛奋其角，箕张其口。牛不见服箱，斗不挹酒浆。箕独有神灵，无时停簸扬。无善名已闻，无恶声已谨。名声相乘除，得少失有余。"东坡有感于此，在《东坡志林》中说："退之诗云：'我生之辰，月宿南斗。'乃知退之磨蝎为身宫，而仆乃以磨蝎为命，平生多得谤誉，殆是同病也。"

清风明月，东坡说，是大自然无尽的宝藏，我们可以尽情享受。他预料不到的是，身后几百年，就连这两个词也成为忌讳，成为大清盛世的无辜著书人的罪名。幸好皇帝也是要过中秋节的，不然，连节日也废了吧。

黄泥坂

　　东坡贬谪到黄州的时候，寓居江边的临皋亭，后来在临皋亭附近的山坡上，利用废弃的园圃，建了房子安家。房子在雪天完成，因此取名为雪堂。为了更加名副其实，屋内四壁上还画满雪景。从雪堂到临皋亭，中间是一段土路，赶上下雨天，泥泞不堪。这段路，东坡称为黄泥坂。雪堂、临皋亭、黄泥坂，以及生长着诗中那株著名海棠的柯丘，都在他这一时期的诗文中反复出现。"是岁十月之望，步自雪堂，将归于临皋。二客从予过黄泥之坂。霜露既降，木叶尽脱，人影在地，仰见明月，顾而乐之，行歌相答"（《后赤壁赋》），写的便是这一带的情景。

　　秋末的某一天，东坡与朋友饮酒，归途中醉倒在黄泥坂上，天亮才回到家，乘着余兴，酣畅淋漓作了一首《黄泥坂词》。搁笔之后，躺倒大睡，手稿被孩子收起来。次日醒来，不见文稿，也就把它忘了。几年后在京城，夜间与黄庭坚、张耒、晁补之闲坐聊天，忽然想起此事。三位苏门弟子都想见识一下这篇奇文，于是一起动手，翻箱倒柜，居然把手稿找了出来。不知是因为放置久了，还是大醉之下笔墨零乱，手稿中的字迹，一半无法辨认。

大家按照前后文意反复探究，总算凑成完璧。张耒脑子转得快，当即手抄一份留给东坡，自己把原稿带走了。

东坡的老友王诜，很快得到消息，第二天就给东坡写信，抱怨说，我一年四季不遗余力寻访购藏你的手迹，最近又用三匹细绢，换得你的两页纸，你如果有新写的字，好歹送我几幅，免得我没完没了地破费银子啊。

东坡当即用澄心堂纸、李承晏墨，将《黄泥坂词》书写一份，送给这位豪爽重情的驸马老兄。

王诜字晋卿，是著名的书画家和词人，传世的《渔村小雪图卷》，现藏故宫博物院，《烟江叠嶂图卷》，现藏上海博物馆。他喜好收藏，特地筑了"宝绘堂"，置所藏历代书画于其中，东坡为他写了《宝绘堂记》，其中的名言是"君子寓物不留物"。

东坡的书法为世人所重，当时就很值钱。有人为了得到他的字，不停地给他写信，得到的回信就成为自己的珍贵收藏。宋人笔记中有个故事，黄庭坚有一回告诉东坡："古时候王羲之写字换鹅，传为佳话。近日出了个韩宗儒，这人很贪心啊，每次得到你的法书，就拿到殿帅姚麟家，换回好几斤羊肉。羲之的字是换鹅书，你的字是换羊书啊。"不久，韩宗儒又来信，送信人守在一边，不断催促东坡回复。东坡笑着说："告诉你家主人，本人今天不杀羊。"

东坡题跋记录《黄泥坂词》的故事，落款是元祐元年十一月二十一日。这是1086年，东坡刚好五十岁。文中写醉酒的情形：

"初被酒以行歌兮,忽放杖而醉偃。草为茵而块为枕兮,穆华堂之清宴。纷坠露之湿衣兮,升素月之团团。感父老之呼觉兮,恐牛羊之予践。于是蹶然而起,起而歌曰:月明兮星稀,迎余往兮饯余归。岁既宴兮草木腓,归来归来兮,黄泥不可以久嬉。"

这是说,东坡酒后和朋友们分别,独自步行回家。他兴致很高,一路唱着歌。后来酒劲上来,走不稳了,把手杖一扔,枕着土块倒在草地上呼呼大睡。不知过了多久,露水沾湿了衣裳,月亮也升起来。放牧的老乡经过,怕他被牛羊踩伤,把他叫醒。他爬起来,唱歌开自己的玩笑:是秋天了,天凉了,赶紧回家吧,不能一直在黄泥坂玩啊。

东坡屡次说过他酒量不高,容易喝醉,他性情爽朗,爱热闹,一高兴,什么都不管了。微醺的状态下,常有奇思妙想,醒后回读,常惊讶自己怎么写出如此文句来。这种经验,写作的人大多有过。然而19世纪欧洲诗人和艺术家服用药物而求之,不免落了下乘。亲朋好友把酒言欢,偶得三两次东坡似的奇遇,才真正令人神往。"凌轹卿相,嘲哂豪桀","雄节迈伦,高气盖世",如鲁迅先生说的,把皮袍下面藏着的所有的"小",都榨出来抛之一尽。刘伶《酒德颂》的结尾,想起来就觉得好笑:"俯观万物,扰扰焉,如江汉之载浮萍;二豪侍侧焉,如蜾蠃之与螟蛉。"前一比,是李贺游仙诗中的"梦天",后一比,是李白到了唐明皇的宫廷,硬是不把位高权重的高力士当人。刘伶的醉眼中,怒目切齿的贵介公子和缙绅处士,变成了两个虫子。

大醉之后是要受些苦的,头痛、恶心,没有食欲。李白写"觉来盼庭前,一鸟花间鸣",经过了整整一宿的昏睡,神志初清,看见花开,听到鸟啼,才想到这是最好的春日。东坡写完《黄泥坂词》的那个深夜,大约连梦都是糊糊涂涂的。

年轻时在北京,几次喝酒太猛,夜深骑车回宿舍,一次次摔倒又爬起,次日醒来,胳膊腿儿到处疼,才想起前一夜骑车横穿大半个城市的情形。醉意未消时,在日记本上写过诗,语句杂乱,引人失笑。但我不会写字,假如会,也许能留下一点当年的豪气吧。失散的文字,如天上的鸟迹,虽已成空,然而确实是存在过的。

文章辞力

宋人吕大防读过杜甫年谱后总结说,细察杜诗文辞的功力,有一个特点,就是"少而锐,壮而肆,老而严",不是文章妙手,到不了这个境界。胡仔在《苕溪渔隐丛话》中进一步发挥说,我读苏东坡贬谪到南方以后的诗,和杜甫避乱到夔州后的相似,正是所谓"老而严"者。老年的诗文,能够毫不松懈、法度谨严,非常不容易。胡仔说,不仅他这么看,黄庭坚和东坡的弟弟苏辙也都这么看。苏辙说:"东坡先生谪居儋耳……独喜为诗,精深华妙,不见老人衰惫之气。"黄庭坚说:"东坡岭外文字,读之使人耳目聪明,如清风自外来也。"都觉得他越写越好。

文章决定于人的气质和识见。少而锐的锐,是说一种凌厉的气势,就是少年气盛的那种锐气,杜甫的例子,可以举出"会当凌绝顶,一览众山小"。仔细品味,和晚年的"吴楚东南坼,乾坤日夜浮"是不同的,后者的壮阔背后,有很多感慨。不过,像《望岳》这样的诗不多,总体的感觉,与其说是少而锐,不如说是"少而丽"。锐易致浅露,丽就舒缓多了。"诗人之赋丽以则",杜甫一向是收敛,有法度的。我自己初写文章,学鲁迅,学何其芳,也是少而丽,从来不锐。"壮而肆",就是得法度后的自由,汪洋恣肆是文章的理想境界。壮年,精力旺盛、学养深厚、势大力沉,处处随心所欲,谨严和沉郁的同时,又洒脱自在。前后《赤壁赋》就是这样的文字。至于老年文字,即使做不到谨严,起码不能散架子。

古人不如今人长寿,杜甫的晚年,不过六十岁;东坡流放到惠州,五十八岁,到海南,六十二岁。杜甫赞扬庾信,说"庾信文章老更成",庾信羁留于北方,是他一生的转折,带来文风的大变,其时才四十七岁。我们今天,八九十岁的老人照样著书立说。一个作家的早中晚期,是相对而言的。

听古典音乐,我喜欢听作曲家的晚期作品,那里面有很清澈、很安静,同时又很深沉的东西。文学作品里,最好的例子便是歌德的《浮士德》第二部。《浮士德》他前后写了六十年,第二部是在逝世前一年完成的,当时他已经八十三岁。

苏轼活了虚岁六十六,晚年在惠州和海南的诗,我曾专门挑出来读,没有年轻时的浮躁和炫技,前人说的"泥沙俱下"的毛病少多了。他离开家乡眉州到京城时,不过二十多岁,一路上的纪行诗,虽然才气难掩,味道终究太淡,三十岁以后就好了。他的起点不如杜甫高,这里可能有个原因:杜甫把他三十岁前的诗作,清理得差不多了,留下的二十几首,是精中之精。东坡如果这么做,给人的印象也会不同。

胡仔转引苏辙的话,出自《追和陶渊明诗引》,那一段文字,完整的是这样:"东坡先生谪居儋耳,置家罗浮之下,独与幼子过负担渡海。葺茅竹而居之,日啖薯芋,而华屋玉食之念不存在于胸中。平生无所嗜好,以图史为园囿,文章为鼓吹,至此亦皆罢去。独喜为诗,精深华妙,不见老人衰惫之气。"

胡仔还赞扬东坡在岭南所作的三首瞰字韵梅花诗,"皆摆落陈言,古今人未尝经道者。三首并妙绝,第二首尤奇。诗云:'罗浮山下梅花村,玉雪为骨冰为魂。纷纷初疑月挂树,耿耿独与参横昏。先生索居江海上,悄如病鹤栖荒园。天香国艳肯相顾,知我酒熟诗清温。蓬莱宫中花鸟使,绿衣倒挂扶桑瞰。抱丛窥我方醉卧,故遣啄木先敲门。麻姑过君急洒扫,鸟能歌舞花能言。酒醒人散山寂寂,惟有落蕊粘空樽。'"和他的"平生得意之作",壮年在黄州写的海棠诗相比,并未相去万里,而是各有千秋。

朱弁在《风月堂诗话》中说得更具体:"东坡文章,至黄州以后人莫能及,唯黄鲁直诗时可以抗衡。晚年过海,则虽鲁直亦瞠若乎其后矣。或谓东坡过海虽为不幸,乃鲁直之大不幸也。"朱弁说苏轼文字前后两变,到黄州一变,到岭南再一变,愈变愈好,终于无人可及。对于这一点,《诗人玉屑》记录了两位宋代名诗人的现身说法。韩驹说:"东坡作文,如天花变现,初无根叶,不可揣测。如作盖公堂记,共六百余字,仅三百余字说医。醉石道士诗共二十八句,却二十六句作假说,惟用两句收拾。作鹤叹,则替鹤分明。"唐庚说:"余作《南征赋》,或者称之,然仅与曹大家辈争衡耳；惟东坡《赤壁》二赋，一洗万古，欲仿佛其一语，毕世不可得也。"

作家的老年文字，内容往往炒冷饭，毫无新意，其次则结构散漫，搭不成架子，加上唠叨重复，满纸废话，处处与"严"相反。坊间当下的大师名作，多半如此，赞扬者还要誉之为"洗尽铅华，炉火纯青"。一锅白开水如果是汤的最高境界，没有点燃的炉子那就比炉火纯青还要高妙。说实话，老了，自忖没有杜甫和苏轼那样的辞力，藏拙的最好办法是写短文，写小题目。小题目好把握，各方面都能照顾到。否则，还是像王维那样，"晚年惟好静，万事不关心"好了。

东坡和杜甫都是到晚年愈加精纯，但风格还是有区别的。杜诗格律精细，意境阔大，苏诗则如满天花雨，依旧缤纷。人老，精神不能老。我希望别人"老而严"，自己是不愿意到达那个阶段的，我愿意一直"壮而肆"。这说来也不难，一要精力充足，二要心情愉快。如此，在创作过程中，奇思妙想纷至沓来，千言万语一挥而就，"笼天地于形内，挫万物于笔端"，正如陆机《文赋》所描写的境界。心情不轻快的时候，下笔按部就班，题中应有之义，一项也不缺，这样的文章，当然说得过去，但千好万好，只缺一样东西：神气。唐庚感叹《赤壁赋》难以企及，就在其中的神气，就在那许多神来之笔。

桃花万树红楼梦

此岸的薛宝钗

我们在邂逅相逢时用自身的想象做材料塑造的那个恋人，与日后作为我们终生伴侣的那个真实的人毫无关系。

爱情的本质在于爱的对象本非实物，它仅存在于爱者的想象之中。

安德烈·莫洛亚：《追寻过去的时光·序》

1. 梨香院的金锁

和宝玉、黛玉大张旗鼓的亮相不同，和凤姐、湘云未见其人先闻其声的出场也不同，薛宝钗的形象是一步一步地在读者面前鲜明起来的。起初的形容无非是肌骨莹润，举止娴雅，然后我们知道她容貌之美，两府上下多说连黛玉都比不上。再后来，一个眼里最能装下东西的典型角色，小有权势大有面子的奴才媳妇周瑞家的，带着我们进入宝钗的深闺，于是我们看到了一个头上只散绾着纂儿，穿着家常衣服，坐在炕上同丫鬟一起描花样子，见了人满面堆笑的宝钗。盛装浓抹的女子像油画一般难以亲近，只可远观。十几岁的少女，铅华弗御，在她最随意的时候，是最美的。《西厢记》中张生初见莺莺，大概是文学史上最著名的邂逅，金圣叹称之为惊艳。可是，普救寺式的一见钟情，一时的冲击固然强烈，然而魂定之后，现实挟裹着理智乘虚而入，它还能够持久吗？有几个故事是以大团圆收场呢？宝钗的丽姿倩影破雾而来，对感官的刺激有若春雨润物，但却无所不至，浸痕难消。

宝玉此时已然和黛玉厮混良久，形影不离，在贾母的羽翼下两小无猜，将青梅竹马的桥段模拟得惟妙惟肖。此时，新来的宝姐姐犹是一个朦胧的幻影，或者套用普鲁斯特的说法，还只是一个名字，一个没有血肉的空壳，落地的一片叶子，也许姹紫嫣红，也许什么都没有。

然而后来者未必毫无优势，守拙藏愚也许能立于不败，因为无进攻就无所谓挫折。群芳竞开，满眼锦绣。桃红李白，难分轩轾。众卉凋残之后仍在盛开的，方是最娇艳的花朵。所谓时，不是早，不是先，是恰到好处。

热热闹闹的戏已经演了一出又一出，人犹在帘幕深处。多病之身的黛玉尚且如春叶初绽，稳重的宝钗却率先小染微恙，闭门不出。宝玉到梨香院探病，宝钗才第一次真正进入他的视野，仍旧是坐在炕上做针线，仍旧是绾着漆黑油光的纂儿，蜜合色的棉袄，玫瑰紫二色的比肩褂，葱黄的绫棉裙，仍旧是一色半新不旧，丝毫不觉奢华。这是一个健康自然、令人油然而生亲近之感的形象。中国古典文学，无论诗词小说，对女人的描绘总是一个俗套，但曹雪芹的这十八个字，"唇不点而红，眉不画而翠，脸若银盆，眼如水杏"，我劝读者不要轻易看过。二十回之后，宝玉在少女堆里又打了几个滚，回首再看宝钗，入眼的形象，居然不折不扣，依旧眉目唇脸，十八个字一字不易。大手笔如雪芹，再无其他言语可以形容宝钗吗？

依此十八个字，宝钗体态丰腴，肌肤如玉，眉眼清莹，唇艳齿洁。她的美是盛唐风度的纯净明朗，不矫揉造作，无丝毫病态，真真切切，实实在在。宝玉挪近宝钗，闻得一阵又凉又甜的幽香，发自宝钗身上，竟是他从未闻见过的。宝钗谦称是冷香丸的香气。冷香丸就像后来提到的三百六十两不足的大龟，本是一个玩笑，此处却出现在活生生的宝钗身上，曹雪芹不成也担心宝钗太清晰如在眼前了？

宝钗初出，晶莹灿烂的金锁已经等在那里，倒像是早已埋伏好的一支奇兵。然而罪过不在宝钗。她的锁，一如宝玉的玉，都是现实所强加的，并非符箓化的机心。然而情场亦似名利场，一入江湖，便身不由己。宝钗因其自身的德言工容，加上这形而上的璎珞下的小小金锁，不可逃避地成了黛玉的竞争对手。当然，爱情是自由的，不争的宝钗，以不争为争，以表面的柔弱胜表面的刚强。

不管内心是否认同,金锁从此便铭刻在宝玉心上,成了他的心病,成了犹豫和痛苦的根源,成了打进他和黛玉之间似乎天衣无缝的亲密关系中的一个楔子。此前,宝钗或宝姐姐还只是一个名字,现在,这个名字已经显示了其背后的丰富内容,那是一片同样迷人的风光,而且,在更高的层次上,两个世界通过一个神谕似的符号紧密相连。

意识到宝钗的存在只是第一步,宝玉还远远没有开始他的初恋,对宝钗的初恋。

2. 扑蝶之外

潇湘馆凤尾森森,龙吟细细,竹帘垂地,悄无人声,架上鹦鹉冷不丁地蹦出一句半句主人平日吟哦的诗句,袅袅药香弥漫不散……这情形使人想起李商隐著名的悼亡之作:更无人处帘垂地,欲拂尘时簟竟床。夏天的潇湘馆予人清幽之感,秋气渐深,那股子阴森凄凉,连童心未泯的小丫头们也觉难忍。黛玉的日子多半花在读读写写上,一卷书、一件旧物,可以歪在床上发呆大半天。天气好的时候,她会出去走走,找人聊天,赏花葬花,刮风下雨的时候,一个人闭门自伤身世,展玩既有的朦胧爱情,费尽猜疑。黛玉是飘在现实之上的人,肉体的生活似有实无,即使爱情,也空灵得像爱丽儿,谁能想象她的床笫之欢?想象她红绡帐中的旖旎？宝玉敢拿《西厢记》中的艳词来调戏，不是唐突是什么？湘云曾感叹说，她一个香袋就做了足足半年。在物质世界，你能指望她什么？

相形之下，宝钗的日子基本上是那个时代一个大家闺秀的日常生活的汇聚，当然她还有更高的东西。不出门的时候，宝钗喜欢和小丫头一起做针线。针黹女红、饮食养生、文学艺术，无所不精，所以她能就颜色的搭配、食物的寒热、药物的配制，甚至作画的一应材料工具都讲出一番道理，让人心服口服。她什么都懂。点戏，她知道什么场合，什么人，唱什么戏合适；作诗，从读诗学习，到写作时的分寸拿捏，她都有切身体会；穿衣打扮，她虽然不求艳俗，然而她的俭朴中透露着艺术的精心，既恰如其分地把美展示出来，又暗暗留一道高傲的防线在后头。

宝钗的见识很多地方高过"双玉"，除了聪明和用心，还有实际的阅历。薛家做皇商，五湖四海乱闯，薛小妹甚至知道真真国女孩子学写的"昨夜朱楼梦"的汉诗！双玉第一次读《会真记》，赞叹辞藻警人，余香满口，是前所未闻的好书，在宝钗那里，不过是早年的玩物，实在算不了什么。宝玉不耐烦唱戏的热闹，宝钗却能从俗气中发现精妙的地方，比如《山门》中那段"寄生草"，念给宝玉，宝玉不顿时惊喜莫名吗？

红粉中的人才，在前台的是凤姐，东府的尤氏精明又能厚道，很是难得，偶尔露峥嵘的是探春，清高加刚烈，可惜只是小姐的

宝钗捕蝶　费丹旭绘　故宫博物院藏

身份,幕后的高手是宝钗,但她有分寸,不越位,出主意点到为止,除了洁身自保,凡事都以旁观者的态度淡然处之,宝钗不得罪人是机敏,也是宅心仁厚,有时候,如就金钏投井对王夫人讲的那番话,就颇招冷酷之讥,扑蝶时的脱身之计,更被指为嫁祸黛玉,用心刻毒。其实,宝钗的精明只在利己,却没害人。金钏已死,说什么都于事无补,宝钗既宽慰了一向糊涂的王夫人,又能给金钏的家人包括玉钏多争取一些好处,这也说得过去。小红以为和坠儿的私房话被黛玉听去,只是担心万一黛玉说出去,谈不上从此怨恨黛玉，更无所谓伤害。

说到扑蝶，活画出一派少女的活泼和纯真，这在湘云那里不足为奇，在黛玉那里决然见不到，在宝钗身上，光彩偶然一现，最为难得。

3. 妩媚的红麝串

宝黛爱情的最温馨的时刻很早就到来了，"意绵绵静日玉生香"出现在第十九回，离故事的结局还十分遥远，然后是第二十三回心心相印地共读《西厢》。高潮之后必然变故迭起，爱情虽然在继续向前推进，不和谐的音符已经打破了往昔的宁静，预兆着一场暴风雨。可见凡事起点太高，发展过速，往往不能善终。

在宝玉的另一条路上，探病示通灵打开了通往宝钗这座花园的门户。按曹公的说法，不动声色的宝钗，或是故意，更多的是基于少女爱的本能，借展示金锁，借莺儿说出半句须得有玉者方可相配的话，在此已微露其意。宝玉娇宠惯了，对于和自己关系密切之事，常常没来由地迟钝。这一次，他懵懂如故——也许是假装的，那就是绝顶的聪明了——但宝钗并不失望：播下的种子不是一天就能发芽的，爱情中有激情自然好，但它同样需要耐心。

宝黛继续朝着共同的目标磕磕绊绊地前行，宝钗却因往日母亲对王夫人等曾提过"金锁是个和尚给的，等日后有玉的方可结为婚姻"等语,总是远着宝玉。疏远是因为羞怯,也是为了避嫌,和鸳鸯拒婚,香菱抢白宝玉后故意远着宝玉一样,都是以反为正,更加暴露了心事。薛姨妈的"提过"显然已反映到元春那里,所以元春赐东西,独宝钗与宝玉的一样,宝钗"心里越发没意思起来"。没意思正是极有意思,是可以独自反复咀嚼品味的。

宝钗有心,所以躲着宝玉;宝玉无心,故能随意而为。有心的人自然一直有心,无心只是一个过渡状态,难以持久,终有一天,不是彻底抛却,便是无中生有,总归要给个交代。在这个问题上,时间比什么都值得信赖。

却说金玉传言漫天飘洒,弄得上上下下无人不知——这肯定是宝钗乐于见到的——黛玉闻知,生了嫌隙。宝玉赌咒发誓,恰被宝钗撞见。虽然宝钗装着看不见,低头过去了,终是尴尬。随后在贾母处再度碰头,宝玉因心中有鬼,不敢冷落宝钗,便没话找话,要瞧瞧她腕上笼着的红麝串子:

> 见宝玉问他,少不得褪了下来。宝钗生的肌肤丰泽,容易褪不下来。宝玉在旁看着雪白一段酥臂,不觉动了羡慕之心,暗暗想道:"这个膀子要长在林妹妹身上,或者还得摸一摸,偏生长在他身上。"正是恨没福得摸,忽然想起"金玉"一事来,再看看宝钗形容,只见脸若银盆……比林黛玉另具一种妩媚风流,不觉就呆了……

在宝玉的爱或意淫的对象中，唯有宝钗是可以触摸到的一个活生生的血肉之躯。宝玉和湘云，和黛玉，和香菱，和平儿，都没有这种感官上的亲近，没有生发出这种对女性身体之美的由衷爱慕。宝玉和袭人同领过警幻所示之事，但没有精神上的交融，袭人无非是将来的一个小妾而已。

金锁时断时续、几乎微不可闻的乐音，至此已演变成激昂的主题，能够和黛玉的声音分庭抗礼了。宝玉爱情的另一半世界苏醒了。毕竟他和黛玉的纯精神不同，他站在两个世界的分界处，每一个世界都使他留恋。不知天高地厚的混世魔王，竟然企图把两个世界往一起拉拢。

红麝串标志着宝玉世俗爱情的觉醒，可以算作对宝钗的初恋，而前一天，他还毫不客气地把插进他和黛玉对话的宝钗打发到贾母那里抹骨牌，又苦口婆心、信誓旦旦，向黛玉强调他们才是血缘亲近的表兄妹，不惜把宝钗说成是"外四路"的姐姐。宝玉在梦中高喊："和尚道士的话如何信得？什么是金玉姻缘，我偏说是木石姻缘！"说明他已经感受到爱情中的两难困境的折磨。第二十一回，宝玉遭袭人"娇嗔之箴"，心里烦闷，读完一段《庄子》，有感而发，提笔续了一节：他要"焚花散麝"，"戕宝钗之仙姿，灰黛玉之灵窍"，"戕其仙姿，无恋爱之心矣；灰其灵窍，无才思之情矣"。将钗黛并列，作为"迷眩缠陷"自己的最大危险。宝钗以其"仙姿"迷他，黛玉以其"才思"眩他。

一个灵,一个肉。这从反面说明,宝玉那时已经意识到,宝钗的存在的确是一个难以抗拒的诱惑。红麝串之前,"幸亏宝玉被一个林黛玉缠绵住了,心心念念只记挂着林黛玉"。待到黛玉的魔镜微微裂开一道缝,宝玉的爱情还能那么单一,还能那么屈从于纯粹的诗意吗?

4. 门后的心事

爱情都是在很小的事情上启蒙的,一旦认定了爱的存在,生活中最琐屑的细节都会被神圣化,被赋予意义。林黛玉自始至终为自己缺乏一件爱情的象征物而痛心:通灵宝玉和錾字金锁都非凡间的寻常首饰,金玉良缘因此获得了神圣的认可,而所谓木石之盟并没有同样的凭证,因而显得不那么权威,像是私相授受。何况金玉坚强而草木易朽,黛玉从中嗅出了悲剧味道。对于宝钗,必以宝玉配其金锁,虽系前定,又如宿命,本是无可无不可的。一旦玉和眼前的宝兄弟相联系,强加的命运一变而为美好的梦想。对此天作之合,如何继续矜持?如何保持漠然?宝钗的心事,一变而为唯恐幻灭,唯恐把捉不住。

莺儿在宝玉面前的话只说了半句即被阻止,因为宝钗知道,金玉良缘的话题用不着她自己推销,迟早会传到宝玉的耳朵里。黛玉的鹦鹉能念"他年葬侬知是谁",宝钗的丫头就懂得把金锁的故事挂在嘴边：他们都是主子内心世界的外在化。

放眼荣宁两府的玉字辈未婚男人，像个人样的，除了宝玉，真找不出第二个。宝玉的地位，凤姐在和黛玉开玩笑时总结得好："你给我们家作了媳妇，少什么？""你瞧瞧，人物儿、门第配不上，根基配不上，家私配不上？那一点还玷辱了谁呢？"宝钗纵想自由选择，她能选择谁？探春远走海角，迎春落入虎口，这都是前车之鉴。那种押宝赌运气式的婚嫁，风险太大，代价太大。凤冠霞帔的新娘跨出轿门，拜过天地，搀入洞房，谁能预知自己一生将要托付的人，那替自己揭下盖头的人，是一个卫若兰，还是一个孙绍祖？

宝钗端庄稳重，自矜身份，然而再能掩藏，再怎么世故，在爱情面前，终不过一个十几岁的少女，如镜的水面下不断起伏的波澜，在细心人面前岂能瞒过？薛蟠就直言不讳："好妹妹，你不用和我闹，我早知道你的心了。从先妈和我说，你这金要拣有玉的才可正配，你留了心，见宝玉有那劳什骨子，你自然如今行动护着他。"一语中的，惹起宝钗满腹委屈，忍不住哭起来。

宝钗一贯很会设身处地替他人着想，每遇宝黛在一起，便抽身避开，免得"一则宝玉不便，二则黛玉嫌疑"，扑蝶的插曲，正是因避黛玉而引起的。宝玉遭笞挞，宝钗前去探视，论起挨打原因，袭人说起薛蟠，宝玉怕宝钗多心，急忙止住，宝钗甚感宝玉好意，反过来替宝玉打圆场。这一段故事，很能看出宝钗的体贴和厚道，在黛玉身上，万难一见。

宝钗如此一个没脾气的菩萨，连迁出大观园都能讲出立意坚决而又不卑不亢的得体话，让凤姐和王夫人无言以对，她居然也有勃然大怒的时候？不是爱情，还有什么能让她如此失态？

故事见第三十回：宝玉以宝钗比杨妃，说她体丰怯热，宝钗大怒，又不好发作，只得冷笑两声，拿前来找扇子的小丫头机带双敲，出了一口恶气。黛玉见宝玉"奚落"宝钗，着实得意，凑上来问宝钗听了什么戏，宝钗乘势借用"负荆请罪"，笑眯眯地挖苦了一番宝黛二人牵动全府的吵闹之后的再度和好。

宝玉的比喻虽然失当，本无奚落之意，宝钗根本不必介怀。关键是，这话是当着黛玉的面说的，一定会被黛玉利用，偏偏又赶在宝黛和好，黛玉最得意的当口——潜意识里这也许是宝钗不情愿看到的——在爱情的对手面前，再无伤大雅的丢面子也丢不起，所以非得挽回不可。

宝玉探宝钗之病，引出金锁奇缘；宝钗探宝玉之伤，竟变出一场小夫妻甜蜜生活的预演。

宝钗送药，以温言相劝宝玉，劝没劝出什么，倒情不自禁地把心里话说了出来："别说老太太、太太心疼，就是我们看着，心里也疼。"这话慢说宝钗，就是黛玉，也决计出不了口。在贾府那种环境，以宝钗这种身份，无异于最直白的爱情表白。所以宝钗话甫出口，"又忙咽住，自悔说的话急了，不觉的就红了脸，低下头来"。这一段描写细腻委婉,实在胜过其后黛玉的旧帕题诗。

宝玉听得这话如此亲切稠密,竟大有深意,忽见他又咽住不往下说,红了脸,低下头只管弄衣带,那一种娇羞怯怯,非可形容得出者,不觉心中大畅,将疼痛早丢在九霄云外。

过得几日,宝钗再到怡红院,欲寻宝玉谈讲以解午倦,赶上宝玉午睡,独袭人一人在旁。袭人见宝钗到来,借机出去办事(天晓得是真有事还是故意安排,袭人的心计用于这种场合,是牛刀割鸡),宝钗"一蹲身,刚刚的也坐在袭人方才坐的所在,因又见那活计实在可爱,不由的拿起针来,替他代刺"。此时院中静悄悄的,时间不知过去了多久,湘云、黛玉同来,隔着纱窗往里一看,"只见宝玉穿着银红纱衫子,随便睡着在床上,宝钗坐在身旁做针线,旁边放着蝇帚子"。

抑钗扬黛的批评家,常常下结论说,宝钗对宝玉从未产生过一丝一毫的爱情。岂其然哉!

5. "并不曾见读书明理的人"

宝钗最为人诟病之处,便是她屡屡劝宝玉关心经济学问,将来寻一个好出身，光宗耀祖，封妻荫子。宝玉赞黛玉，赞她从不说那些仕途上进的混账话，黛玉引为知己之言。古典文学中凡此种种，过去一概视为反封建，因此是判定进步的标准。宝钗正统、保守，便是不可饶赦的罪恶。作为一种主义，一种观点，这种不分青红皂白的划分可以成立，倘若以此意为曹雪芹之本意，则恐怕未必。我的感觉，雪芹是把宝玉作为失败者来描写的，因此他才要表达痛切的忏悔。宝玉的反叛并非刻意的行为，更不是目的，而是自身难以克服的时代病症。意识到一生之误，意识到它不可避免的失败命运，别无出路，偏是欲罢不能，这才是真正的大悲剧。清醒者的悲剧。

谁能挽救宝玉呢？贾政不能，北静王不能，凤姐不能，黛玉也不能。黛玉挽救不了的，宝钗同样无能为力。

警幻仙姑一开始就明确告诉宝玉，让他先仙界再尘境，领略了闺阁风光的温之后，从此"万万解释，改悟前情，留意于孔孟之间，委身于经济之道"。可见宝钗的劝诫，并非雪芹深恶痛绝，要在书中大加挞伐的，相反，倒是肯定的。尽管宝玉到了也没有做到这一点，警幻仙姑的教诲却不能当作雪芹的反语。正因为没做到，做不到，《红楼梦》才是忏悔之作。否则，忏悔什么？

在黛钗彻底消除隔阂，成为知心朋友（第四十五回）之前，宝钗就读书问题与黛玉有过发自肺腑的长谈：

你当我是谁？我也是个淘气的。从小七八岁上也够个人缠的。我们家也算是个读书人家，祖父手里也爱藏书。先时人口多，姊妹弟兄都在一处，都怕看正经书。弟兄们也有爱诗的，也有爱词的，诸如这些'西厢''琵琶'以及'元人百种'，无所不有。他们是偷背着我们看，我们却也偷背着他们看。后来大人知道了，打的打，骂的骂，烧的烧，才丢开了。所以咱们女孩儿家不认得字的倒好。男人们读书不明理，尚且不如不读书的好，何况你我。就连作诗写字等事，这不是你我分内之事，究竟也不是男人分内之事。男人们读书明理，辅国治民，这便好了。只是如今并不听见有这样的人，读了书倒更坏了。这是书误了他，可惜他也把书糟踏了，所以竟不如耕种买卖，倒没有什么大害处。

这段话里，宝钗连用九个"也"字，无非强调她也是个普通的女孩子，和别人，自然包括黛玉，并没有什么不同。女子不必读书，本是当时社会的陋见，不是宝钗的首创，她只是认同，认同里带着一些宽容，其实是不反对读书，只是强调不可因书移了性情。宝钗处处顺应她的时代和现实环境，这正是曹雪芹刻意点明的。然而即使宝钗是爱情之现实性的象征，她仍然是理想化了的。她体现的那种现实，是最美好的可能。宝钗对于男人们读书不仅自误，"也把书糟踏了"之行径的批判，就显然超脱了"迂腐落后",显示了非同一般的见识。

宝钗的丫头莺儿为宝玉打络子时,笑说宝钗还"有几样世人都没有的好处呢,模样儿还在次"。这几样好处是什么?可惜雪芹惯留埋伏,前八十回里始终没有说出来。

6. 山中高士

宝玉的名字和他所有同辈兄弟都不同。贾琏、贾珍,都是一个玉字旁的单字,唯独他是两个字。论原因,当然出于他衔玉而生。虽说如此,但如果没有两个字,他如何担当黛钗两个人的爱?和黛玉一起,他们都是玉;和宝钗一起,他们都是宝。宝和玉之间,孰轻孰重?

太虚幻境册子上的判词和《红楼梦曲》,他人皆是一人一词一曲,只有黛钗二人全系合写,一一成为对比。

"可叹停机德,堪怜咏絮才。"前句宝钗,后句黛玉,一德一才。

有了金玉良缘,又有木石前盟。宝钗是山中高士,黛玉是世外仙姝。

黛玉体弱畏寒,不断温补之药;宝钗偏偏就有胎里带来的热毒,须得千难万难凑齐药料,配成冷香丸。这是一热一冷。

有对比,也有相同。玉带林中挂,是寂寞;金簪雪里埋,还是寂寞。

黛钗分属不同的世界，同居大观园，生活却格格不入。她们的交会点在诗词，也在宝玉身上。唯其如此，她们终于成为金兰之契。这种不太可能的结果，尽管出于宝钗的主动，实际上表达了作者的愿望。不然，何以黛钗合一？

然而，为什么非得黛钗合一？

还得回到太虚幻境。

警幻仙姑演罢全套《红楼梦》，见宝玉甚无趣味，不明其中深意，"便命撤去残席"，送他到一香闺绣阁之中，其间铺陈极其奢华，"更可骇者，早有一名女子在内，其鲜艳妩媚，有似乎宝钗，风流袅娜，则又如黛玉"。此美何人？仙姑讲过意淫理论，即向宝玉宣布："再将吾妹一人，乳名兼美字可卿者，许配于汝。今夕良时，即可成姻。"

兼美就是秦可卿。"情可亲"，爱的对象必须符合理想。理想的对象，必须兼具两种不同的性质，代表两个世界，体现两种不同的美。任何一半的缺失，都将使理想的爱情无以完成。兼美者，兼黛玉、宝钗之美也。鲜艳妩媚的宝钗，代表了爱情中的现实一面，代表了感官的愉悦；风流袅娜的黛玉，则代表爱情诗意的、超越现实的一面，代表爱情中的精神享受和爱情的升华。

宝钗通达世故，处事圆熟，对上柔顺，对下随和，她的精明纯为自保，无意害人。这种态度，未尝不是作者所赞赏认同的。

黛玉不入俗眼，在在与现实世界违逆。很多时候错误并不在

秦可卿太虚幻境　费丹旭绘　故宫博物院藏

现实本身，而在于她错误乃至病态的反应。大凡有理想者最易凡事苛求，一味求高而忽视客观现实，因为所求甚高，故不能容人容物，清高一转而为刻薄，益发不见容于当世，其失败断乎难免。内心光明剔透的湘云对黛玉的不满，未尝不可以看作作者的反省和懊悔。

现实和理想从来都是一对矛盾，一个人不能没有理想，但也不能脱离现实。在宝钗和黛玉身上，作者皆表现出一种矛盾态度，或明贬暗褒，或明褒暗贬，每个人都有不容拒绝的美，同时又都不完美。

宝钗清高，故比之以山中高士。黛玉生活在她自己营造的梦幻世界，甚至不能承受一只螃蟹，一块烤鹿肉，故比之为世外仙姝。山中高士还是世间人，世外仙姝早已逸出世外。

高启的名句："雪满山中高士卧，月明林下美人来"，四百年前已为黛钗做了预言，其中的意象，雪和林，和红楼梦的曲词——"山中高士晶莹雪，世外仙姝寂寞林"——完全一致。这当然不是暗合，曹雪芹塑造黛钗这一对人物，很可能从中得到了启发。山中林下虽在一联，空间和季节（亦即时间）的距离是遥远的。借宝玉第一人称唱出的"叹人间，美中不足今方信"，正是哀叹兼美或理想爱情的不可能。

完美的女性是黛、钗的合一，理想的爱情只能从每个人身上获得一半，在此意义上，黛玉的不完善与宝钗的不完善没有区别。

这就是宝钗在《红楼梦》中的意义，这就是宝钗在宝玉人生悲剧中同黛玉并驾齐驱、不可替代的地位。

7. 云彩不能承受的凡躯

平安无忧的生活已自不易，恬静而快乐简直算得上奢望，激情固然不可或缺，但持久的激情无异于一场大病，不管怎么迷恋，心灵能够承受的日子必然有限，你总得脱身出来，以期康复。说句煞风景的话,对很多人而言,与其领略黛玉日常功课似的怄气、流泪、吐血和毁东西,不如拣一个"连两只仙鹤在芭蕉下都睡着了"的夏日午后,任由一身家常衣裳的宝钗坐在身旁,手边放着蝇帚子,安安静静地做活计。是的,黛玉的格调高绝令人神往,但总是抬头仰望未免太累,人世间的人是要脚踩在路上——不管是乡下的泥泞地,还是楼台池阁间的青石甬道——一步一步往前走的,没有天降的彩云来承载他们沉重的凡躯。黛玉超凡脱俗,像孔子拿来比方子贡的瑚琏,然而寻常百姓家一辈子用它不着;宝钗则是一件精美的瓷器,虽然挂了一道凡世的青釉,似乎不那么冰清玉洁,但它至少可能和我们期望而且可能拥有的生活融合在一起。

宝玉对黛玉的爱至死不渝,因为理解、同情和神秘的前世夙因,故能宽容她的"小性儿,行动爱恼,会辖治人",但在漫长的过程中,宝玉显然已经逐渐认识到,像黛玉这样的理想人物,断非凡间所能接受和容纳,她属于另一个世界,因此,"人生情缘,各有分定",未来终于不可捉摸,也不可预言。

所谓"情悟梨香院",宝玉深悟之所得,就是人生不可能以理想为依归,理想愈高尚,距现实愈远,就愈是脆弱,愈是与现实格格不入,不为构成现实的大集体所能容忍。宝玉暗伤:"不知将来葬我洒泪者为谁?"因为他明白,不管他意下如何,木石前盟恐是敌不过金玉良缘。人怎么能够超越时代和现实呢?而且

黛玉葬花　费丹旭绘　故宫博物院藏

是在如此"世俗"的婚姻问题上?雪芹行文至此,特地非常罕见地点出:"此皆宝玉心中所怀,也不可十分妄拟。"

爱情的理想主义者,和一切理想主义者一样,其致命的弱点是,永远不能为理想找到现实的道路,他们的归宿只能是,要么放弃,要么失败。对于贾宝玉,处境的残酷更在于,他连在放弃和失败之间选择的机会都没有。即使宝黛爱情历尽风雨,成功挨到"共你多情小姐同鸳帐"那一刻,宝玉获得的仍将是残缺的、失去了现实根基的理想,是美轮美奂的空中楼阁,它在让精神享受诸神的华宴的同时,让肉身饥饿而死。这可能吗?

中国的悲剧常常用出家代替古希腊悲剧中不可避免的死亡,免除了腥风血雨,披上温情脉脉的面纱。肉体的死亡避免了,然而心呢?

圣人说,哀莫大于心死。

香菱的裙子及其他

金陵十二钗中的人物,第一个出场的是名列副册中的香菱。她在开卷第一回中现身,虽然还只是一个不懂事的小女孩,却是千头万绪的一个引子。想想头号女主角的林黛玉,要到两回后贾府故事正面展开时方姗姗登台,这香菱的身份,可见非同一般了。曾被毛泽东称为总纲的第四回,"葫芦僧乱判葫芦案",起因也是争抢香菱。

前八十回书中,浓墨重彩写香菱的有两处,其一是第四十八回的学诗,另一处就是第六十二回的"呆香菱情解石榴裙"。

1. 石榴裙何以"情解"?

第六十二和第六十三两回,围绕着宝玉生日写了大观园群芳的两次宴聚,这是宝玉理想世界的最后亮相,此后故事逐渐转入悲凉,人物各自走向悲剧的宿命。正因为是最后,这两次宴聚表现得最为温馨和欢快,同时也最纯净:凡与大观园无关的人物,即便是作为保护神的贾母和经济靠山的凤姐,也统统被剔出宴会之外。

白天的饮宴先有湘云精彩的醉卧芍药裀,之后便是香菱石榴裙的故事:

香菱和芳官、蕊官、藕官、荳官等在园子里斗草,开玩笑与荳官打闹,滚在草地上,让积水把新裙子污湿了:"香菱起身低头一瞧,那裙上犹滴滴点点流下绿水来。正恨骂不绝,可巧宝玉见他们斗草,也寻了些花草来凑戏,忽见众人跑了,只剩了香菱一个低头弄裙,因问:'怎么散了?'香菱便说:'我有一枝夫妻蕙,他们不知道,反说我诌,因此闹起来,把我的新裙子也脏了。'宝玉笑道:'你有夫妻蕙,我这里倒有一枝并蒂菱。'口内说,手内却真个拈着一枝并蒂菱花,又拈了那枝夫妻蕙在手内。香菱道:'什么夫妻不夫妻,并蒂不并蒂,你瞧瞧这裙子。'宝玉方低头一瞧,便嗳呀了一声,说:'怎么就拖在泥里了?可惜这石榴红绫最不经染。'香菱道:'这是前儿琴姑娘带了来的。姑娘做了一条,我做了一条,今儿才上身。'宝玉跌脚叹道:'若你们家,一日遭踏这一百件也不值什么。只是头一件既系琴姑娘带来的,你和宝姐姐每人才一件,他的尚好,你的先脏了,岂不辜负他的心。二则姨妈老人家嘴碎,饶这么样,我还听见常说你们不知过日子,只会遭踏东西,不知惜福呢。这叫姨妈看见了,又说一个不清。'香菱听了这话,却碰在心坎儿上,反倒喜欢起来了……宝玉道:'你快休动,只站着方好,不然连小衣儿膝裤鞋面都要拖脏。我有个主意：袭人上月做了一条和这个一模一样的，他因有孝，如今也不穿。竟送了你换下这个来，如何？'"

香菱同意，宝玉便回去叫袭人取了新裙子回来，香菱"接了裙子，展开一看，果然同自己的一样。又命宝玉背过脸去，自己叉手向内解下来，将这条系上"。袭人拿了弄脏的裙子离开。"香菱见宝玉蹲在地下，将方才的夫妻蕙与并蒂菱用树枝儿抠了一个坑，先抓些落花来铺垫了，将这菱蕙安放好，又将些落花来掩了，方撮土掩埋平服。香菱拉他的手，笑道：'这又叫做什么？怪道人人说你惯会鬼鬼祟祟使人肉麻的事。你瞧瞧，你这手弄的泥乌苔滑的，还不快洗去。'宝玉笑着，方起身走了去洗手，香菱也自走开。"

这段故事写得极为细腻，耐人寻味。表面上事情简单不过，香菱的裙子弄脏了，一向体贴女孩子的宝玉，命袭人拿来同样的裙子，让香菱换上，以免香菱回去挨骂。

细读之后，我们首先会奇怪，为什么曹雪芹用了"情解石榴裙"这样的回目。毕竟故事里只是换衣服，何来"情解"？

其次，结尾部分也令人费解：两人已经各自走开，香菱复转身把宝玉叫住，宝玉问有何事，香菱只笑而不答，直到小丫头走来叫，才对宝玉说："裙子的事可别向你哥哥说才好。"宝玉的回答也有意思："可不我疯了，往虎口里探头儿去呢。"

香菱叫住宝玉究竟想说什么？无论如何，显然不是后来说的那句话。第一，那是有第三者在场才说的；第二，如果只是这么一句话，不至于半天开不了口；第三，宝玉"在女孩子身上下功夫"不是一次两次，此前的"平儿理妆"，远比这一次"香艳"，而且平儿的身份也和香菱一样敏感，都是别人的侍妾，和园中那些姐姐妹妹不同，平儿难道也要吩咐宝玉：可别和你琏二哥说去？

2．情色的暗示

因为有这些疑惑，俞平伯认为，宝玉和香菱之间肯定有某种程度的"出格"行为。说出格，倒不一定指如袭人一样"同领警幻所训"之事，因为宝玉的"毛病"在于"意淫"，故俞平伯说是"调戏"，以我的理解，大约就是精神上的爱，表现为言语之间的"调情"，以及拉手之类的亲昵动作。

看出这一回"意味深长"的大有人在，俞先生引了三家汇评本《金玉缘》中两段前人的评语：

> 护花主人（王希廉）评曰：
> 宝玉埋夫妻蕙并蒂菱，及看平儿鸳鸯梳妆等事，是描写意淫二字。香菱叫住宝玉红了脸，欲说不说，只嘱裙子的事，别告诉薛蟠，脸又一红，情深意厚，言外毕露。

大某山民（姚燮）评曰：

香菱换裙时有人在侧，伴教宝玉背过脸去，及袭人既走，即来拉手，以后脸红脉脉，至半晌方云裙子的事。其媟嫟之痕，西江不能濯也。

俞平伯进一步得出结论说：按照判词，香菱以后被夏金桂虐待而死，但香菱遭虐待，薛蟠为何不施以援手？原因正在于薛蟠知道了香菱和宝玉的特殊关系后，对香菱已转为厌恶，所以对其生死不闻不问。

俞先生的推断走得有点远，但不是毫无道理。古人说"发乎情，止乎礼仪"，对宝玉而言，是"发乎情，止乎情"。宝玉对女孩子的爱慕，基本上是精神上的，是爱、仰慕和同情三位一体的。涉及感官上的迷恋，似乎只有因红麝串而得见薛宝钗"雪白一段酥臂"，"不觉动了羡慕之心"，恼恨"没福得摸"那一次。这里涉及薛宝钗在全书中的定位问题，容待另说，此处不赘。不过，宝玉、香菱之间确实有故事。

如果仅从回目上着眼，"解裙"实在是一个很绮艳的词语，何况是已经成了女性之代称的石榴裙。在古代诗词中，像"香囊暗解，罗带轻分"这一类的语句，所指的意思是十分明确的，甚至像"细语人不闻，北风吹裙带"这样委婉的诗句，情思方面的暗示也一目了然。

再回到解裙故事的开头。当时香菱和四五个小丫头坐在花草堆中斗草,各人拿出的花草,无非是"观音柳"对"罗汉松","君子竹"对"美人蕉"。荳官出"姐妹花",众人没得对,独香菱对以"夫妻蕙",遭到讥笑,这才导致两人拉扯滚倒,污了香菱的裙子。香菱有夫妻蕙,别人都无,宝玉后来,手里却有一枝并蒂菱,这才是夫妻蕙的真正对子。可知"姐妹花"是不能对以"夫妻蕙"的,要对,只能对香菱说的"兄弟蕙"。

如果在其他小说中,夫妻蕙和并蒂菱的巧合,也许就只是巧合,但我们熟悉《红楼梦》一书中无所不在的暗示习惯,这样的情节必有其寓意。唯有像"夫妻""并蒂"这样的情愫存在于宝玉、香菱之间,"情解石榴裙"才能名副其实。

3. 香菱独占二花

说"夫妻""并蒂"的出现不是偶然,还有一个佐证。

当晚的夜宴,众人掣象牙花名签子当酒令。宝钗抽到牡丹,批语是"艳冠群芳",题诗是"任是无情也动人";麝月抽到荼䕷,批语是"韶华胜极",题诗是"开到荼䕷花事了"……这里的花名、批语和题诗,一如第五回的判词和《红楼梦》曲子,都是人物性情和品格的写照和品判。这已是红学研究的定论。

那么香菱掣出的签是什么呢?这又是很奇怪的事。所有轮到掣签的人，抽出的都是某一种花，唯独香菱不然。她抽出的是并蒂花，题着"联春绕瑞"，诗句是"连理枝头花正开"。

并蒂花和夫妻蕙一样，不是花名，而是一种花朵生长的形态。香菱此处掣签的结果，和所有人不同，要的不是某种花，而是花的并蒂性质。事实上，用具体的花来象征香菱的品格，也根本用不着，因为香菱的名字本身已经是一种花，后来夏金桂找碴子逼迫香菱改名的时候，香菱对她的名字还有过一番详细的解释。在被拐卖之前，香菱名叫英莲，莲更是一种名花，自身也拥有丰富的象征意义。如此，香菱一身而兼二花，这在所有女孩儿中，是绝无仅有的。

香菱是薛蟠的妾，地位尚低于姨娘，薛蟠对她只是当一时的玩物，并没有深厚的感情，后四十回写她在夏金桂自焚后被大难不死的薛蟠扶正，明显违背了雪芹的原意。那么，用"并蒂"，用"夫妻"来表明香菱身上最重要的特质，道理何在，意义又何在呢？香菱究竟和谁"并蒂"呢？

除了薛蟠，香菱和异性唯一可能的亲密关系只能追索到宝玉这里。然而不幸得很，即使出现了"情解石榴裙"的真情感人场面，香菱的"并蒂"梦终是一场短暂得不能再短暂的欢娱。"连理枝头花正开"出自朱淑贞的《落花》诗，下面紧接的一句是"妒花风雨便相催"。香菱下一次出现在回目上，已是在尤氏姐妹双双被逼身亡，晴雯被逐病死，司棋自杀，迎春误嫁中山狼之后，那一回唤作"美香菱屈受贪夫棒",她的生命之路快要走到尽头了。

《红楼梦》经过多次修改,有些修改似乎并不是雪芹很情愿的,如脂砚斋就"命芹溪删去"秦可卿淫丧天香楼的部分,有人说是为了顾及家庭的脸面。曹雪芹死后,书稿流落世上,更不能排除后人胆大妄为地乱改。我想,在第六十二回或者之前,也许有香菱、宝玉故事的某个片段被删除了,因此留下了回目大于内文的"破绽"。当然,还有可能,曹雪芹只愿意把故事写到这个地步,他在回目上留下暗示,剩下的让读者去想象。可是这一切,在更多新材料出现之前,我们只能推测,而无从证明。

4. 为何抢白宝玉?

第七十九回,宝玉因伤感迎春将嫁,在紫菱洲徘徊吟诗,巧遇香菱,香菱因讲起薛蟠娶亲之事,说得极为兴高采烈,最后说:"我也巴不得早些过来,又添一个作诗的人了。"宝玉见香菱如此天真,冷笑道:"虽如此说,但只我听这话不知怎么倒替你耽心虑后呢。"夏金桂泼妇一个,貌比西子,心如蛇蝎,宝玉自不可能未卜先知,他担心的是什么?从话的表面意思忖度,他或者只是想说,正妻进门,做小妾的日子怕不好过了。但香菱的反应非常出人意表:

香菱听了，不觉红了脸，正色道："这是什么话！素日咱们都是厮抬厮敬的，今日忽然提起这些事来，是什么意思！怪不得人人都说你是个亲近不得的人。"一面说，一面转身走了。

香菱没城府，看她前面滔滔不绝，拍手嬉笑，纯是一副小孩子心地，宝玉寻常的一句话，何以让她立时翻脸？她说"今日忽然提起这些事来"，宝玉明明没有提起任何事啊，又能有什么意思？

我们细想一下还能发现，宝玉在前的冷笑也是不寻常的。他对女孩子一向体贴关怀，无微不至，言语上从来都是春风化雨一般，既是担心，为何用这种口气？倒像是发狠而指责了。

《红楼梦》好多地方描写极为简略隐晦，像"送宫花贾琏戏熙凤"，有人奇怪内文完全不见回目所说的内容，其实是有的，但只虚笔一点，总共不过十几个字：周瑞家的进到凤姐住处的东屋，听到"那边一阵笑声，却有贾琏的声音"。所谓"那边"，便是凤姐的卧室。有此一句，夫妻之"戏"已呼之欲出，不成还要来一段《金瓶梅》式的全武行吗？

香菱抢白宝玉，根子还是在"解裙"一回。因为那一次的故事，实际发生的比我们现在读到的要多。他们看似普通的话里，都有对过去的提示。宝玉冷笑，或者涉及香菱从前的亲密关系和言诺，而这正触到香菱的隐痛，所以才会"不觉红了脸"，由"笑嘻嘻"一变而为疾言"正色"。（由程甲本而来的"金玉缘"本，编订者显然也察觉到了宝菱对话的费解，在"替你耽心"一句后加上香菱追问是何意思，宝玉则解释说，"只怕再有个人来，薛大哥就不疼你了。"蛇足一添，表面是好懂了，然而香菱还是犯不着为这句略带调侃的话大光其火。）

说难怪"亲近不得"，说"不敢亲近"，拿宝钗、黛玉做前车之鉴（"怨不得我们宝姑娘不敢亲近，……怨不得林姑娘时常和他角口气的痛哭……"），正说明了香菱往日与宝玉不一般的亲近，况且在大观园里，与宝玉的关系上升到爱情层次的，唯黛钗二人而已——晴雯可以算半个，史湘云只有她曾因金麒麟发过一会儿呆——香菱自列于她二人之后，那是什么地位？

香菱离开之后，宝玉怅然若失，潸然泪下。他自然明白，对于他，又一个梦破碎了。

香菱这边，认定宝玉是借过去的亲昵"有意唐突"她，互相敬重的情不过是男人不能免俗的风流，决心从此远避，"以后连大观园也不轻易进来"。香菱的命运至此结束，至于她如何死于夏金桂的虐待，相对而言不那么重要了。

5. 香菱容貌似可卿

关于香菱，还有一事似值得一提。

秦可卿出自太虚幻境，警幻仙姑将其许配宝玉，"不过令汝领略此仙闺幻境之风光尚如此，何况尘境之情景哉？"等于启蒙的爱神。

曹雪芹写人物，好些是成对写的，以收相互映照的效果。秦可卿在东府行为不堪，在幻境中则为警幻仙姑之妹，又兼黛玉、宝钗之美，实是一等一的人物。黛玉、宝钗各有影子，那么，象征爱情的可卿，她的影子是谁呢？

不是别人，正是香菱。

香菱自入贾府，第一次露面是在第七回，从周瑞家的送宫花时引出来的，其时还只是个才留了头的小丫头，周瑞家的拉手细看，赞道："倒好个模样儿，竟有些像咱们东府里蓉大奶奶的品格儿。"

要知道，宝钗、黛玉，俱是万中难觅的仙品，可卿居然能兼美，而香菱又居然能神似可卿。宝玉在丫头中最重晴雯，晴雯的形容和身条，仅只酷似黛玉而已。

以香菱比秦可卿，似乎不伦。但此处的奥妙在于，可卿是仙境的爱神，香菱却是人世，或者更简单地说，是大观园里的"情可亲"。宝玉的爱重在精神，故说他是意淫，因此这爱情的象征，多半也在精神意义上，虽然并不排除感官的亲密。

可卿是欲界仙姬，她降谪为凡间女子，嫁入东府，行为举止如何并不重要；香菱人皆称其呆，和黛、钗、湘云一班小姐不同，打小没有得到良好的教养，但曹雪芹偏偏安排了一回香菱学诗，一则显示她实在不呆，不仅不呆，她的兰心蕙质，让所有人都刮目相看。二则提高她的地位。大观园里，作诗是衡量人物的一大标准，黛钗相争，诗社是战场之一。后来打动贾母，差点说给宝玉的宝琴，不光是人品好，诗才也顶尖。丫鬟侍妾辈人物中，尽管不乏晴雯、平儿、鸳鸯、小红、芳官这样的角色，若论能诗，香菱则独一无二。

貌可兼美，才追钗黛，单纯天然，世无其匹，香菱虽沦为丫鬟，论出身是士隐的千金，以甄(真)家女儿而入贾(假)府，虽非主角，但在《红楼梦》主人心中的地位，似乎不可等闲视之。

兴儿演说荣国府

在"刘姥姥一进荣国府"那一回，曹雪芹说起引入刘姥姥这个人物的初衷，就因为"荣府中一宅人合算起来，人口虽不多，从上至下也有三四百丁；虽事不多，一天也有一二十件，竟如乱麻一般，并无个头绪可作纲领"。恰好从千里之外跑出这么一个与荣府"略有些瓜葛"的"芥豆之微"的乡下老妇，眼睛又能看，嘴巴又能问，本来不值一提的家常事，包括起居的排场，室内的布置，太太小姐们的装扮，乃至一碗汤、一碟菜的讲究，在她这个外人眼里，无一不透出奥妙和趣味。读者进入一部小说，本来就是由外入内，小说中的外人，也就等于读者的化身。小说家操纵不了读者，操纵笔下的"外人"则轻而易举，通过外人，变相操纵了读者。这样，外人作为读者的替代，实为完美的选择。很多时候，趣味只有外人才看得出来，看出的东西只有在外人那里才具有趣味。像《红楼梦》这样一部大书，千头万绪，外人的视野不仅不可少，而且一个刘姥姥还万万不够，这就有了冷子兴对贾雨村的演说荣国府。

冷子兴身为古玩商，他的演说有"闲坐说玄宗"的味道，好处在一个"隔"字。贾雨村此时尚未攀上贾府,处在旁观者的位置,他的听和议论带着和读者一样的好奇。荣宁两府的来历,靠冷子兴交代清楚,这是大背景。雨村打断子兴的话头,就宝玉之奇发大段议论,说什么这种秉天地所余之秀气而生的男女,"聪俊灵秀"在万万人之上,"乖僻邪谬不近人情",又在万万人之下,矛盾集于一身,成则王侯败则贼,句句指着宝玉,像是批评,又像是辩护,总而言之,是理解宝玉这一特异人物的要领。有了这一铺垫,宝、黛、贾母、凤姐一干人物方款款登场,而读者得以迅速认同宝玉,转以宝玉的视角为视角。

接下来,宝玉神游太虚幻境就是顺理成章的事了。警幻仙姑曲演《红楼梦》,把全书主要人物的命运一一交代清楚,可算是书中的第二次"演说",不过对象和内容都变了。时间直指当下,景别由整个家族聚焦为金陵十二钗。宝玉虽然和雨村一样是未知者,却不是外人,警幻仙姑也不像子兴,靠摭拾一些传闻轶事,一杯在手,大摆龙门阵。冷子兴的演说回顾历史,警幻仙姑的揭秘则指向未来。宝玉年纪太小,对历史和命运不甚明了,曲词的暗示在他那里是一笔糊涂账。否则一切通透,小说的魔术如何表演下去。读者跟着宝玉,顶多知其然,但决不能知其所以然。一百多回文字,正是要交代那个所以然。和那些一个包袱死攥在手里、几十万字吃喝一路的小气写手不同,曹雪芹一上来就敢亮底牌,因为底牌之后还有无数精妙的细节,每一个都使读者欲罢不能。

其实冷子兴之前，还有门子的"护官符"，虽然极其简略，性质和冷子兴的演说无异，但它把范围从单纯的荣国府扩大到所谓四大家族。王家、薛家和史家，属于贾家的社会关系，但更重要的是，是那些女性人物的家庭背景。

三次说，次次不同。有正说，有虚说，还有一语带过。护官符藏在献计的情节底下，使人几不觉察；神游太虚借助于梦境，读者顿感神秘；刘姥姥则设身处地地耳闻目睹，好似现场播报。手法不一样，观察的角度不同，看到的东西不同，同一样东西，呈现的内涵也不同。

刘姥姥之后，《红楼梦》的帷幕全部拉开，舞台上灯火通明，该看人物自己的表演了。到第六十五回，故事滑向尾声，对书中的重要角色，读者自以为已十分熟悉，可以如数家珍地评头论足，曹雪芹却又引进两个外人尤氏姐妹，由贾琏的心腹小厮兴儿为她们做第三次"演说"。

这一回的故事是"贾二舍偷娶尤二姨，尤三姐思嫁柳二郎"，尤二姐是贾琏偷娶过来的，故兴儿的演说重点在贾琏身边的女性，主要是平儿和凤姐，以及她们之间错综复杂的关系。

关于凤姐，读者知道的太多了。协理宁国府，弄权铁槛寺，设局整死不识相的贾瑞，逼死敢打自己丈夫主意的鲍二老婆。焦大骂"养小叔子"，秦氏固然当仁不让,说不定也有凤姐的一份。(和贾蓉、贾蔷的关系就值得怀疑，凤姐哄贾瑞，说"果然你是个明白人，比贾蓉两个强远了。我看他那样清秀，只当他们心里明白，谁知竟是两个糊涂虫，一点不知人心"。凤姐抱怨贾琏常常见不到人影儿，"背地里又不知干什么去了"。尤氏笑她："那里都像你这么正经人呢。"这里须提一句，尤氏是太太阶层中难得的有识见为人又厚道的一个，可能是唯一的一个。）引发查抄大观园之祸的绣春囊事件，透过王夫人和凤姐的对话，读者第一次了解到，凤姐原来也喜欢玩那种小物件。凤姐是宝、黛、钗之外作者用力最勤的，她身上体现的社会意义，则是绣阁深闺中的黛、钗不能比拟的。这样一个人物，到兴儿出场之际，身上还会有我们尚且不知的底细吗？似乎不能。

然而兴儿确实为读者带来了新东西。比如他说，八个奴才分两班，其中几个是凤姐的心腹，几个是贾琏的心腹，"奶奶的心腹我们不敢惹，爷的心腹奶奶的就敢惹"。前面我们已经见识过凤姐泼醋的场面，这里更深一层，连两人各自的心腹也分出了强弱。再比如，兴儿分析凤姐为何单单容得下平儿："平儿是他自幼的丫头，陪了过来一共四个，嫁人的嫁人，死的死了，只剩了这个心腹。他原为收了屋里，一则显他贤良名儿，二则又叫拴爷的心，好不外头走邪的。又还有一段因果：我们家的规矩，凡爷们大了，未娶亲之先都先放两个人伏侍的。二爷原有两个，谁知他来了没半年，都寻出不是来，都打发出去了。别人虽不好说，自己脸上过不去，所以强逼着平姑娘作了房里人。那平姑娘又是个正经人，从不把这一件事放在心上，也不会挑妻窝夫的，倒一味忠心赤胆伏侍他，才容下了。"

前车可鉴，当贾琏的外宠，有凤姐在，哪个能有好结果？听罢兴儿之言，尤氏、尤二姐当局者迷，都没明白其中的道理，后来的悲剧也可说是自找的了。

兴儿对凤姐的评价：嘴甜心苦，两面三刀；上头一脸笑，脚下使绊子；明是一盆火，暗是一把刀；都占全了。"合家大小除了老太太、太太两个人，没有不恨他的，只不过面子情儿怕他。皆因他一时看的人都不及他，只一味哄着老太太、太太两个人喜欢。"如此众叛亲离，凤姐的结局岂是偶然？

以凤姐这样一等一的人物，曹雪芹再心硬，也不忍直接骂她，指她的不是。即使看在读者眼里，也会觉得不厚道。事实固然是事实，如何写出来却有讲究。兴儿一小厮而已，爷的心腹，不是奶奶的心腹，如今又打量着讨爷的新欢尤二姐的好，出自他嘴里的话，虽千真万确，也要打点折扣。假如这样还显得过分，读者只能骂声奴才无礼。

大观园的女性，从兴儿口中透露出一些我们一直不知道的细节，如迎春诨名"二木头"，"戳一针也不知嗳哟一声"；探春诨名"玫瑰花"，"也是一位神道"；李纨诨名"大菩萨"，是"第一个善德人"，从不"多事逗才"。至于薛、林二位，兴儿的说法既俗气又好笑:"每常出门或上车,或一时院子里瞥见一眼,我们鬼使神差,见了他两个,不敢出气儿。"尤二姐插科道:遇见小姐,原该远远避开。兴儿道:"不是,不是。……不敢出气,是生怕这气大了,吹倒了姓林的;气暖了,吹化了姓薛的。"薛与林,不但在宝玉那里,在贾府一应老爷太太那里,就是在下人眼里,一样轩轾难分。

镜中骷髅和巫婆的眼睛

1.

话说贾瑞在宁府路遇凤姐,色胆包天,顿起淫心,竟敢出言调戏。此后凤姐毒设相思局,活活整得贾代儒老师的这位独苗孙子精尽而亡。这就是著名的"贾天祥正照风月鉴"的故事。

小时候读《红楼梦》,对这一段印象最深。说是不理解吧,它比书中哪一部分都写得直白,不用一句委婉词句;说是好懂吧,终有些地方不十分明白,又不便向人请教。贾瑞虽说是小人物,他持照的镜子却来历不凡,和宝玉的玉一样,也是大荒山青梗峰下的旧相识。一部《红楼梦》,专写镜子的,仅此一处,所谓的"东鲁孔梅溪"便欲据此将整部书题为《风月宝鉴》。

和寻常镜子不同的是,风月宝鉴"两面皆可照人"。我们稍有常识便知道,中国自古的镜子,镜面磨光,镜背饰以精美繁复的文字和图案,断乎没有双面的。跛足道人的双面镜出自幻境,"专治邪思妄动之症",其法是:只可照反面,不许照正面。世间万事万物本是客观存在,反映在人心里,尽管各各不同,但无损其固有的性质。然而令人无可奈何的是,决定人对事物的态度的,偏偏不是事物的本来面目,而是个人的主观观感,由此生发出爱和憎。

贾瑞先看镜子的反面,"只见一个骷髅立在里面",当然不喜。再照正面,只见凤姐在招手叫他。美女如骷髅,骷髅反是美女的真实,此本佛家的诡辩,在这里被雪芹形象化了——不过随机借用,未必是雪芹的本意。镜子的性质,正如唐镜的镜铭所言,"看形必写,望里如空"。贾瑞在自己的病床上,哪里来的凤姐,哪里来的骷髅?可见凤姐和骷髅都是不真实的,都不是一个正常的镜子应该反映出的形象。正作反,反为正;真作假,假亦真。贾瑞既然已到需要照风月宝鉴救命的程度,死是必然的了,谁也救不了他。

这种特异的镜子除了《红楼梦》,别处亦屡见不鲜。

《聊斋志异》中的凤仙,为了鼓励丈夫在书卷中下苦功,正经做一番经济学问,好科场夺魁,"为床头人吐气",不惜夫妻长期分别,"伏处岩穴",临行前拿出一枚宝镜相赠。这宝镜与风月鉴有异曲同工之妙:丈夫闭门苦读,镜中的凤仙就现出正脸,盈盈欲笑;一旦松懈下来,镜中人则"惨然若涕",以至于背过身去,不以脸面相对。"自此验之:每有事荒废,则其容戚;数日攻苦,则其容笑。"两年过去,丈夫一举而捷。再看镜子,美人不仅笑容可掬,软语呢喃,更直接从镜中跳出,化为怀中的软玉温香。

慧黠的小狐狸精凤仙，大有"宝姐姐"的风范。

蒲公的宝鉴毕竟是理想主义的，比雪芹温情脉脉得多，像是无伤大雅的玩笑。当然，寥寥千余字的《凤仙》，不好与《红楼梦》相提并论。

镜子成为辟邪的神物，源于它"写真"的特性。关于真，古人的看法和我们不同。他们相信，镜子照出的绝不仅仅是万事万物的外形，而是它们的"神"，它们藏在表象之后的真实面目。妖邪异类可以蒙骗人的眼睛，却万难骗过镜子。据说黄帝曾铸过十五面镜子，师旷铸过十二面镜子，能够照出山川大地鸟兽虫鱼一切存在物的秘密。等而下之的秦始皇的宝镜，犹能照出人的内心世界。据《西京杂记》，阿房宫中所藏的至宝，就有一面大铜镜，照出的人影呈倒立状，如果以手扪心去照，可以照见人的五脏六腑。如果有人心怀叵测，镜中可见其"胆张心动"。于是始皇命令近侍们一一照镜，发现胆张心动的，立即加以惩处。

自汉镜开始大量出现铭文，从镜铭上可以看到，镜子和神仙密切相关，镜铭还强调镜子的辟邪作用："左龙右虎辟不羊"；"上有龙虎四时置，长保二亲乐毋事"；"服者君卿，镜辟不羊"。从历代神话故事到明清以至近代的神话小说，神仙们法力无边的宝器中，镜子几乎是不可缺少的。

王度的《古镜记》，汇集了大量关于镜子的传奇故事，在当时，可算对总结宝镜法力的集大成之作。第一，镜子能照出妖物的真形；第二，它能反映天象的变化（日食则镜面晦暗）；第三，百姓染瘟疫，以镜照之即愈；第四，入山可驱除野兽，渡河可平息波涛。因此之故，过去的习俗，修道者入深山，必以一镜子相随，而寻常人家，门楣上悬挂古镜，可以杜绝鬼物。

照出鬼怪的原形也好，洞见人的五脏六腑也好，这里突出的，是镜子超越表象，直指事物本质的功能。镜子的"看形必写"，而非形诸笔墨的写真图，才是真正的写真。

2.

镜子虽然以能照影赢得广泛的崇敬，归根结底主要还是闺阁中物，这使它在神秘之外别具一番亲切和温柔。镜子还是情色活动不可缺少的道具，像裙钗脂粉一样，在男性的审美联想中，总是和女性身体尤其是容貌密不可分。汉镜的镜铭一方面表达普世的追求，如长生、富贵、安逸享乐的生活，一方面开始把视野引向女性世界。前者可以最典型的尚方铭为例："尚方作镜真大好，上有仙人不知老，渴饮玉泉饥食枣，浮游天下敖四海，寿如金石为国保。"后者也有同样典型的清白镜铭："洁清白而事君，怨阴欢之弇明，焕玄锡之流泽，志疏远而日忘，慎靡美之穷皑，外承欢之可说，慕窈窕于灵泉，愿永思而毋绝。"

到了镜子的另一个鼎盛时代唐朝，镜铭内容已经转入优雅华丽的日常生活:"照日菱花出,临池满月生,官看巾帽整,妾映点妆成。"再如:"写月非夜,疑冰不寒。影合真鹿,文莹翔鸾。粉壁交映,珠帘对看。潜窥圣淑,丽则常端。"似是南朝绮艳之风的延续。而在唐人小说里,大江小河的渔人仍然几百年如一日,孜孜不倦地从水中网出各式各样远古留下的宝镜,其中尤以秦始皇式的透视镜为多。

对于现代人来说,镜子的功用虽不再神秘,哲学味道仍十分浓烈。镜像是左右颠倒的,而且会因镜面的弯曲而变形,乃至重叠影像。最令人惊奇的是博尔赫斯津津乐道的一点:相对的一双镜子,其中影像互相反映,能够连绵以至无穷。

博尔赫斯在《特隆、乌克巴尔、奥尔比斯·特蒂乌斯》中写道:"镜子从远处的走廊尽头窥视着我们。我们发现,大凡镜子都有一股子妖气。于是,比奥伊·卡萨雷斯想起来,乌克巴尔的一位祭师曾经断言:镜子和交媾都是污秽的,因为它们使人口增殖。"

从博氏这段在中国先锋派小说盛行时期被人引滥了的名言中,可以看出中西镜子观的一个根本区别:中国的镜子是降妖的,西方的镜子则本身带着妖气。在《古镜记》里,化为美女的狐狸,深藏在古枣树里的蛇精,幽暗水底的鱼鳖虾蟹,嵩山岩洞中侃侃而谈的乌龟和老猿,都在镜子的光辉之下原形毕露甚至灭亡;而在西方的童话和灵异故事里,镜子是邪恶的诱惑,它通过予人以预知未来、洞观世界、窥察隐私、用假象暂时取代现实等种种神通，劫夺人的灵魂，引人堕落和毁灭。镜子同时还是魔鬼和巫师们作恶的工具，作为后者，它更经常地变形为水晶球，甚至一锅清水。这方面的作品不胜枚举，而且多为读者所熟悉，譬如在童话《白雪公主》中，巫婆的镜子能告诉她最美丽的女人是否还活在人间。

然而，不管镜子的道德性质如何，核心的问题永远是：镜子到底反映了什么？镜中世界和我们存在的世界到底是什么关系？哪一个世界在本质上更真实？如果镜中的世界足够大，足够光怪陆离，而且足够稳定，它是否能够欺骗所有的人，误以为它是真实的？

3.

《红楼梦》第五回，宝玉在进入太虚幻境之前，先在秦氏充满色情意味的卧室中小睡。秦氏室中陈设的诸般宝贝中，赫然可见"武则天当日镜室中设的宝镜"。传说武则天在高宗时造了一座镜殿，四壁安的全是镜子。在这样的宫殿里，由于镜子众多，任何走进去的人，将看到无数的自身彼此重叠交错，延伸到无穷深远的镜像深处。

在博尔赫斯之前的一千多年前，一个聪明的中国女人已经把他的玄想化成了现实。在镜子与现实、镜子与时空的关系上，东西方的思路殊途同归。

奥逊·威尔斯《上海小姐》(*The Lady from Shanghai*,1948)的结尾,最给人惊奇印象的,是那场镜子迷宫的高潮戏。镜子让人眼花缭乱,镜子构成的迷宫是普通迷宫的无穷次方,但镜子自身太脆弱,经不起轻轻一击。破除镜子迷宫最简单的办法,就是打碎镜子。人的肉眼既然无法分辨真实和幻象,只好从镜子里跳出来。在《西游补》里,作者向我们展示了一个镜子的大观园。孙猴子跌入万镜台,"抬头忽见四壁都是宝镜砌成,团团有一百万面。镜之大小异形,方圆别制,不能细数,粗陈其概:天皇兽纽镜,白玉心镜,自疑镜,花镜,风镜,雌雄二镜,紫锦荷花镜,水镜,冰台镜,铁面芙蓉镜,我镜,人镜,月镜,海南镜,汉武悲夫人镜,青锁镜,静镜,无有镜,秦李斯铜篆镜,鹦鹉镜,不语镜,留容镜,轩辕正妃镜,一笑镜,枕镜,不留景镜,飞镜"。真是洋洋大观。每个镜子自成一个复杂的世界,悟空如何耐烦挨个儿去寻根觅底?他只"变作一个铜里蛀虫,望镜面上爬定,着实蛀了一口,蛀穿镜子"。这是摆脱幻象的唯一方法。

现在我们来看贾瑞的错误,就非常清楚:他既然摆脱不掉镜子正面的诱惑,起码该有勇气砸碎那镜子——既是宝镜,或许砸不碎——或者把它远远抛开。

在《红楼梦》里,镜子象征着诱惑,而且是等闲人难以拒绝的诱惑,一个红尘中的锦绣世界。即使对于梦醒之后的曹雪芹,镜子里的世界也依旧是温馨的，花团锦簇的，值得回忆和留恋，并因丧失它而永感刻骨铭心的痛悔，而且，它并不如众多批评家想象的那么虚伪或邪恶。作者着力渲染镜中世界的脆弱，不过是因为它已经彻底丧失了，再也回不来了。至于镜子的反面，那可以照的另一面，在镜子的历史中根本不存在，如何能把希望寄托在它上面？

宝玉和湘云的新梦

《红楼梦》八十回后的结局,几百年来猜测很多。假如现在的后四十回真是高鹗所续,高鹗的猜测算是所有猜测中最完整、最广为流传的了。红学家不满高鹗,要另起炉灶,打基础的石头,须从脂砚斋的批语里搬。然而脂批明指暗示的内容有限,大多又言之不详,很多环节连不起来。剩余的部分,必得再三研读原文,探赜索隐,考据、猜谜加想象,才能补填一二——填得对不对,还是另外一回事。

对于宝、黛、钗爱情这条线,周汝昌的设想颇有趣味。

他说,后来黛玉早亡,钗复逝去,只有湘云,如同落霞孤鹜,终获妙玉奇缘鼎力为之绾合,使宝湘得遂前情夙愿。钟鸣鸡唱,恍如隔世,而"霜清纸帐来新梦,圃冷斜阳忆旧游",正是宝湘二人的新天地。

据第五回的判词和曲子以及脂批,史湘云虽然嫁得卫若兰这样的"才貌仙郎",可惜婚后好景不长。周汝昌说,史湘云流离失所,一时难寻其踪,是妙玉将她解救了出来。

周于《红楼》诸女子,独倾心湘云,说她是后半部书文的真

湘云醉卧芍药裀　费丹旭绘　故宫博物院藏

正女主角,是贾府"家亡势败、人散园空之后的唯一的女主人公"。他总结曹雪芹描写人物的衣饰,男人除却宝玉,一字不屑,女子只重凤姐和湘云,因为凤姐是小说前半部分的主人公,湘云和宝玉最亲厚。不仅衣饰,周汝昌说,雪芹对女性美,真正着力写的,也唯有湘云一人。

妙玉救湘云,确是大快人心,问题在于,按照判词,她自己处境最不堪:一个爱洁成癖的人,竟至流落风尘。在这种情况下,自顾尚且不暇,如何救得了别人?对此,周汝昌也有一套解释。他说，风尘不等于花街柳巷，是"风尘三侠"的风尘，曲子里的"肮脏"，不是龌龊，而是刚直不屈之意。妙玉并不像一般红学家所以为的，下场是做了妓女，而不过是遭受了一些苦难，但她身处逆境能刚强自立，最终度脱了自己，并度脱他人。有意思的是，人民文学出版社1982年版的《红楼梦》，肮脏和风尘的解释，就以周意为主。但周的这种说法太过牵强，得不到学界的认可。

周汝昌痴迷《红楼》一辈子，没少花工夫，《红楼梦新证》皇皇巨著，余英时称赞搜罗资料最宏富，其中多有"极敏锐的观察"。但痴由情生，情则生幻。痴迷入深，往往虚实不分，遂又加进自己的理想，起意改造，于是青灯昏夜，独自向壁，苦心孤诣，孜孜以求，不知不觉间，恍然与雪芹合二为一，再难分别。先前自己的种种见识，都认作作者本意，不容怀疑，虽间有过于大胆的推论，亦不得以荒唐无稽目之，盖雪芹之书，本即荒唐无稽之言也。

周汝昌的发明，以乾隆和近臣密谋窜改《红楼》原著说最惊人，然而要说令人感动，就远远不及宝湘爱情的苦尽甘来。我也因为此说，觉得周先生是个温柔胸怀的有情人，能够痴迷于人间美好的事物，不受纷扰，自得其乐，值得羡慕，应当敬仰。

读《红楼梦》者，寄情于大观园中的女孩子及少妇，人人选择不同。黛玉、宝钗，各有拥趸，梅香雪白，至今争议不休。茅盾喜欢晴雯，题诗云：欲从画里唤真真；王朝闻喜欢凤姐，著有几十万字的专论；原本写小说的刘心武，老而用心于秦可卿，据说有许多奇妙的发明……

史湘云才高貌美，性情豪爽纯真，既没有黛玉的小心眼，也没有宝钗的玲珑剔透，这样的女子，喜欢的人何止周汝昌？希望好人好运，我心亦同。可惜曹雪芹明白，世道从来就不是按照好人的意思来安排和变化的，历史即使不是螺旋形而是干脆利落地笔直向前进步，也还是不断地有美好的东西以最悲惨的方式毁灭，此情此景，谁能扭转颠倒，谁又能视而不见？

补记：周汝昌作为重大证据的湘云咏菊的诗句"霜清纸帐来新梦"，出自陆游的七律《雨》中的一联："纸帐光迟饶晓梦，铜炉香润覆春衣。"末尾二句是："惟有落花吹不去，数枝红湿自相依。"周先生以为"来新梦"即是鸳梦重温，"忆旧游"指已逝的宝钗、黛玉。如果诗句可以这样猜谜，这样与故事挂号，那么，宝钗的"慰语重阳会有期"，是不是说宝玉就算弃家而去，明年秋天还会再回来？宝玉的"好知井径绝尘埃"，是不是说要和妻子双双归隐于乡间？正好黛玉的"孤标傲世偕谁隐"探问和谁一起归隐，难道宝黛竟是这样的理想结局？探春的"暂时分手莫相思"，说的又是谁？此前咏海棠，湘云诗中更有一联："花因喜洁难寻偶，人为悲秋易断魂。"是不是可以解作湘云终身找不到高洁的伴侣，最后也许怅惘而死呢？

读红短札二则

1. 薛蟠和林黛玉

呆霸王薛蟠因打死冯渊、强抢香菱一案声名远播，人未出场，性格似已定型：又一个色狼高衙内。但后来的故事发展出人意料。薛蟠虽然浑，虽然霸，却并不太好色，他更有兴趣的是胡闹，包括抢女人，包括狎男童。《红楼梦》里那么多漂亮女人，从风流的秦氏，到泼辣的凤姐，从高傲的鸳鸯、晴雯，到花痴般的不入流的多姑娘，薛蟠视若无睹。只有一个例外，那便是林黛玉。

将薛蟠和黛玉拉在一起，并非故作惊人之语。焦大不爱林妹妹，呆霸王却可以一见而为之倾倒。第二十五回，赵姨娘买通马道婆作法，凤姐、宝玉双双中邪，园子里闹得乱麻一般：

> 别人慌张自不必讲，独有薛蟠更比诸人忙到十分去：又恐薛姨妈被人挤倒，又恐薛宝钗被人瞧见，又恐香菱被人臊皮，——知道贾珍等是在女人身上做功夫的，因此忙的不堪。

忽一眼瞥见了林黛玉风流婉转,已酥倒在那里。

薛蟠知道贾珍等专在女人身上做功夫,比贾珍下作得多的,还有贾赦那样无腥不偷的老色鬼。相比之下,薛蟠玩男色虽然闹得鸡飞狗跳,对待女人,一不滥,二是多少懂得顾惜,在书中的环境里,算不上十恶不赦的坏蛋。迎春嫁给比薛蟠还粗的武人孙绍祖,黛玉嫁给薛蟠也不能说是太荒唐,起码命运不会比迎春更悲惨。第五十七回,宝钗就半真半假地以此相戏。当时薛姨妈、宝钗和黛玉聊家常,聊得投机,黛玉要认薛姨妈为娘,宝钗笑说认不得:

> 黛玉道:"怎么认不得?"宝钗笑问道:"我且问你,我哥哥还没定亲事,为什么反将邢妹妹先说与我兄弟(薛蝌)了,是什么道理?"黛玉道:"他不在家,或是属相生日不对,所以先说与兄弟了。"宝钗笑道:"非也。我哥哥已经相准了,只等来家就下定了,也不必提出人来,我方才说你认不得娘,你细想去。"说着,便和他母亲挤眼儿发笑。

薛蟠已经看准了黛玉,如若美梦成真,对宝钗不啻是天大的好事,既解决了哥哥的婚事,又清除了自己的爱情对手。玩笑虽是玩笑,内中却也透露出两个意思:首先,薛蟠前番为黛玉倾倒,以后还真的做长远打算,打算娶黛玉为妻。其次,此事薛姨妈可能也有耳闻,所以才和宝钗"挤眼儿发笑"。此前宝钗和黛玉有过交心之谈,前嫌尽释。此回则是薛姨妈对黛玉表示了前所未有的关心,谈婚事,说家庭,把黛玉感动得要认娘。薛姨妈的心事:薛蟠自小死了父亲,无人管束,最好得一贤惠的媳妇,好好把他拴住——黛玉是再合适不过的人选。

宝钗打趣,不妨看作试探。黛玉的意思既明,斩钉截铁,薛姨妈便改了口,要把黛玉定给宝玉,惹得黛玉"怔怔的",又"红了脸",后来到底也未见她在贾母、王夫人面前提起。宝黛姻缘,在薛姨妈那里,和蟠黛结合在读者眼中一样,比什么都不可能。

2. 宝钗的咏絮词

多年前读到侯蒙的《临江仙》词,发现正是《红楼梦》中宝钗咏柳絮词的出处,以为自己独得其秘,欢喜非常。后来闲翻坊间编辑的俞平伯论红著作,这才知道俞氏数十年前早已提过。读书常遇到这样的问题:每有会意,欣然自得,欲形诸文字与人分享,总会发现前人已经说过。言他人之未道,何其难哉!

宝钗的柳絮词,鉴于湘云、黛玉、探春、宝琴诸家"不免过于丧败",而"柳絮原是一件轻薄无根无绊的东西",宁可不合大家的意思,矫枉过正,"偏要把他说好了,才不落套",故结尾的警句云:"韶华休笑本无根,好风频借力,送我上青云。"

扬黛抑钗派每以此为例讥讽宝钗的野心。帝王时代的女人,能有什么野心?无非夫妻恩爱、家庭和睦、夫荣妻贵那一套,有何值得非议之处呢?难道一个女人,非得盼丈夫沦落街头,家中箪瓢屡空,自己荆钗布裙,才称得上清高吗?

宝钗当初入都,确有目的。皇帝降旨,征采才能,除了聘选妃子,"凡仕宦名家之女,皆亲名达部,以备选为公主郡主入学陪侍,充为才人赞善之职"。薛蟠入都,打着"送妹待选"的旗号,其实是因为早听说"都中乃第一繁华之地,正思一游,便趁此机会",一遂所愿。到了京中,一头扎进贾府,贾家子侄,认熟一半,日日会酒观花,聚赌嫖娼,送妹、望亲、入部销算旧账三件事,除了望亲一事落得实在,都不见踪影。而宝钗,从此跻身大观园红粉队里,琴棋书画、风花雪月地玩耍起来。真不知做金枝玉叶们的高级陪读的念头,到底是谁的主意。第四回一言带过之后,再无人提起。如果宝钗有意,像她那样细心有主见的,会和她那糊涂哥哥一般,乐不思蜀,忘了正事?

再者,读宝钗全词,后面这三句,无非顺着词意下来,侧重的还是柳絮轻飏远举的潇洒豪迈:"白玉堂前春解舞,东风卷得均匀。蜂团蝶阵乱纷纷。几曾随逝水,岂必委芳尘?"这种豪迈的根由,在于达观:"万缕千丝终不改,任他随聚随分。"既然聚散不由人,谁会在意升沉与否,所以上青云云云,未尝不是"居高声自远"或者"更上一层楼"的意思。

侯蒙的那首词本是咏风筝的,所以他着意强调风筝"朝为田舍郎,暮登天子堂",平地青云的"辉煌"际遇:

> 未遇行藏谁肯信?如今方表名踪。无端良匠画形容。当风轻借力,一举入高空。
> 才得吹嘘身渐稳,只疑远赴蟾宫。雨余时候夕阳红。几人平地上,看我碧霄中。

和宝钗之词不同,这里浑是一副得志小人的嘴脸:好一个"几人平地上,看我碧霄中"!《儒林外史》中最多这类故事。后阅《诗话总龟》,后集卷三十二"乐府门"引《夷坚志》,载有侯蒙作此词的本事:

> 侯元功蒙,密州人。自少游场屋,年三十有一始得乡贡,人以其年长邈(貌)寝,不之敬。有轻薄子画其形于纸鸢上,引线放之。蒙见而大笑,作《临江仙》词题其上……蒙一举即登第。年五十余遂为执政。

由此来看,侯蒙实在还是范进、周进一流人物。

追忆与忏悔

我接触《红楼梦》很早,读到却很晚。这话怎么说呢?十来岁时在乡下小镇的姨妈家,第一次见到这本书,大概是民国的本子,用细白的洋纸印的,墨色黑亮,和一般的书迥然不同。书是残本,没有封面,而且只有第一册。翻开来就是绣像,林黛玉在竹林石畔,歪着头,像个小尼姑。看惯了连环画上的古代女将和仕女,或者威风凛凛,或者俏丽优雅,看这些绣像很不入眼。以后知道出自改琦之手,又见到着色本,印象变了,但当时只觉得画得丑。人物是静态的,全都一副无所事事的样子,没有动作场面,没有舟车行旅,心想,该是一本多没劲的书啊。果然,几页翻过,什么无稽崖、青埂峰、空空道人、警幻仙姑,看得糊糊涂涂,因此就抛下了。后来知道这书了不得,再想找,哪里找得到。这一等就是七八年,直到进大学,才买到一百二十回的程本。

十多年前,给《万象》杂志写稿子,因为读过王昆仑的书,也想写一组红楼人物系列。找来脂本细读,再复习一下胡适、鲁迅、俞平伯的论述,兴冲冲地动笔,结果只写了两篇,宝钗和香菱。湘云写了一半,让一个没闹明白的问题给打住了。贾政、贾母，已经有了构思，一搁下，逐渐淡忘，写在纸片上的提纲也不知丢到哪里去了。

人物论没写成，《红楼梦》倒因此读了好几遍，故事情节虽不敢说烂熟，一些往常疏忽的地方，却也咂出些滋味来，要随便谈谈感想，就有很多话可说。

按学者研究，曹雪芹活了四十八岁。《红楼梦》"十年辛苦不寻常"，他开始写书，约为正当盛年的三十七八岁。人的成熟与思想的深刻，和年龄有关，更和经历有关。经历过大起大落的戏剧性变化，经历过磨难的人，对于世事，肯定比饱食终日无所用心的纨绔子弟看得更透彻。书呆子如果一辈子只在书斋里做学问，学问纵然精纯，为人可能还是一塌糊涂。事情过去了，回头看才能看清楚。有些事一辈子遇不上，回头无从谈起，便容易死抱着不切实际的理想。《红楼梦》是追忆之作，也是忏悔之作。其痛切在追忆，这还容易理解。其痛切在忏悔，便不一定得到认可。一个家族的盛衰，不是必然的，是各种因由的集合，有时势，也有人为。人为，有他人的，也有自己的。时势与他人，个人也许无能为力，所以要忏悔的地方，只在自己那一面。在小说里，体现在贾宝玉身上。宝玉不是曹雪芹，是曹雪芹的寄托。作者写宝玉的"反叛"，不务正业，在脂粉堆里厮混，拒绝成长，不情愿承担责任，虽然充满理解的同情，回味起来不乏甘美，但在一切"好"都成为"了"之后，守着"茅椽蓬牖，瓦灶绳床"，自觉回天无力,沦肌浃骨的遗恨才会浮现,变成无以消解的痛苦。

《红楼梦》起始那段话,"此开卷第一回也",是脂砚斋的批语,有的本子干脆删去,从"列位看官:你道此书从何而来"开始。殊不知这段话对于理解曹雪芹的创作意图,关系重大。批语的核心为"作者自云",是曹雪芹对脂砚斋谈自己写书的动因:

> 今风尘碌碌,一事无成,忽念及当日所有之女子,一一细考较去,觉其行止见识,皆出于我之上。何我堂堂须眉,诚不若彼裙钗哉?实愧则有余,悔又无益之大无可如何之日也!当此,则自欲将已往所赖天恩祖德,锦衣纨袴之时,饫甘餍肥之日,背父兄教育之恩,负师友规训之德,以至今日一技无成、半生潦倒之罪,编述一集,以告天下人:我之罪固不免,然闺阁中本自历历有人,万不可因我之不肖,自护己短,一并使其泯灭也。……"

这里包含两重意思。第一,作者违背了父兄和师友的教育和规劝,以至一事无成、潦倒半生,他要把这些写出来,给世人一个警示。这就是前面所说的忏悔。第二,尽管自己是个不肖子弟,但家族里的很多女子,见识高远、言行可嘉,不知比他强多少倍,不能因为家族破败和个人沦落,羞于自我揭短,就把她们的事迹湮没了。这就是前面所说的追忆。

这种追忆和忏悔的情绪弥漫在字里行间，构成了全书的基调。在第十八回元春省亲时，出现了一段叙事者的旁白，很能说明问题。

这一回里，元春游览大观园，"灯光火树之中，诸般罗列非常"，"登楼步阁，涉水缘山，百般眺览徘徊。一处处铺陈不一，一桩桩点缀新奇"。"园中香烟缭绕，花彩缤纷，处处灯光相映，时时细乐声喧，说不尽这太平景象，富贵风流。"那是贾府的鼎盛时期。写到这里，作者忍不住从幕后现身，感叹道："此时自己回想当初在大荒山中，青埂峰下，那等凄凉寂寞；若不亏癞僧、跛道二人携来到此，又安能得见这般世面。本欲作一篇《灯月赋》、《省亲颂》，以志今日之事，但又恐入了别书的俗套。按此时之景，即作一赋一赞，也不能形容得尽其妙；即不作赋赞，其豪华富丽，观者诸公亦可想而知矣。"庚辰本批语说："自'此时'以下皆石头之语'，真是千奇百怪之文。如此繁华盛极花团锦簇之文忽用石兄自语截住，是何笔力。令人安得不拍案叫绝。试阅历来诸小说中有如此章法乎？"批书人为什么感到惊奇？因为作者这样现身说法，书中绝无仅有，可见写到此处，他是何等动情。

第三回批宝玉的两首《西江月》词，再次用了"不肖"一词，说他行为偏僻，性情乖张，不通世务，活该潦倒。对照后面的描写，自然是愤激之词，"明贬实褒"。大观园被查抄，并非因为宝玉。在帝制时代，无论贵族还是平民，科举几乎是唯一的晋升之路。

宝玉不用心举业,只爱读闲书,出生在诗礼簪缨之家,他将来的一生,别说光宗耀祖,就是养家糊口,也是成问题的。家境一直好,不过借祖宗余荫混日子,家境衰败,只好流落街头。《西江月》词寓褒于贬的愤激,一方面固然是对家事乃至世事的失望,试看他写凤姐的贪婪,贾赦的荒淫,贾蓉、贾芹辈的胡作非为,奴仆们的仗势欺人,写薛蟠不把打死人当回事,在外面,则有贾雨村的无耻,宦官的公开敲诈,给人"荣宁不亡,是无天理"的感觉。另一方面,在宝玉身上,能寄托谁的希望呢?恐怕没有。宝玉善良,出淤泥而不染,但充其量,不过洁身自好而已。他尊重和爱惜大观园里的女孩子,但危难之际,谁都不能保护。查抄大观园,迎春懦弱,惜春冷漠,眼看着自己的丫头面临灭顶之灾而无动于衷。探春是唯一敢于挺身反抗的,虽败犹荣。而宝玉,那么得恩宠,仍然救不了最喜欢的晴雯,也救不了性情相投的芳官。他的懦弱、不作为,可以说,和迎春也相去不远。

金钏的死他悲伤,晴雯的死他悲伤,早先,茜雪被撵,后来,亲近的丫头一个个被撵,他忧怀难解,但都没做任何努力以图挽回。他撰写《芙蓉女儿诔》悼念晴雯,谈到背后构陷的小人时义愤填膺:封上邪恶奴才的嘴,决不宽恕;剖开凶悍妇人的心,愤怒难平。制造了悲剧的邪恶奴才和凶悍妇人是谁,他一清二楚——他曾质问袭人:"怎么人人的不是太太都知道,单不挑出你和麝月秋纹来?"真相已经呼之欲出。等到袭人一番"说理",他马上"陪笑抚慰"——然而文末也只能说:"余中心为之慨然兮,徒嗷嗷而何为耶?"连袭人他都不敢当面直斥。

宝钗劝宝玉读书,一心往上奋斗的袭人也劝,光明磊落的湘云也劝,只有林黛玉从来不说"这些混账话"。劝和不劝,都是为宝玉好。因为生活本来就是多方面的,有物质生活,也有精神生活,有务实的一面,也有务虚的一面。黛玉是理想和精神生活的象征,她是不食人间烟火的。宝钗和湘云则要提醒宝玉,最美好的理想也要建立在现实的基础上。看似矛盾的两个方面,不能像过去那样搞黑白绝对的两分法。似乎黛玉是革命者、自由派,宝钗、湘云和贾政,就是保守派、反动派。其实做父母的人不难理解:劝孩子学习,考高分,上名牌大学,听起来虽然"很不诗意",很不"风流潇洒",难道不是为人之正道吗?至于说上名校,培养了"精致的世故",变成不择手段往上爬的"禄蠹",则是另外一回事。

把大道理放在日常生活中,问题便一目了然。贾政是很被诟病的人物,一直被视为颟顸凶暴的封建家长。他为人刻板是真的,俨然一道学家,看不惯一切风流倜傥的行为。他不喜欢宝玉,就因为宝玉和他不是一路人。他喜欢长子贾珠,以贾珠的端重做参照,宝玉的女孩子气他厌恶,贾环的粗俗他也受不了。贾珠是长子,又不幸早逝,他的父爱深厚一些,是人情之常。贾母偏爱宝玉,因此对贾政常常很不客气,甚至明确表示厌烦,这不仅让贾政处在尴尬的境地，而且心里痛苦，因为他是极为孝顺的人。凡是节庆饮宴的场合，贾母总是半道把他轰走，好让小辈们无拘无束。第二十二回，写元宵猜灯谜，酒过三巡，贾母"便撵贾政去歇息。贾政亦知贾母之意，撵了自己去后，好让他们姊妹兄弟取乐的。贾政忙陪笑道：'今日原听见老太太这里大设春灯雅谜，故也备了彩礼酒席，特来入会。何疼孙子孙女之心，便不略赐以儿子半点？'"庚辰本在此批道："贾政如此，余亦泪下。"贾母便提条件："你要猜谜时，我便说一个你猜，猜不着是要罚的。"打了个"猴子身轻站树梢"。贾政明知是荔枝，"便故意乱猜别的，罚了许多东西；然后方猜着，也得了贾母的东西。"等他出谜，先把谜底悄悄说与宝玉，宝玉再悄悄告诉贾母，贾母猜中，贾政乘机献上大盘小盘节日所用的新巧之物，逗得贾母大喜。

这些细腻的描写，不知别人如何，我一次次读过，虽不至于像脂砚斋那样潸然泪下，却也心里感动。

第七十五回中秋赏月，击鼓传花说笑话，轮到贾政，所有人都觉得贾政说笑话简直是开天辟地以来最不可思议之事，结果他真说了一个，而且效果不错。可见为了让老人家开心，他用心良苦，私下里是很做了一番努力的。

到第七十八回，"老学士闲征姽婳词"，讲到贾政的变化："近日贾政年迈，名利大灰，然起初天性也是个诗酒放诞之人，因在子侄辈中，少不得规以正路。"谁能想到贾政年轻时，诗酒放诞，竟然和宝玉一样！这句话以前一直没留心，如今读到，很觉触目。他也是被规以正路，才成为贾家文字辈人中，唯一做了官而且被看作正派人的。结合自己的经历，他最终明白，年轻时的放荡，并非十恶不赦，那也许是人生难以避免的一个弯路，聪明人尤其如此。但过而能改，善莫大焉。随着年迈，他对宝玉也能够体谅了：

> 近见宝玉虽不读书，竟颇能解此，细评起来，也还不算十分玷辱了祖宗。就思及祖宗们，各各亦皆如此，虽有深精举业的，也不曾发迹过一个，看来此亦贾门之数。况母亲溺爱，遂也不强以举业逼他了。所以近日是这等待他。又要环兰二人举业之余，怎得亦同宝玉才好，所以每欲作诗，必将三人一齐唤来对作。

这次作诗，贾政果然不像从前几次，一味申斥，也点头，也赞可。宝玉退出的时候，贾政说话，已是慈父的口气了："念毕（宝玉的诗），众人都大赞不止，又都从头看了一遍。贾政笑道：'虽然说了几句，到底不大恳切。'因说：'去罢。'三人如得了赦的一般，一齐出来，各自回房。"

贾政和宝玉的关系，这是一个转折点。遗憾的是我们看不到曹雪芹的后数十回。贾府遭巨变，贾政和宝玉之间，肯定有更多的故事。同舟共济，相互理解，最后惨然长别。续书写宝玉身披大红猩猩毡,光头赤脚,在风雪中的清寂河边,跪拜船中的贾政,贾政不顾地滑,苦追不舍,最后"只见白茫茫一片旷野,并无一人"。情景交融,悲不自胜,很能得雪芹原意。

　　人读书,在经历了世事之后,原来不明白的地方,终于明白了,原来不留心的地方,发现有言外之意,对人物行为的认识,更是如此。我曾写过一篇短文《体贴》,说的是第五十回芦雪庵雪中联诗,宝玉没抢到几句,再次"落第",众人罚他去栊翠庵折红梅,宝玉答应着就要走,只见湘云、黛玉一齐说道:"外头冷得很,你且吃杯热酒再去。"湘云早执起壶来,黛玉递了一个大杯,满斟了一杯。宝玉折梅归来,还未坐下,"探春早又递过一钟暖酒来"。透过这些细节,可以看出人物之间的关系,以及他们各自的性情。黛玉、湘云和探春,对宝玉感情深厚。湘云是直性子,爽朗豪放。黛玉内向,此时真情毕露。湘云是"早"执起壶来,探春是"早"递过一钟暖酒来。两个"早"字,写出她们行为的自然,发自内心,不是有心计的讨好。宝钗无所行动,不仅因为她矜持,更因为她知道有这些人在场,用不着自己出头。

　　小说不是自传,但亲身经历而感受至深的,写入书中,无论是关键性的情节,还是小的细节,我们都能体会得到。另外一个例子是元春。她是宝玉的大姐,和贾母一样,也是最疼爱宝玉的人。贾母对宝玉的惯宠,书中写了很多。写元春,只有"省亲"这一回,然而以少胜多,令人难忘:

"当日这贾妃未入宫时,自幼亦系贾母教养。后来添了宝玉,贾妃乃长姊,宝玉为弱弟,贾妃之心上念母年将迈,始得此弟,是以怜爱宝玉,与诸弟待之不同。且同随贾母,刻未暂离。那宝玉未入学堂之先,三四岁时,已得贾妃手引口传,教授了几本书、数千字在腹内了。其名分虽系姊弟,其情状有如母子。自入宫后,时时带信出来与父母说:'千万好生扶养,不严不能成器,过严恐生不虞,且致父母之忧。'眷念切爱之心,刻未能忘。"她接见宝玉:

"小太监出去引宝玉进来,先行国礼毕,元妃命他进前,携手揽于怀内,又抚其头颈笑道:'比先竟长了好些……'一语未终,泪如雨下。"

这两处,庚辰本都有批:"批书人领过此教,故批至此竟放声大哭,俺先姊仙逝太早,不然余何得为废人耶?"又说:"作书人将批书人哭坏了。"

很难想象,如批书者一样,曹雪芹若没有这样一个姐姐,会写出这样的文字。

把《红楼梦》重读一遍,每一回都有新的感受,新的认识。这里只是泛泛地谈几个小问题,不是分析,也不是评价,着眼点在几十年的生活经历带来的对书的理解的变化。

性格和命运

从前听我一个远房表哥说,他工作的地方,有个工厂姑娘,读《红楼梦》入迷,顾影自怜,不能摆脱。以林黛玉和《青春之歌》中的林道静自比,常常一身白衣,徜徉于街巷。大约是个多愁善感而又有些文艺素养的人,在上世纪80年代初的小镇不免自负清高,有身边俗物难以入眼的感叹。后来结局如何,不得而知,总归是被视为异类,成了嘲笑的对象吧。

娇滴滴的林道静因为革命而脱胎换骨,正如无路可走的贾宝玉披上了大红袈裟,人生的矛盾在注入了种种寄托的虚构中得到了貌似可靠的解决。换个时代,宝玉完全可以拿起枪杆子上山,从此"不爱云,不爱月,也不爱星星",宝钗我想也能。黛玉的结局则难作他想,死于病榻,或许正是情势的必然。柔弱的人往往有超乎我们意料的决绝,在寻常人眼里那么明白的事,他们会一条路走到黑,茶杯里不仅掀起风波,那风波还颠覆了泰坦尼克号,非演成生死的惨剧不可。

宝玉神游太虚境,看到金陵十二钗的簿册。簿册有文有图,借用算命方式,把人物命运的谜底提前揭开。它实际上如《推背图》一样,是宋代流行的"卦影"的变体,也和谶纬大体上属于同一性质。

唐人作《虬髯客传》,讲李世民必得天下,雄才大略的虬髯客张氏,认识到天命已有所归,不可对抗,于是退出中原,转向海外发展。小说结尾,作者义正词严地指出:"乃知真人之兴也,非英雄所冀。况非英雄者乎?人臣之谬思乱者,乃螳臂之拒走轮耳。我皇家垂福万叶,岂虚然哉。"

这就是一种天命论。命运前定,无可更改。卜筮、卦影、阴阳五行、梅花易数、八字、占星术,都是在讲这个。

曹雪芹为什么要在《红楼梦》开始不久就安排宝玉独窥天机,后来又借元宵灯谜、几次赋诗填词,以及怡红院夜宴的抽花签来反复强调?诗词的解释伸缩性太大,可以做大方向上的参考,不宜具体落实。而十二钗册子和《红楼梦曲》,如警幻仙姑所言,是关于"普天之下所有的女子过去未来"的"判词",最具权威性,不容置疑。其次是灯谜和花签。这些设定,除了极个别的——如秦可卿本来是通奸事败在天香楼悬梁而死,作者后因接受前辈劝告,改为病逝——概无例外。曹雪芹下笔如此斩钉截铁,原因不在他对万事前定的信仰,而是身历剧变后的绝望和无力感。将个人和环境因素造成的结果,归结于命当如此,也算是无可奈何中的安慰。中国历代的高逸之士,或者故作疯癫,或者与世隔绝,或者面团团似的其乐融融,背后多有难言之隐。不为,是知道不可为，为是全然徒劳。曹雪芹在小说中屡屡借人物之口说出这个道理，有时像是玩笑话和傻话，有时则故作豁达，有时意在言外，稍作暗示，随即岔开。

第七十一回，探春感叹大家庭里是非多，宝玉说："谁都像三妹妹好多心。事事我常劝你，总别听那些俗语，想那俗事，只管安富尊荣才是。"尤氏笑话他："谁都像你，真是一心无挂碍，只知道和姊妹们顽笑，饿了吃，困了睡，再过几年，不过还是这样，一点后事也不虑。"宝玉笑道："我能够和姊妹们过一日是一日，死了就完了。什么后事不后事。""……倘或我在今日明日、今年明年死了，也算是遂心一辈子了。"

第七十六回，黛玉和湘云在凹晶馆联诗，有如下对话：

> 湘云笑道："得陇望蜀，人之常情。可知那些老人家说的不错。说贫穷之家自为富贵之家事事趁心，告诉他说竟不能遂心，他们不肯信的；必得亲历其境，他方知觉了。就如咱们两个，虽父母不在，然却也忝在富贵之乡，只你我竟有许多不遂心的事。"
>
> 黛玉笑道："不但你我不能趁心，就连老太太、太太以至宝玉探丫头等人，无论事大事小，有理无理，其不能各遂其心者，同一理也，何况你我旅居客寄之人哉！"

第二十二回的回目是"听曲文宝玉悟禅机　制灯谜贾政悲谶语"。谶语,指事后必然应验的话,十二钗册子上的判词就是一种谶语。这一回里,贾家四姐妹和宝钗所作的谜语,细味都不吉利。"贾政心内沉思道:'娘娘所作爆竹,此乃一响而散之物。迎春所作算盘,是打动乱如麻。探春所作风筝,乃飘飘浮荡之物。惜春所作海灯,一发清净孤独。今乃上元佳节,如何皆作此不祥之物为戏耶?'"对于宝钗的"焦首朝朝还暮暮,煎心日日复年年","贾政看完,心内自忖道:'此物还倒有限。只是小小之人作此词句,更觉不祥,皆非永远福寿之辈。'想到此处,愈觉烦闷……"

鲁迅先生说:"人生最痛苦的是梦醒了无路可走。"宝玉读《庄子》,有感于"巧者劳而智者忧",以及"山木自寇""源泉自盗"等语,怅惘莫及。庚辰本批语说:"皆寓人智能聪明多知之害也。"都像是在说曹雪芹。

在《论睁了眼看》一文中,鲁迅指出:"《红楼梦》中的小悲剧,是社会上常有的事,作者又是比较的敢于实写的,而那结果也并不坏。无论贾氏家业再振,兰桂齐芳,即宝玉自己,也成了个披大红猩猩毡斗篷的和尚。和尚多矣,但披这样阔斗篷的能有几个,已经是'入圣超凡'无疑了。至于别的人们,则早在册子里一一注定,末路不过是一个归结:是问题的结束,不是问题的开头。读者即小有不安,也终于奈何不得。"

注意这段话中强调的:册子里注定的人物结局,"是问题的结束，不是问题的开头"。结束了，完了，不可逆转，没有希望，一片白茫茫大地真干净。

第二十二回在宝玉读庄处有一长段脂批，其中这样评论几位主要人物：

"黛玉一生是聪明所误，宝玉是多事所误。多事者，情之事也，非世事也。多情曰多事，亦宗庄（子）笔而来，盖余亦偏矣，可笑。阿凤是机心所误，宝钗是博识所误，湘云是自爱所误，袭人是好胜所误，皆不能跳出庄叟言外，悲亦甚矣。"以此类推，下面也许会说，晴雯是刚烈所误，探春是才华所误，妙玉是清高所误，贾政是道学所误……

脂砚斋批语透露八十回后的情节和曹雪芹创作的情况，资料珍贵，但他就书中人物所发的议论，不少时候，就像贾雨村在第二回对冷子兴发表的关于天地间残忍乖僻之邪气化生为灵秀男女的高论，因时代和生活的差异，和我们隔了好几层帷幕，我们觉得他很有道理，又不易想明白其道理好在何处。王熙凤是机心所误，很好理解，宝钗为博识所误，便不好理解。虽然说，人之所长，往往即是其所短，但其中毕竟有分寸。假如不能适度，宁可不及而不能过分。凤姐、黛玉和妙玉都是过分，宝玉则无所谓过分和不过分，元春、迎春和探春，一个病逝，一个遇人不淑，一个不幸远嫁，却与自身因素无关。但这段批语的重要之处在于，它告诉我们，天命之外，个人禀性也是悲剧的重要原因，有时甚至是决定性的原因:"性自命出,命自天降。"追根寻源,性也是天定的。性格最大的缺陷,是某一方面的过分发展,甚至发展到畸形。贾雨村强调的就是这一点。但他所说的,不如莎士比亚借哈姆雷特之口说得精辟:

> 就个人来说情形也往往如此:有人品性上有点小小的瑕疵,或者由于某种气质过分发展,超出了理性的范围,或者由于一种习惯,这些人就带上了一种缺点的烙印。他们的品质尽管多么圣洁,可因为这一个缺点,终于不免受到世人的非议。

读《红楼梦》,对于宝玉近乎"单纯"的"意淫"式的博爱,我们能够想象,也能理解,但心知其不能持久,而且必成虚幻。宝玉为何一直沉迷,而一旦遭变,为何一步便走到绝对的反面?阿加莎·克里斯蒂在《阳光下的罪恶》里,写到一个肯尼斯·马歇尔,家境优裕,深有教养,性情高傲,具有孩子一样天真的侠义精神,遇到遭受不公正待遇的女性,便油然而生怜香惜玉之心,不惜以婚姻来施以援手。一个女子被诬杀人受审,虽然陪审团裁决她无罪,但其仍受社会舆论的折磨。于是他娶了这个女人。妻子死后,他遇到艾莉娜,一个美丽而名声不好的演员,他为她抱不平,又把她娶回。马歇尔像是成人版的宝玉,这个人物是我们对宝玉所能有的最好期待。

黛玉高洁,然而心中没有他人,只有自己。不能同情,不能理解。只知道一切外物给自己的感受,不知道自己和一切外物带给他人的感受。着眼全在自己,自然不可能处处满足,故而极其痛苦,也给身边其他人造成痛苦。她永远不会明白这个简单的道理,因为她不想知道,也不肯知道。

宝玉全想着别人,固然仁厚,然而不能没有得失之心。黛玉全想着自己,也是欲望的奴隶。殊途同归,与快乐都是背道而驰的。

俞平伯就认为,《红楼梦》的一大特点,在其中的人物都极平凡,"弱点较为显露"。他说:"作者对于十二钗,一半是他底恋人,但他却爱而知其恶的。所以如秦氏底淫乱,凤姐底权诈,探春底凉薄,迎春底柔懦,妙玉底矫情,皆不讳言之。即钗黛是他底真意中人了,但钗则写其城府深严,黛则写其口尖量小,其实都不能算全才。"(《〈红楼梦〉底风格》)

宝钗精明,懂得世故人情,无害人之心,仅求自保。结果到头来,过于隐忍,终于成了逆来顺受。她对个人的命运没有把握,她的精明,只限于小小的闺阁之内。在《红楼梦》营造的理想境界,范围略为扩大,不过一个大观园,这就是她的全部世界。在此之外,与黛玉等一样,只能听从他人安排。就连糊涂虫的哥哥薛蟠,也在很大程度上掌握着她的命运——比如说,给她介绍一个婆家。宝钗的柳絮词说:"好风频借力,送我上青云。"像是踌踌满志的样子。其实柳絮无根,能折腾个什么?这两句话的原句本是宋人咏风筝的。柳絮比起风筝,还更飘移不定,风筝毕竟有线牵着。然而风筝又如何?探春写风筝:"游丝一断浑无力,莫向东风怨别离。"风筝不仅靠风,还要靠广阔的场地,更受控于牵线人。线是那个看不见的缘分,而缘,有善也有恶。

至于宝玉,俞平伯说,虽然"宝玉底人格确近乎超人",但弱点也很多,"他天分极高,却因为环境关系,以致失学而被摧残。他底两性底情和欲,都是极热烈的,所以警幻很大胆的说:'好色即淫,知情更淫。'一扫从来迂腐可厌的鬼话。他是极富于文学上的趣味,哲学上的玄想,所以人家说他是痴子。其实宝玉并非痴慧参半,痴是慧底外相,慧即是痴底骨子"。

书中几次写到宝玉的"悟":听《寄生草》唱词(没缘法,转眼分离乍。赤条条来去无牵挂。那里讨,烟蓑雨笠卷单行?一任俺芒鞋破钵随缘化!),读庄续庄,还有浓墨重彩的"识分定情悟梨香院"。分定,正是前面反复强调的命运。这一回,宝玉卧床养伤,宝钗前来探望,坐在床头做针线。本是很可回味的场面,与写宝玉和黛玉歪在床上闲话的"意绵绵静日玉生香"一回正好凑成一对。偏生宝玉在梦中说:"和尚道士的话如何信得?什么是金玉姻缘,我偏说是木石姻缘!""薛宝钗听了这话,不觉怔了。"蒙本侧批:"请问:此'怔了'是呓语之故,还是呓语之意不妥之故?"

宝钗自重身份，黛玉自怨自怜，都是自视极高，表现方式却是两个极端。情深则不寿，不免魂归离恨天；端重矜持，也落得"琴边衾里总无缘"。

写黛玉的心事，最细腻的不是葬花和秋窗风雨夕，是第二十三回的听曲：

"又侧耳时，只听唱道：'则为你如花美眷，似水流年……'林黛玉听了这两句，不觉心动神摇。又听道：'你在幽闺自怜'等句，亦发如醉如痴，站立不住，便一蹲身坐在一块山子石上，细嚼'如花美眷，似水流年'八个字的滋味……不觉心痛神痴，眼中落泪。"湘云看到丫头捡到金麒麟，"伸手擎在掌上，只是默默不语"，和宝钗遇上薛蟠同母亲闹气，想起自己的终身大事，也都是少女情怀不自觉的流露，也是"幽闺自怜"，然而有区别。她们的区别，就像杜丽娘和崔莺莺的区别。杜丽娘死于爱情，黛玉亦然。崔莺莺虽然也有感叹"花落水流红，闲愁万种，无语怨东风"的时候，但无论在元稹的小说中被抛弃，还是在王实甫的杂剧中忍受"碧云天，黄花地，西风紧"的别离，她都是坚强的，而在之前的爱情中也是积极的。

不牵系于个性的，则牵系于命运。元春端重谨慎，探春志向高远，湘云光明磊落，性格上无可归咎，但一个如杨贵妃一样死于中年；一个生于末世，无所用其才，不幸远嫁，吉凶未卜；一个得配"才貌仙郎"，却因对方的早逝无缘长久的婚姻幸福。

贾府破败之后，最痛苦的人是谁？如果贾母还在，自然非她莫属。她是贾家荣华盛极的见证人，也是荣华盛极的象征。贾母走了，宝玉出家了，以克绍祖宗之箕裘为己任的贾政，肯定是最痛苦的一个。他名叫政，字存周，这个名字，似乎寄托了作者的希望。一个正派人，也是一个勤谨的人，他的问题是无才。而他似乎没有意识到这个问题，或者意识到了，却没有办法。荣宁二府"存于政手"，终于是一场梦。

人的自身，性格、习惯、教养等特质，加上环境、机遇和各种意外，包括概率非常小的事件，共同构成了决定其一生的那个神秘的东西，命运。命运涉及的因素太多，可能性无穷，因此是不可能掌控的。但在大势上，有一种必然性。人看到了未来，却不能改变，就像人意识到了自身的弱点仍然不能改变一样。可为和不可为不是一个客观问题，没有标准答案，要看对谁。明知要做的事，哈姆雷特就是做不了，换作麦克白，做了就做了。韩信能受胯下之辱，项羽就决计受不了。我表哥说，那姑娘要是我女儿，不信改不过来她。是啊，那姑娘要是你，你当天就改了，你压根儿就不会那样。

也说《红楼梦》的第一回

从前的小说作者,很多人喜欢开宗明义,先把写书的缘起、动机或意旨交代出来,大概那时候写小说不登大雅之堂,怕被人轻贱,更担心被误解,故此总要往堂皇正大的一面靠。《金瓶梅》的作者说,他讲西门庆的故事,旨在助人勘破"财色"二字。《儒林外史》把财色换成富贵功名,说这些都是身外之物,但"世人一见了功名,便舍著性命去求他。及至到手之后,味同嚼蜡"。作《歧路灯》的李绿园指出,世事无非成败两端,造成结果的缘由,"全在少年时候分路"。《儿女英雄传》推崇"英雄"和"儿女"合一的人物,说"有了英雄至性,才成就得儿女心肠;有了儿女真情,才作得出英雄事业"。文康写安公子和十三妹,旨在发明这个道理。《镜花缘》的作者则声称,他想记下那些"金玉其质,冰雪为心"的奇女子的嘉言懿行,使之免于泯灭,为后人做榜样。就连李渔戏作色情小说《肉蒲团》,也不忘强调"警世"的苦心。《儿女英雄传》在第一回之前,专有"缘起首回",题作"开宗明义闲评儿女英雄,引古证今演说人情天理",颇有今天小说家之创作谈的味道。《红楼梦》与《镜花缘》风马牛不相及,但为奇女子传名,却是心有灵犀一点通。《红楼梦》庚辰本以及除了甲戌本之外的各种脂本，都以这样一段话开始：

"此开卷第一回也。作者自云：因曾历过一番梦幻之后，故将真事隐去，而借通灵之说，撰此《石头记》一书也，故曰'甄士隐'云云。但书中所记何事何人？自又云：'今风尘碌碌，一事无成，忽念及当日所有之女子，一一细考较去，觉其行止见识，皆出于我之上。何我堂堂须眉，诚不若彼裙钗哉？实愧则有余，悔又无益之大无可如何之日也！当此，则自欲将已往所赖天恩祖德，锦衣纨袴之时，饫甘餍肥之日，背父兄教育之恩，负师友规训之德，以至今日一技无成、半生潦倒之罪，编述一集，以告天下人：我之罪固不免，然闺阁中本自历历有人，万不可因我之不肖，自护己短，一并使其泯灭也。虽今日茅椽蓬牖，瓦灶绳床，其晨夕风露，阶柳庭花，亦未有妨我之襟怀笔墨者。虽我未学，下笔无文，又何妨用假语村言，敷演出一段故事来，亦可使闺阁昭传，复可悦世之目，破人愁闷，不亦宜乎？'故曰'贾雨村'云云。"又说："此回中凡用'梦'用'幻'等字，是提醒阅者眼目，亦是此书立意本旨。"

这段话在甲戌本里，被置于回目之前，作为凡例的一条。从语气和内容来看，显然是脂批文字。不管它是不是第一回的正文和起始文字，重要性却怎么强调都不为过，因为这是作者关于《红楼梦》一书最简明扼要的自叙，既是创作的基本原则，也是读者打开红楼之门的钥匙。

正如脂砚斋指出的,《红楼梦》一书的"立意本旨",在于"梦""幻"二字。既曰梦幻,就是不真,故将真事隐去,用假语村言敷演出一段故事。照此说法,则《红楼梦》纯然是一部虚构之作。然而作者又说,自己半生潦倒,固然微不足道,但当年遇到的一众女子,德操容止,俱都不凡,不能因为我要自我掩饰而把她们的事迹一并泯灭。那么,《红楼梦》又大有写实的成分。

隐去真事,隐的是什么?空空道人读过原稿,觉得不足之处,在于"朝代年纪,地舆邦国"的"失落无考"。对此,石头笑答:"历来野史,皆蹈一辙,莫如我这不借此套者,反倒新奇别致,不过只取其事体情理罢了,又何必拘拘于朝代年纪哉!"意思是,包括年代和地点在内的种种细节,都可以忽略,重要的是"取其事体情理"。故事在事体情理上是必真的,不像市井俗人喜看的"历来野史,或讪谤君相,或贬人妻女,奸淫凶恶,不可胜数。更有一种风月笔墨,其淫秽污臭,屠毒笔墨,坏人子弟,又不可胜数。至若佳人才子等书,则又千部共出一套,且其中终不能不涉于淫滥"。石头进一步解释,他所记录的,乃是他"半世亲睹亲闻的这几个女子,虽不敢说强似前代书中所有之人,但事迹原委,亦可消愁破闷;也有几首歪诗熟话,可以喷饭供酒"。至为关键的是,像黛玉、宝钗、湘云、探春,乃至凤姐、晴雯等主要女性角色,都是他"亲见亲闻"的,实有其人,他的一切记叙,"至若离合悲欢,兴衰际遇,则又追踪蹑迹,不敢稍加穿凿,徒为供人之目而反失其真传者"。也就是说,红楼十二钗的事迹,完全是纪实。

故事的"真"固然是幌子,所谓"假语村言",还是幌子。前面说"因曾历过一番梦幻之后,故将真事隐去",经历的既是梦幻,其中又哪里来的真事呢?

真假历来是《红楼梦》的一大命题,在第一回和第五回两次出现的对联,"假作真时真亦假,无为有处有还无",往往被论者简单化。以假当真时,真固然不真,那么,以真为假时,假自然也不假。这副太虚幻境的对联,就文字而言有两层意思,一层是字面上的,另一层是其镜像。比如上联的镜像,便等于"真作假时假亦真"。镜子是《红楼梦》的核心象征之一,《红楼梦》的几个书名中,就有一个叫《风月宝鉴》。第十二回,"贾天祥正照风月鉴",不仅告诉读者,镜子有两面不同的照法,更提醒读者,镜子只能正照,不能反照。反照虽美,不免害了"卿卿性命"。

真与假的关系,不是简单的对应关系,还有更多的层次。

作者将一生所历说成是"梦幻",当然是套话,然而幻中有真,叙述却又要将真事隐去。隐真之后的假语村言,并非出自作者,而是出自石头之口。作者这种貌似"故弄玄虚"的说法,是有严肃寓意在的,它强调了作者和文本之间"必要的距离"。这样,《红楼梦》的文本,就有了不同的层次。尽管我们都相信作者是一个

名叫曹雪芹的人,然而书中阐述此书的形成,却有一个相当复杂的过程:

石头记下他幻形入世的经历,名为《石头记》;

空空道人读后,从头至尾抄录,改书名为《情僧录》;

吴玉峰读后,改题为《红楼梦》,孔梅溪再改题为《风月宝鉴》;

最后,曹雪芹于悼红轩中披阅十载,增删五次,纂成目录,分出章回,题为《金陵十二钗》。

据此,石头是《红楼梦》的真正作者,空空道人是第一位传抄者,吴玉峰和孔尚任参与了此书的传播工作,曹雪芹不过是最后的修订者,一位高级编辑而已。空空道人子虚乌有,吴孔两位虽为当时的大文士,却找不到他们和《红楼梦》有很深关系的证据,剩下来的,只有石头和曹雪芹。然而石头又是谁?在一百二十回的程本系统,这不是问题,在脂批本里,却不容易说清楚。

第一回交代的故事缘起是这样的:女娲补天遗下一块石头,被茫茫大士、渺渺真人化为美玉,"携入红尘,历尽离合悲欢炎凉世态",之后回到青埂峰下,写下追怀往事的《石头记》。显然,石头就是书中衔玉而生的贾宝玉。甄士隐见过茫茫大士、渺渺真人正要送到警幻仙姑处的玉,上面镌着"通灵宝玉"四字,正是贾宝玉出生时所衔的那一块。

可是,甄士隐午间梦中听到茫茫大士对渺渺真人说:"西方灵河岸上三生石畔，有绛珠草一株，时有赤瑕宫神瑛侍者，日以甘露灌溉，这绛珠草始得久延岁月。后来既受天地精华，复得雨露滋养，遂得脱却草胎木质，得换人形。"神瑛和绛珠下世为人，分别为贾宝玉和林黛玉。

问题来了：神瑛侍者和石头又是什么关系？是神瑛侍者入世做了贾宝玉还是石头入世做了贾宝玉？程伟元看出这个问题，一百二十回本就将这段话修改为：

> 只因当年这个石头，娲皇未用，自己却也落得逍遥自在，各处去游玩。一日来到警幻仙子处，那仙子知他有些来历，因留他在赤霞宫中，名他为赤霞宫神瑛侍者。

于是石头就有了两次幻形，先做神瑛侍者，再下凡为贾宝玉。

程本这样改，未必与《红楼梦》原稿相符，但石头入世变成贾宝玉，则毋庸置疑，否则，不可能由石头来叙述整部书的故事。

空空道人因读《石头记》而"由色生情"，改名"情僧"，曹雪芹则在其"悼红轩"中十年增删《石头记》。曹雪芹伤悼的红，既是赤瑕宫的"赤"，也是绛珠草的"绛"。太虚幻境里，千红一窟，万艳同杯，说的是"悼红"，所唱的曲子，是"怀金悼玉的《红楼梦》"。黛玉葬花，"埋香冢飞燕泣残红"，是红，紧接着，"薛宝钗羞笼红麝串"，还是红。梦兆绛芸轩，宴开怡红院，晴雯的茜纱窗，香菱的石榴裙，无处不是红。宝琴的琉璃世界白雪红梅，正和结尾处宝玉在大风雪中一身大红猩猩毡的斗篷向父亲告别的情景相呼应。石头、空空道人、曹雪芹，因为这个"红"，是一而三，三而一，就像真与假，真中有假、亦真亦假的关系一样。

真假关系的论述，意义在处理写实与虚构的关系，基础在现实，但不限于现实。小说之所以不指明时代，也不指明地域，正表明它超乎时代和地域之上，为人类情境的普遍写照。也就是说，曹雪芹几乎是不自觉地，将个人经验上升到了一个哲学和历史的高度。

再说石头。石头身份非凡，为女娲补天时熔炼出来，唯一被遗弃的一块，所以它"因见众石俱得补天，独自己无材不堪入选，遂自怨自叹，日夜悲号惭愧"。"怀才不遇"可说是古今中外老生常谈的题目了，在中国古典文学中，女娲之石往往是"奇才"的象征。女娲补天的神话中并没有提到，是否有炼好的石头多余无用，后人却由此生发出补天石被遗弃乃至流落蛮荒的想象，比如辛弃疾在《归朝欢·题赵晋臣敷文积翠岩》中写道："我笑共工缘底怒，触断峨峨天一柱。补天又笑女娲忙，却将此石投闲处。""细思量，古来寒士，不遇有时遇。"苏轼在海南，作《儋耳山》诗："突兀隘空虚，他山总不如。君看道傍者，尽是补天余。"但我们必须注意到，这些诗词中，不仅抒发怀才不遇的情绪，更写出那些才大难为用的奇石的磊落嵚崟见鉴，如苏轼说的"他山总不如"，辛弃疾说的"倚苍苔,摩挲试问,千古几风雨"。胡铨的《潭石岩》诗,这个意思更明确:"此处山皆石,他山尽不如。固非从地出,疑是补天余。下陋一拳小,高凌千仞虚。奇章应未见,名岂下中书。"

《红楼梦》以奇石之遗弃为主导旋律,在一片伤悼的气氛中,也时而逸气流宕。

伤悼源于人生的失败,其中有社会和政治的因素,也有个人的因素。前者由不得个人,纵有怨言,不能轻发,怨愤则招祸,只能以暗示一二;个人的错误无须忌讳,尽可一吐为快。书的主旨,因此很自然地归结为痛切的忏悔。这个忏悔,不是西方常说的向神的告解和悔罪,是痛惜和懊恨,是自我承担责任,是用痛苦来化解痛苦。"背父兄教育之恩,负师友规训之德"的自我评价,与第三回形容贾宝玉的《西江月》词如出一辙,也和张岱自为墓志铭中的"任世人呼之为败子,为废物,为顽民,为钝秀才,为瞌睡汉,为死老魅也已矣"的说法一致。同样,"鸡鸣枕上,夜气方回,因想余生平,繁华靡丽,过眼皆空,五十年来,总成一梦。今当黍熟黄粱,车旅蚁穴,当作如何消受?遥思往事,忆即书之,持向佛前,一一忏悔。"张岱的描述,正可作为曹雪芹著书时心境的写照。

经典小说家自述写作动机或意图,有三种情形。第一种,作者这么说,也这么写,后世也认同;第二种,作者这么说,也这么写,然而后世不认同;第三种,作者这么说,未必这么写,其中真真假假，难以简单分辨。

《汤姆·琼斯》属于第一种情形。亨利·菲尔丁在第一卷第一章的引言中说，同是提供美食佳肴，作家应当充当饭馆老板的角色，而不是以私人身份设宴待客或施舍食物给穷人的人。后面两种情况下，即使食物不好，被招待的人也不能挑剔。在饭馆，客人可以借助菜单挑选喜欢的食物，可以提意见，食物不可口，可以换一家吃。菲尔丁说，他在这本书里，给读者提供的美食是人性。虽然只有人性这一味，却内容丰富，包罗万有。

《堂吉诃德》属于第二种情形。塞万提斯说他写《堂吉诃德》，"用意在于消除骑士小说在世人中间的影响及流弊，用明白恰当的语汇尽可能地表明自己的意图，……还得设法让自己的书使忧郁者笑逐颜开，开朗的人更加欢快，愚钝的人不觉厌烦，聪明的人为其新奇而慨叹，严肃的人不能小觑，精明的人也不得不称赞。总之，要把目光对准这类许多人讨厌、更多人喜欢的骑士书那并不坚实的基础"。然而后人，尤其是浪漫派的大师们，都把堂吉诃德这个疯子当作不断挑战现实、企图改变现实的理想主义战士，一个失败的悲剧英雄。

《红楼梦》是第三种情形，使用了很多障眼法。"使闺阁昭传"的说法诚然不虚，但更重要的主题却是对失败人生的反思。和普鲁斯特希望借助回忆重新获得过去的时光不同，《红楼梦》的作者不是要鸳梦重温，尽管他迷恋不已，和张岱一样，伤心于"繁华靡丽，过眼皆空"，因此"遥思往事，忆即书之，持向佛前，一一忏悔"。既然是忏悔，自然不乏自传成分。然而湘云笔下的"霜清纸帐来新梦，圃冷斜阳忆旧游"，终究徒然。秋梦纵来，也是一派寒凉，旧游可忆，无奈黄昏已近。

少年时的荒唐，结果是成年后的懊悔。年轻人说到"反叛"，轻松如电脑上的一盘游戏，他们此刻还不知道，还不能理解：走过的路，不可以修正，走错了，不可以回转。贾宝玉的光彩果真在其对"封建家庭的反叛"吗？读者愿意，当然可以这样理解，但我想，曹雪芹不是这么看的。与第一回相呼应，第五回宝玉神游太虚幻境时，作者借警幻仙姑转述荣宁二公之灵的话，重申"走正路，继祖业"的训诫：

> 吾家自国朝定鼎以来，功名奕世，富贵传流，虽历百年，奈运终数尽，不可挽回者。故遗之子孙虽多，竟无可以继业。其中惟嫡孙宝玉一人，禀性乖张，性情怪谲，虽聪明灵慧，略可望成，无奈吾家运数合终，恐无人规引入正。幸仙姑偶来，万望先以情欲声色等事警其痴顽，或能使彼跳出迷人圈子，然后入于正路……

宝钗和湘云对宝玉的规劝，与此一脉相承。就连沉迷于声色的秦钟，死前嘱咐宝玉的，也是类似的话："以前你我见识自为高过世人,我今日才知自误了。以后还该立志功名,以荣耀显达为是。"人之将死,岂不是其言也善吗?

读者可以说宝钗世故,然而湘云呢?光风霁月的云丫头,也会这么"俗不可耐"吗?事实上,在宝玉"走正路"一事上,湘云和宝钗是一条心。

甲戌本在"无可以继业"一句旁批道:"这是作者真正一把眼泪。"可见作者忏悔的,正是自己的"行为偏僻","天下无能第一",和"于国于家无望"。

贾雨村在第二回里,对"许由、陶潜、阮籍、嵇康、刘伶"直至"陈后主、唐明皇、宋徽宗"这类人物,有说不清是褒是贬的长篇大论,说他们"聪俊灵秀之气,则在万万人之上,其乖僻邪谬不近人情之态,又在万万人之下",说的就是宝玉。语气里有惋惜,有批判,也有同情和欣赏。这也是曹雪芹对宝玉的矛盾态度。宝玉尊女抑男,《红楼梦》作者要使闺阁事迹昭传,不惜自暴己恶,与宝玉殊途同归。

女儿尊贵,主要原因在与经济仕途无关,因此她们是水做的骨肉,不像男子,一辈子在名利场中,混个泥做的污浊之身。然而祖宗所训示的正路,不正是这污浊之路吗?到此,《红楼梦》的作者又一次陷入不可解决的矛盾之中。小说"大旨谈情",这个"情"字,不按佛经里的意思,是其本义。情寄于美好圣洁之物,这是忏悔中的一点自辩,也是悲剧中的安慰。

后 记

本书是2007年出版的《书时光》的修订本，更换了其中约三分之一的文章。原书的最后一辑，"伥鬼轶事与闲说板桥"，和明清小说部分谈《儿女英雄传》和《老残游记》的两篇，一并删除。保留的部分，除了明显错误的一例，基本未做文字上的改动和增删，尽管其中一些看法，现在觉得过于单纯了，然而单纯也是一种趣味吧，我希望。增加的文章，主要是关于《水浒》和《红楼梦》，其次是关于《西游记》和苏轼的。

修订之后，体例较以前整齐，但遗憾也很多。

中国的古典小说名著，最爱《西游记》《水浒》和《红楼梦》。《书时光》之后的十多年里，关于这三本书，断断续续仍在写文章，收入不同时期的随笔集，如谈《红楼梦》诗词的长文《看花诗在只堪悲》，已经收入《不存在的贝克特》，谈《水浒》人物的最初两篇，《天涯风雪林教头》和《兄弟义气和人情》，收入《此岸的蝉声》。这些文章如汇集在一起，应可出一本很有意思的集子。

遗憾归遗憾，好在来日方长。活了大半辈子，个人的喜好大概不会变了，我相信自己也能一直写下去，那么，这个"有意思"

的集子，总有一天可以面世，说不定可以为上述每一部书都单独出一个集子。

编定《书时光》，还是 2005 年初的事，此后不断修改和增删。书的"后记"作于当年 5 月，序作于 7 月，书中最早的文章，作于 2000 年，最晚的文章，作于或改定于 2006 年 10 月。说来距今十多年了，从读书的角度来看，一切则还像是在昨天。牵牛花仍然在上街经过的路上开谢，红雀的叫声一如既往地清脆爽利，坐同样的公交车，上同样的班，但生活映照下的文字，似乎多了被风干的感觉——这是一个朋友的说法。说到风干，我马上想到沙漠中雪白的枯树，想到干的无花果，想到北京的蜜饯果脯，想到纽约上州小镇满地的松针——那小镇我大多不记得了，名字、景色、胜迹、古玩店和有过的名人，全都不记得了，唯一记得的，就是停车场边坡地上厚厚的一层松针，远远就闻到清香。这朋友还说，从我的第一本书到最新的书，感觉是从李白变成了杜甫。他说的不是文学成就或文字的好坏，说的是精气神儿。从李白到杜甫，似乎是一个人的必由之路，必然到几乎是一个俗套了。人努力做事，想走得更快以便走得更远，到头来仍然是在重复别人千百次重复过的足迹。暗淡是俗套，辉煌还是俗套。如果古往今来的感伤是相似的，那么，古往今来的快乐也是相似的。书中新加入的文章，多作于近两三年，和十几年前的文章并列，差异是明显的，这是时间之炉的煅烧之功，与作者的关系反而不大。

后 记

这些年,与几位老者时相过从,有感于他们意料之中的淡然从容和出乎意外的不淡然不从容。这些年,也和一些年轻学子有过萍水相逢的接触,欣赏他们几无城府的豪迈和自信。我们这代人,处于他们之间,谈不上淡然与否,也谈不上自信和豪迈。淡然、自信、豪迈,这些表示心境的词语,已经被剥去意义,变得和我们风马牛不相及了。就在这片旷远悠复的中间地带,一切都好像回到了起始,带着看不清路的迷茫,但好处是由于看不清路而充满了好奇心。我在读书几十年后,发现读书还是一次次初出茅庐的冒险,因此可以重新咀嚼先贤留下的每一个字。

这里还想就书中涉及的几部重要典籍的版本简单做点说明。《红楼梦》《西游记》和《水浒》,都版本众多,不同版本之间,文字有相当的差异。《红楼梦》的版本问题,本身就是一门大学问。但此处所收入的读书随笔,只是个人的阅读感想和理解,其中或有赏析的成分,也有行文时躲避不开的略带考辨性质的话,然而非主旨所在,也就无足轻重。因此,对于版本,我只有起码的要求,就是文本可靠,没有或极少错字,人民文学出版社的"中国古典文学读本丛书"就恰好符合这样的要求。《红楼梦》《西游记》和《水浒》用的都是"中国古典文学读本丛书"本,但后两部经典也参照了后来买的中华书局本。

三十年前初到纽约,中文书很不好找,我又没在大学或其他研究单位工作,唐人街书店见到想找的书,根本不会去考虑版本,只要有就已经谢天谢地了。不幸的是,很多出版社出版的古籍,太不认真,不加注释也就罢了,连基本文字都不能保证正确。早年写文章,不少错误便是拜版本错误之赐。比如《西游记》,我买的是浙江某出版社的一卷本,但有很多错字,实在害人不浅。比如第六十回,孙悟空为借芭蕉扇寻到牛魔王洞府,后文有一句,"原来牛魔王正在那里静玩丹青"。我想,作为妖精,貌似粗笨的老牛,倒还是个能欣赏艺术的雅士。读《西游记》随笔发表后,才发现那句所谓"静玩丹青",其实是"静玩丹书"之误,繁体字的"书"字与"青"字,字形相近。

古诗词的异文是个非常繁杂的问题,纠缠不清。很多诗句,尤其是有名的诗句,常有多种异文存在。即使是权威的版本,也只能采用一种,再注明还存在其他异文。我的习惯是常常在异文中选取个人认为从文意上来看更合适的一种。即如苏轼的诗,异文的产生,除了传抄和刻写的错误,还有后人的窜改,还有一首诗存在几种不同手稿的情况,就是说,作者在随时修改自己的作品,而不同的人在不同时期看到的同一首诗,字句都可能不同。

至于翻译文学,再好的译者,也不可能做到毫无差错,更何况有些译者西文和母语都不理想。多年读翻译文学,我有一个经验,但凡遇到反复读也读不懂的字句和段落,十之八九是翻译错了,一查原文,疑惑即迎刃而解。因此,我在引用译文时,不免像王安石读唐诗时一样手痒,把译错的句子和译对了但中文不舒

后　记

服的句子改过来，有时干脆自己重译。

感谢三联书店的厚爱，感谢责编王振峰和崔萌女士，谢谢她们的支持、理解、尊重、宽容与耐心。

王安石赠宋玘诗："褰裳远野谁从我，散策空陂忽见君。青眼坐倾新岁酒，白头追诵少年文。"我曾把后两句抄在书上，送给老同学清角兄。作《后记》到此，忽然又想起这几句诗。青眼和白头，也是黄庭坚最爱用的一对词，形成的对句，无不可爱。

为每一本书干杯吧。

2019 年 9 月 30 日
2020 年 3 月 24 日再改